중국
개혁개방과
신조어

최 윤 경

제이앤씨
Publishing Company

차 례

책머리에

　“현대 중국어란 무엇인가?” 이 책은 현대중국어의 근본적이고 단순한 의미에 대하여 질문을 던지면서 시작하고 있다. 현재 중국에서 사용되는 중국 공통어, 즉 현대 한어漢語는 역사적으로 그 기점을 1919년 5·4 신문화운동부터라고 보는 것이 일반적이다. 여기서 한가지 문제가 발생한다. 21세기에 살고 있으면서 20세기 초의 언어를 동시대 테두리에 포함시킬 수 있는가 하는 것이다. 분명 차이가 크다. 특히 사회 변화 속도에 민감한 낱말의 경우 그 차이가 현저하게 나타난다.

　1978년 중국의 개혁개방은 중국 현대사의 한 획을 긋는 사건이 되었다. 냉전체제의 종식을 고하는 서곡인 셈이다. 이를 통해 정치, 경제, 사회, 문화 등 전 분야가 대격변을 겪게 되었으며, 이것은 이 시대의 언어를 통해서 구체적으로 설명될 수 있다. 소위 신시기新時期라고 일컬어지는 중국 개혁개방 이후 현대 사회에 등장한 신조어는 낱말의 시대적 특성과 차이점을 명확히 보여준다. 이 책에서는 신조어를 통해서 현대 중국어가 무엇인지 그 실마리를 찾고자 한다.

이 책은 크게 여섯 부분으로 구성하였다. 제1부에서는 1978년 개혁개방 이후 신조어에 대한 연구를 개괄하여 기존의 연구 동향 및 본서의 연구방향을 서술하였다.

제2부에서는 우선 신시기 신조어란 무엇인지 그 정의를 제시하고, 인지적 관점에서 신조어가 어떻게 형성되는지 그 과정을 청자와 화자의 입장을 통하여 밝혔다. 이러한 시도는 지금껏 한번도 연구되지 않은 방법론으로써 신조어를 단지 외형적으로만 분석하여 연구하는 것을 넘어서 인간이 가지고 있는 보편문법으로 형성된 정신어와 인지작용이 신조어 형성에 미치는 영향을 논증하고자 하였다. 이것은 신조어 형성의 근본적인 이유인 "왜 그러한 형식으로 신조어가 만들어지며, 그런 의미를 가지게 되는가?" 하는 보다 근본적인 이유에 대한 해답을 제시해 줄 것이다. 필자는 여기서 인지언어학에서 연구되고 있는 머릿속 사전, 정신사 등의 개념을 통해서 문제의 해답을 찾고자 하였다. 또한 이 과정을 통해서 구체적으로 어떤 신조어들이 생성되어 사용되는지, 그 유형을 살펴보았다.

제3부에서는 신조어의 연원淵源을 고찰해 보았다. 중국 신시기 신조어는 가장 기본적으로는 새롭게 창신된 신조어 이외에 고어古語에서 사용되던 어휘에 새로운 의미가 부여되면서 새말로 사용되거나 일개 사회방언이었던 낱말이 대중의 사회적 약정에 의해 보편적으로 사용되는 신조어가 되기도 한다. 이 외에도 외래어나 지역방언 어휘가 중국 표준어에서 신조어로 사용되는 이색적인 경우도 종종 발견된다. 필자는 그 종류마다 어떤 개별 어휘가 있는지를 조사하여 그 특징을 통해서 신시기 신조어가 현대 중국어의 전반적인 범위에 있어서 구별되는 특성을 찾아보고자 하였다. 그리고 이들 신조어의 사용이 중국어 언어체계에 미치는 영향과 어떤 각

도에서 신조어를 바라보아야 하는지 의견을 제시하였다.

제4부는 신시기의 또 한 차례 큰 흐름인 인터넷 보편화 시대의 개막을 통한 인터넷 신조어에 대해서 논의해 보았다. 본서에서는 채팅용어는 물론이거니와 이모티콘도 하나의 언어기호로 규정하여 인터넷 신조어의 범위에 포함시키고 있다. 이모티콘의 기호의미, 도상성, 은유에 대해서 논한다.

제5부에서는 앞에서 고찰한 신시기 신조어가 형성된 틀을 기본으로 하여 이것들이 어떻게 전파되는가 혹은 어떤 전파과정을 통해서 신조어로서의 틀을 형성하게 되는가 하는 문제를 논의하였다. 신시기 이전 시대의 신조어가 전파되는 과정과 신시기에 들어오면서 구별되는 신조어의 전파 과정의 공통점과 차이점을 기본모형, 중심점 이동 모형, 전파미디어 모형, 기상공간 모형의 4가지로 구분하여 각 전파모형과 논리공식을 통해서 신조어의 전파를 탐구한다.

마지막 제6부에서는 신시기 신조어사전을 분석하여 신조어의 유형과 신조어사전의 문제점을 짚어보았다. 신조어 사전에서 옛말의 문제, 파롤 (parole)의 문제, 구句의 문제가 발견되는데, 필자의 지적이 앞으로 신조어 사전 출간에 도움이 되었으면 하는 바람이다.

이 책의 집필은 필자가 학위과정을 통해서 줄곧 관심을 가졌던 어휘 연구의 연장선상에서 이루어졌다. 박사과정에서 연구한 「漢語新時期新詞 新義研究」와 소논문으로 발표했던 몇 편의 자료를 기본으로 수정, 보완 하였다. 부록에서는 신시기 신조어사전 11권의 표제어를 분석하였다. 해 당 낱말의 뜻까지 수록할 예정이었으나 분량 문제로 제외한 것이 못내 아 쉽다. 이후 수정, 보완하여 신조어사전으로 출간하고자 한다.

이 책이 나오기까지 도움을 주신 모든 분들께 감사의 말씀을 전한다. 책으로 결실을 맺게 된 데에는 은사님들이 지도가 있었다. 박사과정 지도교수님이셨던 葛本儀선생님은 1999년 9월 어휘학 첫 수업에서 "做學問也先做人。(학문을 하기 위해서는 먼저 사람이 되어야 한다)"라는 말씀으로 한 학기 강의를 시작하셨는데, 이 말씀은 이후 필자가 학문의 길을 가면서 줄곧 정신적 이정표가 되고 있다. 또 한 분의 박사 지도교수님이신 盛玉麒선생님은 통계, 정보처리 등 응용언어학이라는 새로운 분야에 눈을 뜰 수 있도록 이끌어주셨고, 실제로 이 책의 신조어 분석처리에 있어서 많은 조언을 해주셨다.

교정을 도와주신 정애란선생님과 유강하선생님께도 고마운 마음을 전한다. 불혹의 나이를 바라보는 딸에게 아직도 공부하라고 질책하시는 부모님, 항상 옆을 지켜주는 든든한 남편, 그리고 언니의 끼니를 언제나 걱정해 주는 동생을 비롯한 사랑하는 가족들과 출판의 기쁨을 함께 하고 싶다. 끝으로 학술도서 출판을 흔쾌히 맡아주신 제이앤씨 출판사 사장님과 직원 여러분들께도 심심한 감사의 말씀을 드린다.

2009년 여름

최 윤 경

범 례

1. 중국어 문법용어는 기본적으로 1991년 6월 중국언어연구회(현 한국중국언어학회)
   에서 통과된 「중국어 문법용어 통일 시안」을 따랐다. 이 책에 실린 중국어 문법
   용어는 다음과 같다.

중국어 문법용어	중국어 문법용어 통일 시안	중국어 문법용어	중국어 문법용어 통일 시안
詞素, 語素, 語位	형태소	實詞	실사
詞	단어, 낱말	虛詞	허사
單純詞	단순어	代詞	대사
合成詞	합성어	介詞	전치사
複合詞	복합어	連詞	접속사
派生詞	파생어	嘆詞	감탄사
詞根	어근	幷列結構	병렬구조
詞綴	접사	偏正結構	수식구조
前綴, 詞頭	접두사	主謂結構	주술구조
後綴, 詞尾	접미사	補充結構	보충구조
詞組, 短語	구	動賓結構	동목구조

2. 부록으로 싣고 있는 「개혁개방 이후 신조어 5,490」은 중국어 신조어사전 11권
   을 기본자료로 하여, 각 사전에 3회 이상 표제어가 중복된 낱말을 5,963개로
   추려서 그 중 다시 형태소, 구, 개혁개방 이후 신조어가 아닌 낱말 473개를 제
   외한 5,490개를 대상으로 구조와 품사를 분류한 것이다. 부록의 구성은 '표제
   어:사전 중복횟수:조어방식:품사'의 순서이다.

개혁개방과 신조어 연구
제1부

제1장
머릿말

신조어는 인간 본능에 의한 결과로 탄생한다. 인간의 관념을 표현하는 청각적인 말이나 시각적인 글은 인간이 본능적으로 사용하는 하나의 언어 기호이다. 기존 언어 체계의 어휘군 기호만으로 인간의 사유를 충분히 전달할 수 없을 때 새말, 즉 신조어가 자연스레 만들어진다.

인간은 청각 혹은 시각적 방법으로 타인과 생각을 주고 받음으로써 서로의 생각을 공유하고자 한다. 말이라는 것은 어떤 특정 인물에 의해서 의도적으로 발명된 것이 아니라 일정한 시간적 축적의 단계를 거쳐 전체 사회 구성원에 의해서 발전되어 온 것이다. 이 때 낱말은 의사소통의 중심이 된다.

중국어의 낱말 총 수는 얼마나 될까? 중국어는 라틴어나 산스크리트어와는 달리 살아있는 언어이기 때문에 낱말 역시 끊임없이 생겨나며 또 사라지므로 그 수를 단정지을 수는 없다. 특히 신조어는 생동감을 느끼게 하는데, 이것은 신조어가 현 순간에 살아있는 인간 정신의 언어이기 때문이다.

신조어는 사회에서 항상 통용되지는 못한다. 새말 가운데는 대중의 지지를 받지 못하거나 일상적인 의사소통에 사용되지 않아서 곧 그 생명력을 잃게 되는 경우도 있다. 신조어는 대중에게 승인받아 생존하고, 대중의 외면으로 사멸된다. 당나라 시기에도 신조어는 있었고, 청나라 때도 신조어가 있었으며, 5·4운동이 발발했을 당시도 신조어는 있었다. 그러나 그때의 신조어를 현재 시점에서 신조어라고 부르지는 않는다.

1949년 중화인민공화국의 창설 이후 중국은 사회주의국가로 존속해왔다. 이러한 흐름은 1978년 시장경제체제의 도입을 기점으로 새로운 국면을 맞게 된다. 등소평鄧小平 체제이었던 1978년 12월에 중국공산당 제11기 중앙위원회 제3회 전체회의에서 '개혁개방' 정책이 제안되면서 중국 내 대대적인 체제의 개혁 및 대외 개방정책이 시행된 것이다. 중국의 개혁개방은 정치·경제·사회·문화 전반에 걸쳐 큰 변혁을 가져 왔고, 이전에는 없던 사물이나 개념을 규정하는 용어가 생겨나면서 언어체계에는 신조어·외래어·축약어 등이 다량으로 등장하여 어휘군에 큰 변화가 있었다. 개혁개방 이후 급격하게 불어난 어휘 홍수 덕택으로 사람들은 풍부한 언어 생활을 할 수 있었지만, 이와 동시에 언어적 낭비 역시 심각했다는 것도 지적하고 넘어가야 할 점이다.

언어는 부호의 일종이다. 그러므로 개혁개방 이후 소위 '신시기新時期' 신조어를 연구한다는 것은 신시기에 새롭게 등장한 언어 부호를 연구한다는 것이다. 부호는 형식적 측면을 구성하는 물질적 표현과 물질적 표현이 연상시켜주는 의미와 개념으로 구성되어 있다. 예를 들어 '최윤경은 누구인가?'라는 물음에 '그는 교수이다.' 혹은 '그는 현재 인천대학에 근무한다.'와 같이 설명할 수 있다. 그런데 최윤경의 의미는 그것으로 끝나지 않는다. 최윤경이 인천대학 교수라는 것은 사회적 관계 속에서 최윤경을 파악하고 있을 뿐이다. '최윤경은 큰딸이다.'라는 설명이 있을 수 있다. 이것은 최윤경이 가족 구조 내에서 또 다른 의미를 가진다는 것을 말해준다. 최윤경이라는 인격체는 비록 동일인이라고 하더라도 인천대학이 파악하고 있는 최윤경의 의미와 최윤경의 가족이 최윤경에게 가지는 의미는 서로 다르다.

'신조어' 역시 언어 부호이므로 동일한 방법으로 이해할 수 있다. '青蛙 qīngwā'라는 낱말을 보자. '청개구리'라는 뜻으로 사용되지만 '인터넷 채팅에서 만난 못생긴 남자'의 의미로 사용되면 기존 낱말과는 다른 새로운 의미의 '신조어'가 된다. 즉, 신조어는 형식적인 면과 의미적인 면을 포함한다. 새로운 사상·관념·사물을 지칭하기 위해 새로운 형태로 창조된 낱말과 기존 어휘에 인신引伸이 아닌 완전히 새로운 의미가 부여된 의미적 창조가 바로 그것이다. 편의상 전자를 신어新語, 후자를 신의新義, 이 모두를 통칭한 것을 신조어新造語라 부르기로 한다. 필자는 신어와 신의를 포함한 신조어 전반에 관하여 다루고자 한다. 신의까지 연구 범위를 포함시키는 이유는 새로운 형태로 만들어진 신어를 통해서도 현대 중국어의 모습을 찾을 수 있지만 새로운 의미를 통해서도 이것을 발견할 수 있기 때문이다.

지금까지의 신조어 연구는 신조어가 생긴 원인, 신조어 형태 구조의 인간 정신적 배경 등 우리 머리에서부터 시작되는 근원적인 문제에 대해서 다루고 있지는 않다. 필자는 앞으로 전개할 각 장에서 현재 언어학에서 중요한 방법론으로 대두되고 있는 인지언어학적 입장을 견지하면서 신조어가 어떻게 만들어져서 그 체계를 구성하게 되는지, 그리고 어떻게 배분되는지를 탐구해 나갈 것이다. 또한 인터넷이나 핸드폰 문자 상에서 종종 사용되는 이모티콘을 하나의 언어부호로 간주하여 이를 신조어에 포함시켜 그 도상성을 통해서 언어학적 표상을 탐구해 보겠다. 이외에도 신조어의 확산, 전파, 변천 과정에 대한 기존의 무미건조한 연구 방식에서 벗어나 논리공식과 모형을 통한 실험적 방법을 채택하고자 한다. 신조어 연구에 신조어사전을 빠트릴 수는 없다. 1990년 이후에 출판된 11권의 신조어 사전을 기본자료로 채택하여 그 가운데 신시기 신조어라고 인정되는 어휘의 구조와 품사를 분석할 것이다. 신시기의 신어와 신의의 연구를 통해서 현대 중국어의 제반 사항, 그 가운데서도 신시기의 언어가 차지하는 중요성, 신시기 중국어의 역할, 그리고 앞으로 나아가야 할 방향을 고찰해 보겠다.

제2장
개혁개방 이후 신조어 연구 동향

개혁개방 이후의 신조어에 대한 연구는 1970년대 말부터 시작되어 1980년대 후반부터 점차 활기를 띠기 시작하여 지금은 그 연구가 활발히 진행되고 있는 단계에 와 있다. 개혁개방 이후 신시기에 접어든 이래 많은 언어학자들이 신조어에 대하여 관심을 보이기 시작하였는데, 사회의 급속한 변화로 인한 낱말의 확연한 변화를 체감한 것이 연구 동기가 되었다.

1980년대 이전은 거의 연구되지 않았던 신조어 연구가[1] 연구해 볼 만

---

1) 1919년 5·4 신문화운동이 현대 중국어에 미친 중요성 때문에 40주년이 되던 1959년에는 여러 학술잡지에 5·4운동 이래의 현대 중국어를 다루면서 신조어의 생성과 의미 변화에 대한 논문이 발표되었다. 이러한 것으로는 다음의 논문이 있다. 伍民(1959)의 「五四以來漢語詞彙的一些變化(『中國語文』4)」, 北京師範學院中文系漢語教研組(1959)의 「五四以來漢語書面語言的變遷和發展-紀念五四運動四十週年(『中國語文』4)」, 魏建功(1959)의 「從國語運動到漢語規範化(『中國語文』4)」, 武占坤·王勤·程垂成(1959)의 「十年來漢語詞彙的發展和變遷-迎接偉大的中華人民共和國建國十週年(『中國語文』

한 가치가 있는 분야로 인식되기 시작한 것은 呂叔湘(1984)의 논문「大家來關心新詞新義」가『辭書研究』1에 발표되면서부터이다. 呂叔湘(1984)은 신조어 연구를 권유하면서 자신이 모은 170개의 신조어를 분류하는 작업을 하였다. 같은 해 陳原은「關於新詞條的産生及其社會意義-一個社會語言學者在北京街頭所見所感」이라는 글을『語言研究』2에 발표하였다. 呂叔湘(1984)과 陳原(1984)의 두 논문에서부터 실질적인 신시기 신조어의 연구가 시작된 것이다.

신시기 신조어에 대한 연구는『中國語文』·『語文建設』·『辭書研究』·『語言敎學與研究』·『世界漢語敎學』등의 학술 잡지에서는 물론 각 대학의 학보에도 단골 주제로 떠오르게 되면서 그 연구의 깊이가 더욱 심화되어 갔다. 발표된 신시기 신조어의 연구 논문은 姚漢銘(1993)의 분류법에 근거하여 그 방법과 방향에 따라 다음의 6가지로 나누었다.

첫째, 신조어 총론에 대한 연구이다. 주로 초기 연구에서 많이 찾아볼 수 있는데, 신조어에 대한 일반적이고도 개괄적인 논술에 그치고 있다. 趙金銘(1985)은「新詞新義與社會情貌(『語文研究』4)」에서 신조어의 구체적인 예를 통하여 사회생활의 변동과 인간 사상의 변화가 어떠한 사회적 의미를 낱말 속에 내포시키게 되는가 하는 것을 논술하였다. 또한 張家太(1988)는 「漢語新詞語鎖儀(『瀋陽師範學院學報』2)」에서 신조어는 언어의 각 요소가 서로 연계, 제약, 끊임없이 조정됨으로써 만들어진다는 것을 설명하고 있다. 이 외에도 沈孟瓔의「新詞語詞義之槪貌(『文史哲』4, 1986)」와「新詞語構成特點縱覽(『南京師大學報』4, 1988)」, 李振杰(1987)의「近十年漢語中新詞新義的産生(『語言敎學與研究』2)」등의 논문이 있는데, 이들

---

7)」. 단행본으로는 陳原이『語言與社會生活(1980)』,『社會語言學(1983)』에서 '文革'이라는 사회 변혁기를 통한 언어 변화를 연구한 바 있다.

논문은 이후의 신시기 신조어 연구 논문의 기반이 되었다.

둘째, 언어학적 전문분야 연구이다. 즉, 조어법·어휘학·수사학·화용론 등의 관계에서 신조어를 연구한 것이다. 이러한 연구는 신시기 신조어 연구가 점점 심화되면서 발표되기 시작하였다. 沈孟瓔은「漢語新的詞綴化傾向(『南京師大學報』4, 1986)」과「新詞語構成特點縱覽(『南京師大學報』4, 1988)」에서 신시기에 들어오면서 새로운 접사가 등장하고 있다는 것을 그 구체적인 예와 함께 제시하고 있다. 이 외에도 王海棻(1990)의「漢語新詞結構方式試析(『語言敎學與硏究』4)」, 高健平(1992)의「從北京流行的新語彙說道'肌肉感覺+心理感覺'構詞法(『中國人民大學學報』5)」, 劉一玲(1993)의「尋求新的色彩, 尋求新的風格-新詞語産生的重要途經(『語言文字應用』1)」, 楊曉黎(1993)의「仿擬型新詞語試析(『修辭學習』5)」, 李行健(1994)의「詞義演變謾議(『語文建設』7)」, 周洪波(1995)의「漢語新詞語的結構與搭配(『語法探索與硏究』7)」, 周洪波(1996)의「新詞語的豫測(『語言文字應用』2)」등이 있다.

셋째, 사회언어학적 연구가 있다. 주로 사회와 문화라는 각도에서 언어를 꿰뚫는 연구방법을 채택하고 있다. 이들 논문은 사회의 변화와 언어의 변화는 함께 이루어진다는 시각을 취하고 있으며, 각 사회마다 문화가 언어와 어떠한 관계를 지니고 있는지 연구하고 있다. 이 분야의 신조어 연구는 대표적인 사회언어학자인 陳原에 의하여 심도있는 연구가 이루어졌는데, 그는 신시기 신조어 연구의 서막을 열게 된 논문「關於新詞條的産生及其社會意義(『語言硏究』2, 1984)」에서 뿐만 아니라 단행본『語言與社會生活(1980)』,『社會語言學(1983)』,『在詞語的密林裏(1991)』,『新語詞(2000)』를 발표하여 신조어를 사회언어학적 각도에서 분석 연구하였다. 가장 최근에 출판된『新語詞(2000)』에서는 신조어의 형성, 범위, 작용, 규범화 등 신조어 일반론과 함께 '二惡英', '獲得性免疫缺陷綜合症', '打的', '超級市場', '罔'과 'VCD'와 같은 구체적인 몇 가지 예를 제시하면서 신조어와 사회와의 관계 대해서 논하고 있다. 이 외에도 王鐵崑(1988)의 「新詞語的規範與社會心理(『語文建設』1)」, 趙世開(1988)의 「當前漢語中的變異現象(『語文建設』1)」, 徐幼軍(1988)의 「新詞語新用法與社會心理(『語文建設』3)」, 李行健(1989)의 「從語言的發展和社會心理看某些詞語的規範問題(『語文建設』5)」, 陳建民(1989)의 『語言文化社會新探(上海敎育出版社)』, 陳建民(1991)의 「口語裏的新詞新語與社會生活(『語文建設』9)」, 姚漢銘(1990)의 「新詞語的文化分布産生途經及成因(『語言文字學』3)」, 王德春(1990)의 「漢語新詞語的社會文化背景(『世界漢語敎學』3)」, 王希傑(1991)의 「從新詞語看語言與社會的關係(『世界漢語敎學』3)」, 姚漢銘(1992)의 「新稱說語中的表情色彩(『語文硏究』3)」, 胡明揚·張瑩(1990)의 「70-80年代北京靑少年流行語(『語文建設』1)」, 蕭雁(1991)의 「新時期漢語新詞的出現與新時期社會心態(『徐州敎育學院學報』4)」 등이 있다. 이들 논문에서는 신시기 신조어를 사회언어학, 심리언어학, 생리언어학 등 응용언어학과 결합하여 연구하고 있다.

넷째, 대륙의 신조어를 대만의 신조어 혹은 홍콩이나 마카오의 방언 신조어와 비교하는 연구 갈래가 있다. 신시기 이후의 신조어 가운데는 홍콩, 대만 그리고 마카오에서 흘러 들어온 낱말이 많다. 대륙과 이들 지역 간의 신조어 비교 혹은 이들 지역에서 대륙에 들어온 어휘에 대한 연구 등이 활기를 띠고 있다. 대체적으로 대륙으로 흡수된 낱말들이 어떠한 과정을 거치면서 융화되고 발전되었는지에 대한 상황을 구체적인 예와 함께 설명하고 있다. 유관한 논문으로는 徐幼軍(1989)의 「臺港與大陸的詞語理解(『語文建設』3)」, 嚴奉强(1992)의 「臺灣國語詞彙與大陸普通話詞彙

的比較(『暨南學報』2)」, 王健倫(1992)의 「穗港新詞試析(『中國語文』2)」, 李明(1992)의 「港臺詞語在大陸的使用情況(『漢語學習』3)」, 李振杰(1990)의 「臺灣新語詞管窺(『語言教學與研究』1)」, 林文金(1992)의 「臺灣漢語變異漫談(『修辭學習』3)」, 田小琳(1990)의 「香港詞語面面觀(『語文研究』2)」, 胡士雲(1989)의 「大陸與港臺言語交際中的詞彙問題(『丹東師專學報』1)」, 謝米納斯(1997)의 「臺灣地區新詞語構成齲說(『中國語文』3)」, 于夏龍(1992)의 「從方言吸取營養-普通話新詞語産生的重要途經(『語言文字應用』2)」 등이 있다. 이들 지역 간 낱말의 차이를 수록하고 있는 사전도 있는데, 邱質朴(1990)의 『大陸和臺灣詞語差別詞典』, 朱廣祁(2000)의 『港臺用語與普通話新詞手冊』, 魏勵·盛玉麒(2000)의 『大陸及港澳臺常用詞對比詞典』 등이 있다.

다섯째, 신조어의 규범화에 대한 연구가 있다. 신조어와 임의조어의 차이를 명확히 밝히고 올바른 신조어 사용 방법 혹은 용법을 설명하고 있다. 논문으로는 李行健(1989)의 「從語言的發展和社會心理看某些詞語的規範問題(『語文建設』5)」, 諸宰亮(1991)의 「簡析現代漢語詞語新義形成的規律化趨勢(『辭書研究』1)」, 侯敏(1988)의 「關于新詞和生造詞的判定標準問題(『語文建設』2)」, 王鐵昆(1989)의 「新詞新語的規範問題(『天津師大學報』2)」, 陳原(1987)의 「變異和規範化(『語文建設』4)」 등이 있다.

여섯째, 신조어 사전에 관한 연구이다. 신시기에 들어서면서 신조어 사전의 출판은 활기를 띠었다. 이것은 개혁개방이라는 하나의 큰 전환점을 통해서 중국 사회가 큰 폭으로 변화가 일어났기 때문이다. 즉, 사회의 급격한 변화 속도에 상응하여 언어의 변화 속도 역시 큰 폭으로 일게 되었고, 이를 피부로 체험한 사전 편찬자들에 의해서 신조어 사전이 앞다투어 출판되었다. 신시기에 들어서면서 편찬된 신조어 사전의 수량은 그야말로 대단한데, 1990년 이래 출판된 신조어 사전을 소개하면 다음과 같다. 佟學(2001)의 『最新使用新語詞小詞典(中國國際廣播出版社)』, 李振杰·凌志韞(2000)의 『漢語新詞語詞典(新詞典出版社)』, 金丸邦三·吳侃(2000)의 『中國語新語詞典(同學社[日])』, 林倫倫·朱永鍇·顧向欣(2000)의 『現代漢語新詞語詞典1978-2000(花城出版社)』, 歐陽因(2000)의 『郎文中國流行新詞語(中國人民出版社)』, 姚漢銘(2000)의 『新詞新語詞典(未來出版社)』, 王均熙(1997)의 『簡明漢語新詞詞典(上海世界圖書出版公司)』, 宋子然(1997)의 『漢語新詞新語年編;1995-1996(四川人民出版社)』, 于根元·周洪波(1997)의 『精選漢語新詞語詞典(四川人民出版社)』, 劉一玲(1996)의 『1994漢語新詞語(北京語言學院出版社)』, 劉一玲(1994)의 『1993漢語新詞語(北京語言學院出版社)』, 王均熙(1993)의 『漢語新詞詞典(漢語大詞典出版社)』, 李行健·曹聰孫·雲景魁(1993)의 『漢語最新詞語8000條新詞新語詞典(語文出版社)』, 李達仁·劉士勤(1993)의 『漢語新詞語詞典(商務印書館)』, 北京語言學會(1993)의 『新詞語詞典(人民郵電出版社)』, 王均熙(1993)의 『漢語新詞詞典(漢語大詞典出版社)』, 劉文義(1992)의 『現代漢語新詞典(中國婦女)』, 熊忠武(1992)의 『當代中國流行語詞典(吉林文史)』, 張首吉(1992)의 『新名辭述語詞典(濟南出版社)』, 韓明安(1992)의 『新詞語大詞典(黑龍江人民出版社)』, 張品興(1992)의 『新時期新名辭大詞典(廣播電視出版社)』, 于根元(1993)의 『1992漢語新詞語(北京語言學院出版社)』, 于根元(1992)의 『1991漢語新詞語(北京語言學院出版社)』, 閔家驥(1991)의 『漢語新詞新義詞典(中國社科出版社)』, 張壽康(1991)의 『常用新詞語詞典(經濟日報)』, 劉配書(1991)의 『漢語新詞新義(遼寧大學出版社)』, 李振杰(1990)의 『韓英新詞語彙編(北京語言學院出版社)』, 唐超群(1990)의 『新詞新義詞典(武漢工業大學出版社)』, 李行健(1990)의 『新詞新義詞典(語文出版社)』,

劉繼超(1990)의 『當代漢語新詞詞典(陝西人民出版社)』가 있다. 신조어 사전에 대한 연구 논문으로는 錢宗武(1991)의 「社會新發展的眞實鏡相-評新詞新義詞典(『漢字文化』2)」, 彭澤潤(1990)의 「簡議新詞語詞典(『辭書研究』3)」, 王輝楠(1988)의 「時代生活的一面鏡子(『辭書研究』6)」, 王德春(1988)의 「新詞新語新義簡評(『辭書研究』6)」, 劉向軍(1984)의 「新詞新義與語文詞典的收詞(『辭書研究』6)」 등이 있다. 신시기 신조어 사전은 신시기 중국어 낱말의 생성과 소멸, 변화를 잘 대변하고 있는 자료집이다. 그러므로 전문가에게 있어서는 물론이거니와 일반인을 위해서 신조어 사전은 정확한 정보를 전달할 때 그 기능을 충실히 이행하게 된다. 시중에 나와있는 신조어사전의 사전으로서의 기능 수행에 대해서는 제6부에서 자세히 언급하도록 하겠다.

중국에서는 신조어 연구가 충분히 축적된 것에 반에 한국은 이제 시작되는 단계이다. 소논문으로는 맹주억(1984), 송지현(2002), 최환(2004), 이정희(2005), 송진희(2006)가 있다. 또한 학위 논문으로는 전성자(1997), 안준표(1999), 김일녀(2000), 이민정(2003), 박은숙(2003), 이희진(2004), 오월석(2005), 정미란(2005), 조은애(2005), 방미애(2007), 장효민(2007), 최미숙(2008) 등이 있다. 최근 들어 신조어에 관련된 논문이 적잖게 나오는 것은 희소식이 아닐 수 없다. 다만 아직까지는 신조어의 형식적 측면과 사회적 의미에 치우친 연구 경향을 보인다. 이러한 연구들이 쌓여서 앞으로 다각도에서 신조어 연구가 진행되길 기대해 본다.

신조어의 정의와 형성
제2부

제1장
신조어의 정의

제1절 신시기 신조어의 수량

현대 사회에서 신조어는 하루가 다르게 쏟아져 나오고 있다. 중국 역시 1978년 개혁개방 이후 사회의 급작스러운 변동에 따른 변화와 정보량의 증가로 이러한 현상이 두드러지게 되었다.

신시기 신조어의 수량은 얼마나 될까? 필자가 신조어 사전 11종에서 조사한 표제어 수는 다음과 같다.

신조어 사전	표제어 수
佟學(2001), 『最新使用新語詞素詞典』, 中國國際廣播出版社	1,229
姚漢銘(2000), 『新詞新語詞典』, 未來出版社	4,640
歐陽因(2000), 『朗文中國流行新詞語』, 中國人民出版社	2,082
李振杰·凌志韞(2000), 『漢語新詞語詞典』, 新詞典出版社	7,532
金丸邦三(2000), 『中國語新語詞典』, 同學社	6,179
林倫倫·朱永鍇·顧向欣(2000), 『現代漢語新詞語詞典1978-2000』, 花城出版社	1,173
王均熙(1997), 『簡明漢語新詞詞典』, 上海世界圖書出版公司	13,241
周洪波(1997), 『精選漢語新詞語詞典』, 四川人民出版社	2,362
李行健·曹聰孫·雲景魁(1993), 『漢語最新詞語8000條新詞新語詞典』, 語文出版社	7,549
宋子然(1997), 『漢語新詞新語年編(1995-1996)』, 四川人民出版社	419
王均熙(1993), 『漢語新詞詞典』, 漢語大詞典出版社	9,792

표 2-1 신조어사전의 표제어 수

신조어의 수량은 신조어를 정의하는 범위에 따라서 차이가 생기게 되지만, 신조어사전이 계속 출판되어 나오는 것을 볼 때 신시기 신조어 수가 많다는 것은 사실인 것 같다.

제2절 신조어의 요건

신조어는 언어 현상의 중요한 한 부분을 차지하고 있다. 아래에서 '신조어란 무엇인가?'에 대하여 살펴보도록 한다.

(1) 사회적 요구

신조어는 새로 생긴 개념이나 사물을 표현하기 위해서 만들어지거나 예전부터 사용되던 말이라도 새로운 뜻이 주어지면서 등장한 낱말을 통틀어 일컫는다. 이 외에 기존의 사물이나 개념에 대해서 특별히 부르는 명칭이 없는 경우 그에 대한 명칭이 부여되면서 신조어가 되기도 한다. 이렇게 신조어는 사회적 요구·요청이 있을 때 비로소 언어 체계에 출현하여, 사회적 기대를 충족시키게 된다.

(2) 공간적 규약

신조어가 생기는 원인은 이전에 없던 개념이나 사물을 표현하기 위한 필요 때문이 대부분이다. 기존에 이미 있는 개념이나 사물이라 할지라도 그것을 표현하던 말들의 표현력이 감소되었을 때, 그것을 보강하거나 신선한 느낌을 가진 말로 바꾸기 원하는 대중적 욕구에 의해서도 신조어가 생겨난다.

새로 생기거나 새로운 의미가 첨가된 말이라고 하더라도 무조건 다 신조어라고 할 수는 없다. 예를 들어 사과에 땅콩을 박아서 먹는 것을 좋아하는 어떤 사람이 있다고 하자. 그 사람이 사과에 땅콩을 박은 것을 '苹花 pínghuā'라고 부르기로 하고 주위 사람들에게 이 낱말을 사용할 때 과연 타인들이 얼마나 쉽게 이 단어를 받아들일 수 있을까? 설령 주위 사람들이 승인한다 하더라도 '苹花'는 그 말을 만든 사람 개인과 그 사람을 둘러싼 소수의 사람들 사이에서만 통하는 개인어에 지나지 않는다.

이것은 막 말을 배우기 시작한 어린 아이와 엄마의 대화에서도 찾아 볼 수 있다. 일반 사람들은 아이의 말을 잘 알아듣지 못하지만 엄마는 알아

듣는다. 아이와 엄마 사이에서만 사용되는 말은 아이의 발음체계 미성숙으로 인한 변용에 기인한 경우도 있지만, 아이와 엄마 사이에서만 약속된 특정 낱말도 있다. 그러나 이 두 경우 모두 우리는 일반어휘라고도 하지 않고 신조어라고 부르지도 않는다.

신조어는 사회 전체적으로 승인을 받아 사용되는 새로운 형태의 낱말, 혹은 새로운 의미가 깃들여 있는 단어이어야 한다. 이것은 다시 말하면 신조어가 공간과도 관계가 있다는 것을 의미한다. 즉, 넓은 지역에서 광범위하게 사용될 때 신조어라고 말할 수 있다. 유행어나 전문용어는 신조어가 될 수도 있지만, 모든 유행어나 전문용어가 신조어가 될 수 있는 것은 아니다. 일정한 시기에 일부 계층에서만 반짝 사용되는 유행어나 제한적으로 사용되는 전문용어는 신조어가 될 수 없기 때문이다. 그 낱말이 대중성을 갖느냐 갖지 못하느냐에 따라 신조어의 가부가 결정된다.

(3) 시간 속성

신조어는 시간의 제약을 받는다. 시간이 지나면 낱말의 신선함이 사라지기 때문이다. 신조어가 되기 위한 시간적 기준은 어떻게 정의할 수 있을까? '새롭다', '신선하다'라고 하는 시간적 경계는 어느 시점일까?

동일한 낱말에 대해서도 신조어 여부를 놓고 갑론을박이 벌어질 수 있다. 신조어는 시간적인 속성을 지닌 상대적 개념의 용어이기 때문이다. 일반적으로 언어학자들은 신조어의 시간 속성을 두고 신조어는 어떤 시기를 기점으로 하여 일정 기간 동안 지속적으로 존재해야 할 필요성이 있다고 언급하고 있다. 劉叔新(1995:249)은 신조어가 존재할 수 있는 시간적인 경계를 15-20년으로 보고, 그 시간이 지나면 일반어휘가 된다고 말하고 있다. 신조어가 새로 만들어진 말 가운데 비교적 많은 사람들에게 통용되어 언어체계 속에서 안정적인 위치를 획득한 낱말이어야 한다는 것에는 이견이 없지만, 신조어의 시간 속성에 대해서 계량적인 시간을 제시하는 것은 위험할 수 있다는 것이 필자의 견해다. 각 신조어마다 경우의 수가 다양하기 때문이다.

제3절 기존의 신조어 정의

신조어를 한마디로 정의하기는 힘들다. 범위를 정하기가 쉽지 않기 때문이다. 우선 신조어를 각 어휘 학자들이 어떻게 정의내리고 있는지 살펴보겠다.

葛本儀(2001:7)는 "신조어는 일정 시간 동안 사회에서 인정받은 새로 만들어진 단일어"라고 하여 신조어를 시간적 제한성과 사회적 약정의 두 방면으로 나누어 언급하고 있다.

劉叔新(1995:249)도 "하나의 낱말이 무에서 유로 출현하여 사람들이 보편적으로 인식하고 광범위하게 사용되어 어휘 속에서 입지를 굳히게 되면 신조어라고 할 수 있다. 신조어가 일정 기간을 초과하여 존재하여 사람들에게 친숙해지고 신선감이 떨어지게 되면 신조어 범위에서 퇴출당하게 되며 보통의 일반어휘로 바뀐다."라고 하여 사회적 보편성과 시간적 범위를 제시하여 신조어를 정의하고 있다.

符淮靑(1985:171)은 "신조어는 사회 요구에 맞추어 창조된 것으로서 실제로 사용되어 평가 받은 뒤 언어에 흡수된다"라고 하고 있으며, 張永言(1982:87)은 "신조어는 처음에는 비교적 적은 수의 사람들에 의해 사용되다가 점점 많은 사람들이 이 낱말로 새로운 사물을 표시하게 됨으로써 점차 숙지하게 되고, 그 낱말이 계속 범위를 넓혀 나가면 전 국민적인 어휘가 된다."고 하여 신조어의 사회적 승인 방면을 중심으로 정의 내리고 있다.

이 외 王鐵昆(1991:13)은 "신조어는 새롭게 창조되었거나 기타 언어에서 새롭게 빌려와 사용되는 어휘를 말하며, 또한 새롭게 의미가 부여된 고유의 어휘를 가리킨다."고 하여 신조어의 생성과정으로 정의하고 있다.

이상 몇몇 학자가 내린 신조어의 정의를 기초로 그 특성을 도출해 보았다.

제4절 본서에서의 신조어 정의

본서에서는 신조어를 새롭게 정의하겠다. 신조어는 사회적 요구를 만족시키고 상당히 광범위한 공간에서 사용되어 일정 시간 동안 출현·존재하는 속성을 가진 낱말이다. 이것은 새로 만들어진 낱말인 신어와 새로운 의미인 신의를 포괄한다.

새로운 관념·사물을 표현하는 낱말, 원래부터 있었던 사물이나 개념이라도 그것을 명명하는 이름이 없어서 새롭게 붙여진 명칭, 그리고 이름이 있어도 표현력이 퇴색한 경우 이것을 보강하거나 신선한 감각의 새말로 바꾸고자 하는 대중적 욕구에 의해서 생겨난 단어는 모두 신조어에 포함된다. 단 독자적으로 창조한 개인어 혹은 특정 관계에서만 사용되는 일부 전문어나 유행어는 대중성과 생명력이 결핍되었기 때문에 신조어라고 할 수 없다. 신조어는 광범위한 공간적 약정을 거쳐 일정 시간 동안 사용되어 대중이 모두 알고 있는 신어와 신의를 지칭한다.

본서에서는 연구 대상을 1978년 중국의 개혁개방 이후 신시기 신조어로 한정하여, 개혁개방을 기점으로 현재까지 출현한 신조어에 대하여 탐구할 것이다.

제2장
인지적 관점에서 본 신조어의 형성

신조어의 형성은 두 단계로 나누어 살펴볼 수 있다. 하나는 만들어지는 단계이고 또 하나는 받아들이고 약정하는 단계이다. 필자는 발화자와 청자가 대화를 주고 받는 과정을 통해서 신조어의 형성을 인지적 관점에서 논하도록 하겠다.

먼저 화자의 입장인데, 화자가 표현하고자 하는 것에 대한 적절한 단어가 없는 경우, 말하고자 하는 바를 전달하는데 있어서 어떻게 효율적으로 새로운 낱말을 만들어서 알기 쉽고 명확하게 자신의 얘기를 상대에게 알리느냐 하는 것이 화자에게 있어서 관건이 된다. 이 과정을 관찰해 본다면 신조어가 어떻게 생성되는지를 알 수 있다.

청자의 입장에서 보면, 청자는 지금껏 한 번도 들어보지 못한 새로운 말을 접하게 되는 경우 그것이 대화 오류인지 아니면 자신이 모르는 낱말 혹은 신조어인지를 판단하게 되고, 그것이 일단 신조어라는 결정이 서게 되면 머릿속에서 새로운 데이터를 작성하게 된다. 이 때 청자의 머릿속에 새로운 정보가 어떠한 방식으로 작성되는지 연구한다면 신조어의 형성을 관찰할 수 있다.

신조어의 형성이라고 하면 화자에 의해서 신조어가 만들어지는 경우만을 다루기 쉽다. 그러나 신조어를 어떤 방식으로 이해하고 머릿속에 입력하는가 하는 청자의 입장도 중요한데, 이것은 신조어를 습득하는 과정을 통해서 신조어를 어떻게 만들 것인지를 배우게 되기 때문이다. 이 과정을 통해서 신조어 형성에 대한 해답을 찾을 수 있을 것이다.

신조어 습득 과정을 연구하는 것은 신조어를 어떻게 만들 것인가 하는 문제에 선행되는 기본 사항이 된다. 아래에서는 화자의 입장에서 본 신조어의 형성과 청자의 관점에서 본 신조어의 형성, 이 두 가지 방면에서 신조어의 형성을 살펴보겠다. 신조어의 형태적 측면과 의미적 측면을 모두 살펴봄으로써 신시기 중국어의 신조어가 구체적으로 어떻게 형성되는지 분석해보고자 한다.

제1절 화자의 관점에서 본 신조어의 형성

(1) 말하고자 하는 욕구

인간은 언어적 동물이다. 소리의 유무를 떠나서 인간은 의사소통을 하면서 살아간다. 본인의 생각을 타인에게 전달하고자 하는 행위는 인간 본능에 의한 결과이다. 지금까지 언어가 없는 부족 혹은 민족은 한 번도 발견된 적이 없었다. 또한 언어가 존재하지 않는 집단에게 누군가가 언어를 퍼뜨린 '요람'의 역할을 했다는 기록도 존재하지 않는다. 인간의 말하고자 하는 욕구는 인간 존재와 함께 지금까지 계속되고 있으며, 언어 없는 생활은 상상조차 어렵다. 그러므로 말하고자 하는 바를 제대로 잘 표현할 수 없는 한계에 부딪히는 경우에 인간은 정신적으로 지치게 된다. 대화 상대가 부재하거나 언어 소통이 원활하게 이루어지지 않을 때 사람들은 답답함을 느끼게 되며, 이 경우 자기 자신에게, 애완동물에게, 심지어는 자신이 키우는 식물 등에게 말을 걸게 된다. 다음의 일화는 이를 잘 설명해 준다.

중국에서 유학하는 한 한국 유학생이 있었다. 그는 많은 언어적인 장벽에 부딪히면서 하루라도 빨리 이 언어 장벽을 극복해야 되겠다고 결심했다. 그 대안으로 한국인과는 일체 담을 쌓고, 모든 사고와 생활 전체를 중국어로 생각하며 중국어로 사는 하루 하루를 보냈다. 그는 다른 유학생들에 비해 월등하게 유창한 중국어 실력을 가지게 되었지만 8개월이 지난 어느 날 패닉 상태에 빠졌다고 한다. 모국어처럼 자유롭게 표현할 수 없는 중국어, 그 생활이 반복되면서 한계를 느끼게 된 것이다. 본인이 숙지하고 있는 단어와 문법 규율의 한도 내에서만 중국어로 표현할 수 있었기에 정신적 스트레스는 더해 갔고 결국 그는 거울 속의 자신과 모국어로 대화했다고 한다.

위의 일화는 인간이 언어 생활을 영위함에 있어서 자신의 생각을 마음껏 표출하지 못하는 경우 느끼는 심적 부담감을 잘 보여준다. 이것은 사람들이 왜 신조어를 만들어 내는지에 대한 해답도 제시하고 있다. 즉, 인간은 발화에 한계를 느낄 때 이것을 극복하기 위하여 적절한 말을 창조해 내게 된다.

(2) 신조어의 창조와 머릿속 사전

낱말은 언어의 기본 요소이다. 낱말의 발화는 추상적인 의미 및 낱말

부류인 '레마(lemma)'의 선택과 그 의미에 해당하는 '음' 찾기의 두 가지 작용을 포함하는데[1], 이 때 머릿속에 저장된 자료 가운데 지시하는 대상이나 개념을 명명하는 데이터가 들어 있지 않는 경우 신조어가 창조된다. 특히 1978년 이래 중국 사회는 과학 기술의 발달로 이름 짓기가 요구되는 신문물과 신개념이 쏟아지면서, 사회적 요구를 수용하여 신조어가 다량 만들어지게 되었다.

기존에 없던 문물이나 개념이 생겨났을 때 신조어는 생성된다. 이 외에 기존의 대상이나 개념에 대하여 제대로 된 낱말이 없을 때도 신조어가 만들어진다. 특히 개념에 있어서 그러한 특징이 더욱 뚜렷이 나타난다. 이것은 어떤 특정 명칭이 없다 뿐이지 개념 자체, 즉 정신어[2]가 없었다고는 볼 수 없기 때문이다. 개념은 그에 해당하는 말이 없어도 존재한다. 개념은 언어가 있음으로 존재하는 것이 아니다. 언어 없이도 개념은 존재할

---

1) 어떤 낱말을 발화할 때 머릿속에서 어떠한 진행 과정을 거치는가 하는 가설로는 '디딤돌모형'(stepping-stone model), '폭포모형'(waterfall model), '전기모형'(electricity model)이 있다. '디딤돌모형'이란 낱말의 두 가지 기본 성분인 '의미와 낱말류' 및 '음'을 각각의 디딤돌로 보는데, 각 단계는 상호 작용을 하는 것이 아니라 한 단계가 완료되고 나면 다음 단계가 시작된다고 보는 관점이다. '폭포모형'은 폭포의 물이 산중턱에서 다시 그 다음 골짜기로 떨어지듯이, 첫 단계에서 활성화된 모든 정보가 그 다음 단계에서도 여전히 이용 가능하다고 하는 가설이다. '전기모형'은 낱말을 찾는 모습이 전기 회로의 전류처럼 정보가 앞뒤로 흐른다는 가설의 모형이다. '전기모형'은 '활성화 확산모형'(spreading activation model) 및 '상호작용 활성화모형'(interactive activation model)이라고도 한다 (Aitchison 1994:202-8 참조).
2) 하나의 언어를 안다는 것은 정신어를 단어열로 번역하는 방법 그리고 그 역의 방법을 안다는 것이다. 언어가 없는 사람들도 정신어를 가지고 있으며, 아기와 여러 동물들도 언어에 대한 더 단순한 개별 방언을 가지고 있다고 추정된다. 실제로 아기들이 정신어를 영어로 그리고 영어를 정신어로 번역할 수 없다면, 영어를 배우는 일이 어떻게 가능할 수 있을지 혹은 영어를 배우는 것이 무슨 의미가 있을지 분명치 않다(Pinker 1995:118-9).

수 있다. 즉, 다음의 관계로 설명할 수 있다.

언어⊂개념

신조어는 공식적인 절차에 의해서 퇴출되기도 한다. 그 이유는 '외국 냄새가 짙은 외래어이므로' 혹은 '표준어로 사용하기에 적합지 않은 속된 표현이기 때문에' 등 그 시대의 사상이나 규범 절차에 따라 정리되기도 한다. 어떤 단어는 일정한 시간이 지난 뒤 이해가 불가하거나 정서에 부적합하다는 자각을 통해서 구조 조정이 되기도 하는데, 이 과정에서 다른 새로운 신조어가 형성되기도 한다. 말 다듬기가 새말 형성의 계기가 되기도 하는 것이다.

인간은 새로운 말을 창조하는 능력이 있으며, 이것은 머릿속 사전과 밀접한 연관 관계를 가진다. 신조어의 형성은 편찬된 사전의 폐쇄적이고 고정된 체계가 아닌 머릿속 사전의 유연하고 능동적인 체계에서 비롯된다. 머릿속 사전에는 단어뿐만 아니라 통사적 지식, 화용술, 인간의 감성 등이 함께 갖추어져 있으므로 신조어에 관한 정보량 역시 풍부하다.

임지룡(1997/1999:322-3)은 머릿속 사전은 개략적으로 '의미-통사부'와 '음운부'의 두 가지 주요 부분으로 구성되어 있다고 한다. 또한 이 부분들을 지도상의 도시에 비유하고 있는데, 의미 및 낱말류 내역을 포함하고 있는 '의미도시'(semtown)와 음을 포함하고 있는 '음도시'(phontown)가 있으며, 이 둘은 다시 신조어 창조를 다루는 '신도시'(novtown)와 연결되어 있다고 한다. 즉, 머릿속 사전의 낱말망은 유한한 어두·어말·운율·성조 등 음운에 관련된 낱말 덩어리들이 강한 연관 관계를 지니면서 저장되어 있는 한편, 대등관계·상위관계·동의관계에 있어서도 연관을 맺고 있고, 이러한 음운과 의미는 다시 서로 연결 고리를 맺고 있다고 설명한다. 전체적으로 볼 때 머릿속 사전의 낱말 연관관계는 수없이 많고, 서로 뒤엉켜 있으며, 이러한 구조 속에서 실타래 같은 새로운 연관 관계가 지속적으로 형성되고 있다.

제2절 청자의 관점에서 본 신조어의 형성

(1) 말 배우기 과정에서 형성된 머릿속 사전과 인지

인간은 말을 하기보다는 듣는 경험을 먼저 하게 된다. 갓 태어난 아기가 말을 했다는 기사[3]도 있기는 하지만 특별한 예외를 제외한다면, 일반적으로 인간은 태어나서 일 년 정도는 무슨 말인지 알 수 없는 수없이 많은 말들을 듣는 것으로 언어 생활을 시작하게 된다. 이것은 모국어라고 하는 언어의 말하기 방식을 익히게 되는 과정이 된다.

---

3) 1985년 5월 21일, 『THE SUN』이라는 정기간행물에 "말하는 아기 탄생-천국을 설명하다. 믿기 어려운 환생의 증거"라는 흥미로운 머릿기사가 실렸다. 기사는 다음과 같다.
"천국의 삶은 웅대 하도다." 한 아기가 태어난 후 이렇게 말하자 분만실에 있던 사람들은 대경실색했다. 어린 나오미 몬테푸스코는 문자 그대로 신에 대한 찬가를 노래하면서 세상에 나왔다. 분만팀은 이 기적에 충격을 받았다. 한 간호원은 비명을 지르며 복도로 뛰어나갈 정도였다. 또 나오미는 "하늘은 아름다운 곳이에요. 너무 따스하고 너무 맑아요. 왜 나를 이곳으로 데려왔나요?"라고 말했다. 목격자 가운데는 국소마취로 그 아이를 분만한 18세의 산모인 테레사 몬테푸스코도 포함되어 있었다. …(중략)… "나는 그 아이가 천국을 설명하는 것을 똑똑히 들었어요. 그곳은 신의 찬가를 부르는 것 외에는 일할 필요도, 먹을 필요도, 옷에 대해 걱정할 필요도 없다고 했죠. 나는 분만대에서 내려와 무릎을 꿇고 기도하려 했지만 간호사들이 그렇게 하도록 내버려두지 않았습니다." (Pinker 1994:61-2)

어린 아기는 한 단어의 정확한 의미를 직관적으로 알아차리는 연습을 수없이 많이 하게 된다. 이 과정을 통해서 새로운 말을 접했을 때 얼마나 능숙하게 상황을 처리해 나가는지를 미루어 짐작할 수 있다. 더 나아가 신조어를 접했을 때 인간의 두뇌가 어떻게 작용하는지에 대해서도 설명할 수 있을 것이다.

에이치슨(Aitchison 1994:7)에 따르면 교육받은 영어의 토박이 성인 화자는 약 15만 개의 낱말을 알고 있다고 한다. 바꾸어 말하자면 약 15만 개의 낱말을 익히기까지 인간은 약 15만 개의 새로운 낱말을 머릿속에 입력하는 과정을 거쳤다는 것이다. 모르는 말에 직면했을 때 어린 아이는 다른 의미로 잘못 이해할 수도 있다. 그러나 수많은 경우의 수가 어린 아이의 눈앞에 펼쳐지면서 결국 직관적으로 아기는 정확한 의미를 포착하게 된다.

생선을 물고 도망가는 고양이가 있다고 하자. 그 뒤를 어떤 사람이 뒤쫓으면서 "zhànzhù!"라고 소리친다. 'zhànzhù'라는 말을 처음 들은 어린 아이는 이 말이 무슨 뜻일까 고민하게 된다. 이것이 꼭 '멈춰!(站住 zhànzhù)'라는 의미를 지닌 말일 필요는 없다. '고양이'를 지칭하는 말일 수도 있고, '고양이의 이름'일 수도 있으며, '내 생선 내놔'라는 뜻일 수도 있는데, 결국 어린 아이는 정확하게 '站住 zhànzhù'의 의미를 파악하게 된다. 논리적으로는 다른 경우의 수가 충분히 있을 수 있는 상황임에도 불구하고 어린 아이는 큰 문제 없이 대화를 이해하게 된다[4].

위의 예는 신조어를 접했을 때 머릿속 사전[5]이 어떤 과정을 거치는지

---

4) 논리학자 콰인(Quine)이 '귀납의 법칙(the scandal of induction)'이라고 부르는 보다 일반적인 문제의 한 예로서, 핀커(Pinker 1994)를 참조.
5) 머릿속 사전(mental lexicon)은 편찬된 사전(book dictionary)에 대응되는 말이다. 편찬된 사전은 한글이나 알파벳 순서처럼 인간이 규정한 일정한 규칙에 의

를 말해 준다[6]. 환언하면 낱말의 인지로도 설명될 수 있다. 낱말의 인지는 개략적인 윤곽을 잡는데 있어 야기되는 추측 혹은 기대까지 포함한다. 신조어와 대면했을 때 청자는 자신이 들은 발화 부분을 머릿속 사전에 들어 있는 가장 그럴 듯한 후보 낱말과 대조하여 인지하게 된다. 곧 청자는 자신이 들은 대략적인 테두리 안에서 그 언어에 대한 지식과 주변 문맥 등의 다양한 단서를 이용하여 가능성의 폭을 좁혀 나간다[7]. 이러한 추적 과정을 통해서 생전 처음 듣는 신조어도 그 뜻을 알 수 있는 경우가 있다. "減肥實質上是健康的需要。(jiǎnféi shízhìshang shì jiànkāngde xūyào)"라는

해서 정리되어 있는 반면, 머릿속 사전은 의미론적, 형태-통사론적, 음운론적 유사성에 기초하여 저장되어 있다. 머릿속 사전은 인간의 왼쪽 대뇌에 위치한 것으로 알려져 있다. 왼쪽 대뇌에 장애가 생기면 실어증이나 낱말을 기억 못하게 되는 등 추상적 범주화 능력에 상실을 초래한다고 한다. 한편, 오른쪽 대뇌의 장애는 공간 지각력의 상실, 음악 및 기하학적 감각력의 상실을 가져온다.

6) 사람의 머릿속에서 낱말의 의미가 저장되고 이해되는 방식에 관한 가설로는 '원자소구체론'(atomic globule), '네트워크이론'(network theory) 및 '원형이론'(prototype)이 있다. 원자소구체론은 편찬된 사전의 '의미 자질'처럼 머릿속 사전에도 낱말의 의미가 '원자소구체'로 분해되어 저장되며, 이해의 경우에도 이 소구체가 결합될 것이라는 가설이다. '네트워크이론'은 낱말의 의미가 상호간에 복잡한 망으로 연결된 전체로서 이해된다는 가설이다. 원형이론은 낱말이 고정된 의미를 갖지 않는다고 전제한다. 즉 사람들은 낱말을 사용할 때 원형적인 보기를 발견하고, 그 보기를 통해서 낱말의 의미를 이해한다는 입장이다.

7) 이에 대한 이론으로는 '보병대모형'(cohort model)과 '활성화확산모형'(spreading activation model)의 두 가지 모형이 있다. '보병대모형'에 대해서는 마스렌-윌슨(Marslen-Wilson 1980, 1981)을, '활성화 확산 모형'으로는 멕클랜드 · 엘만(McClelland & Elman 1986)을 참조. 이에 상대되는 이론으로는 '연속모형'(serial model)과 '병행처리모형'(parallel search model)이 있다. '연속모형'은 자신이 들은 낱말을 다양한 층위로 저장된 머릿속 사전에서 차례로 점검해 나간다는 이론으로 포스터(Forster 1976)와 글란저 · 에렌레이치(Glanzer & Ehrenreich 1979)를 참고. '병행처리모형'은 청자가 먼저 많은 수의 낱말을 잠재적으로 생각해 낸 다음 원하지 않는 낱말은 억제시킨다는 가설로 스위니(Swinney 1979)의 bug(곤충/도청하다) 실험과 타넨하우스 · 레이만 · 세이덴버그(Tanenhaus, M.K. & Leiman, J.M. & Seidenberg, M.S. 1979)의 rose(장미/일어섰다) 실험을 참고.

말을 들었다고 하자. 이 때 '減肥 jiǎnféi'라는 낱말을 모른다고 가정해도 이 낱말이 '지방을 감소시키다, 체중을 감량하다'라는 의미를 뜻할 것이라는 것은 충분히 짐작할 수 있다. 비유에 의하여 만들어진 신조어를 접할 때 쉽게 볼 수 있는 현상이다. 이 외 비유에 의한 신조어는 다음과 같다.

人蛇 rénshé   : 밀항 자
黑洞 hēidòng   : 불법 행위를 하는 검은 세력
白色汚染 báisèwūrǎn : 비닐, 스티로폼 등 화학용기로 인한 환경오염

'人蛇 rénshé', '黑洞 hēidòng', '白色汚染 báisèwūrǎn'은 문자 그대로만 보면 이치에 맞지 않거나 전혀 별개의 의미로 해석된다. 하지만 그 뜻을 알면 쉽게 납득이 간다. 인간은 비유 표현에 의한 신조어를 독창적으로 만들어 낼 수 있을 뿐 아니라 이해할 수 있는 능력도 동시에 지니고 있기 때문이다. 비유로 만들어진 신조어가 대화 중 오해 없이 해석 가능한 것은 청자의 배경 지식, 인지책략, 문맥에 대한 이해와 관련된다.

물론 무슨 의미인지 전혀 파악할 수 없는 경우도 있다. 예를 들어 '你們應該爲IT的發展做些什麼(nǐmen yīnggāi wèi IT de fāzhǎn zuò xie shénme)?'라는 대화에서 'IT'라는 단어 뜻을 모른다고 하자. 이러한 경우는 이 낱말이 의미하는 바가 구체적으로 무엇인지 그 설명을 들어야만 명확하게 의미를 파악하게 된다.

제3절 인지와 신조어 여부의 판단

상대의 말을 청취하는 과정에서 청자는 대화 흐름의 오류 발생을 겪기도 한다. 예를 들면, 상대가 말실수를 한 경우, 청자가 무슨 말인지 잘 못 들은 경우, 그리고 발화·청취에는 전혀 문제가 없으나 청자의 기존 낱말 데이터에 해당 자료가 없는 경우 등이다.

화자가 '獨自 dúzi'를 잘못 발음해서 '肚子 dùzi'라고 말실수를 한 경우는 화자나 청자에 의하여 쉽게 정정된다. 청자가 순간 말을 못알아 들은 경우도 재차 확인 과정을 통해 해결된다. 하지만 들도 보도 못한 신조어를 들었을 경우는 다시 되물어도 여전히 청자의 낱말 데이터에 없는 자료이므로 머릿속에서는 또 다른 반응을 하게 된다.

인간 두뇌에서 일어나는 언어 사용 체계의 작동 방식은 개개인의 머릿속 단어 목록과 그 단어로 상징되는 개념이 저장되어 있는 창고를 통해서 단어들을 적절하게 조합하여 개념 간의 관계를 전달하는 일련의 법칙에 의하여 이루어진다.

제3장
신조어의 유형

신조어를 만드는 일은 신조어를 이해하는 일과 긴밀히 맞물려 있다. 인간은 신조어를 만들고 이해하는데 매우 유연한데, 이에 대해서는 앞의 2장에서 이미 언급하였다. 인간의 두뇌는 물을 머금고 있는 스펀지와 같아서 수많은 양의 어휘를 머릿속에 저장하고 있다. 인간은 기존에 이미 습득해서 저장하고 있는 낱말의 형태소를 직관적으로 알고 있는데, 이 형태소를 이용하여 새로운 신조어를 만들게 된다. 신조어는 무에서 유로 창조되는 것이 아니다. 즉, 기존의 형태소에 새로운 형태소가 결합하거나 새로운 의미소가 첨가되어 만들어진다. 인지책략[8])에서 그 원인을 찾아 볼 수

---

8) 인간은 인지책략을 통해서 외부와 소통한다. 아침에 서쪽에 무지개가 뜨면 비가 올 것을 예상하고, 매미 소리에 한여름임을 알며, 말투나 표정을 통해 상대의 기분이나 심리 상태를 헤아린다. 인지책략이란 자연 기호나 관습 기호를 저장하고 해석하는 능력을 말하는데, 기호 가운데서도 언어 기호는 인지 책략의 가장 중요한 부분이다. 언어를 통한 상징적 표상이 가장 기본적이고 강력한 인지 수단이기 때문이다.

있다. 에이치슨(1994:165-6)은 신조어를 생산하는 능동적인 과정은 보조부문으로서 머릿속 사전에 부착되어 있는데, 기존 낱말은 전체로서 저장되며 화자들은 선택적으로 낱말을 분해할 수 있으므로 이를 바탕으로 신조어를 만들게 되고, 또한 다른 사람이 만든 신조어를 이해할 수 있게 된다고 한다.

전통적 방식이 아닌 새로운 형식에 의해 만들어진 새로운 의미를 지닌 신조어를 현대 중국어에서 찾기란 하늘의 별따기이다. 외래어 이외에는 극히 찾아보기 어렵다. 인간은 이미 알고 있는 기존 어휘의 형식을 이용하여 신조어를 만들거나, 기존 형식에 의미를 확장하는 방식을 취하여 신조어를 만들어낸다. 이것은 신조어를 만들 때나 이해할 때 보다 쉽고 일반적으로 생산·습득하기 위한 방식으로써, 신조어의 생성과 수용이 불가분적 관계를 맺고 있기 때문이다. 신조어 창시자가 그의 머릿속에 있는 기존 데이터를 어떻게 조합해서 신조어를 만드는지에 대한 구체적인 방식을 형식과 의미 측면으로 나누어 살펴보도록 한다.

제1절 형식상 유형

(1) 단순어와 합성어

우리는 이미 머릿속에 저장되어 있는 낱말을 어떻게 분할할 수 있는지에 대해서 알고 있다. 즉, 하나의 어휘는 그 내부에 하나 이상의 형태소를 가지게 되는데, 형태소를 이용해서 이제껏 한번도 만들어진 적이 없는 새로운 단어를 만들게 된다. 신조어는 머릿속에 저장된 수많은 낱말이 최소의 의미 단위를 지니는 형태소로 분할되고 다시 이것이 새롭게 조합되어 만들어진다.

단순어는 형태소 조합이 없는 것으로써 형태소가 단지 하나뿐인 낱말이며, 합성어는 두 개 이상의 형태소 결합으로 이루어진 낱말이다. 합성어는 단어의 주요성분인 어근으로만 구성된 것인지 아니면 부가성분인 접사가 첨가되었는지에 따라 다음의 두 가지로 나눌 수 있다.

가. 어근만으로 구성된 신조어

이러한 신조어는 두 개 이상의 형태소 배합으로 된 하나의 낱말로서, 그 내부 각 형태소마다 일정한 의미를 지닌다. 이들 신조어는 기존의 중국어 복합어와 비슷한 구조인 병렬, 수식, 동목, 보충, 주술, 중첩구조 등으로 만들어진다. 신조어 역시 중국어 보편 문법 테두리 내에서 만들어지기 때문이다.

㉮ 병렬구조 신조어

병렬구조란 낱말 내부의 형태소 결합이 동일하거나 비슷한 의미, 반대의 의미 혹은 어떤 연관 관계가 있는 대등한 관계로 결합되어 있는 구조를 말한다. 이러한 신조어 예로는 '網絡 wǎngluò', '港臺 gǎngtái'… 등이 있다.

㉯ 수식구조 신조어

앞쪽 형태소가 뒤쪽 형태소를 수식하는 구조로 된 신조어이다. 예로는 '代溝 dàigōu', '水機 shǒujī'… 등이 있다.

㉠ 동목구조 신조어

앞 선 형태소와 뒤 따라 오는 형태소가 지배와 피지배관계로 된 구조이다. 예로는 '減肥 jiǎnféi', '掃黃 sǎohuáng' … 등이 있다.

㉡ 보충구조 신조어

뒷 형태소가 앞 형태소를 보충해 주는 구조이다. 예로는 '搞定 gǎodìng', '曝光 bàoguāng'… 등이 있다.

㉢ 주술구조 신조어

진술과 피진술의 관계로 된 구조로 '自測 zìcè', '官倒 guāndǎo'… 등이 있다.

㉣ 중첩구조 신조어

동일 글자가 중첩된 구조로 '拜拜 bàibài', '條條 tiáotiáo'… 등이 있다.

㉤ 모방에 의한 신조어

기존 낱말의 한 부분을 초점으로 하여 초점이 되는 형태소를 제외한 나머지 형태소를 다른 형태소로 대체함으로써 신조어를 만드는 방식이다. 예를 들어 '酒吧 jiǔbā'를 본 따서 '茶吧 chábā', '陶吧 táobā', '網吧 wǎngbā', '氧吧 yǎngbā' 등 다양한 신조어가 만들어지는 것을 볼 수 있다. '酒吧 jiǔbā'의 '吧 bā'가 초점이 되고, 나머지 부분 '酒 jiǔ'를 다른 형태소인 '茶 chá', '陶 táo', '網 wǎng', '氧 yǎng' 등으로 대체하여 새로운 낱말을 만들게 된다. 최초에 등장한 낱말 하나만 놓고 보면 앞서 살펴본 구조 가운데 하나에 속하는데 주로 수식구조가 많다. 기준이 되는 낱말 구조를 잘 파악한다면 나머지 신조어는 쉽게 그 의미를 알 수 있다.
예는 다음과 같다.

~吧	酒吧 jiǔbā, 茶吧 chábā, 陶吧 táobā, 網吧 wǎngbā, 氧吧 yǎngbā, 餐吧 cānbā, 瓷吧 cíbā, 迪吧 díbā, 孵吧 fūbā, 果吧 guǒbā, 街吧 jiēbā, 泡吧 pàobā, 書吧 shūbā, 水吧 shuǐbā
吧~	吧娘 bā'niáng, 吧女 bā'nǚ, 吧台 bātái, 吧蠅 bāyíng
~族	炒族 chǎozú, 持卡族 chíkǎzú, 打工族 dǎgōngzú, 反哺一族 fǎnbǔyīzú, 蝸牛族 wōniúzú, 工薪一族 gōngxīnyīzú, 金領族 jīnlǐngzú, 輪椅族 lúnyǐzú, 休閑族 xiūxiánzú, 追星族 zhuīxīngzú, 青春族 qīngchūnzú
~盲	科盲 kēmáng, 法盲 fǎmáng, 樂盲 yuèmáng, 股盲 gǔmáng, 舞盲 wǔmáng

나. 어근과 접사가 합쳐진 신조어

낱말의 주요성분인 어근에 부가성분인 조사가 결합된 형태로써 어근과
접사의 조합 순서에 따라 두 가지로 구분된다.

㉮ 접사+어근

부가성분 접사가 주요성분 어근 앞에 위치하는 신조어로 '阿混 āhùn',
'老公 lǎogōng'… 등이 있다.

㉯ 어근+접사

주요성분 어근이 부가성분 접사 앞에 위치하며 '棍子 gùnzi', '腕儿
wànr', '活化 huóhuà '… 등이 있다.

낱말을 구성하는 형태소는 구체적인 대상 혹은 개념을 지칭한다. 하지만 어떤 형태소는 그 본래 의미가 약화되어 어감상의 느낌만 전달하기도 하는데 이것이 바로 접사이다.

(2) 축약식 신조어

축약식 신조어 역시 두 개 이상의 형태소 결합으로 만들어진다. 하지만 이것은 원래의 낱말 혹은 구句에 비해서 형태소의 수가 적어지거나 혹은 대상·개념이 하나의 단어로 귀납된다. 신시기 축약 신조어의 수량은 결코 적지 않다. 어휘 변천 양상이 다음절화로 충분히 길어진 후 이 시기에 들어 사람들은 다시 축약하기 시작한 것이다. 주로 3음절 이상의 낱말이 2음절로 축약되는 경향을 보이는데, 기억하기도 쉽고 말도 간략하여 언어의 경제원리에도 부합한다.

어휘의 대표적 구성부분이 되는 형태소를 결합하거나 대표되는 내용이 축약되어 만들어지는 신조어는 어휘가 의미하는 대상의 특징을 어떤 각도에서 잡느냐에 따라 축약되는 방식에 차이가 나게 된다. 축약으로 만들어진 신조어는 얼마만큼 상징적으로 정확한 의미를 전달하는가에 따라 그 생명력이 판가름 난다. 축약식 신조어는 낱말의 축약과 낱말군의 축약을 포괄한다.

가. 낱말의 축약

합성어나 구의 형식에서 중요한 형태소만을 취하여 길이를 줄인 방식이다. '電郵 diànyóu'는 '電子郵局 diànzǐyóujú'를, '超市 chāoshì'는 '超級市場 chāojíshìchǎng'을 축약한 것이다. 신시기 신조어에는 한자뿐 아니라 영어 알파벳을 이용한 낱말의 축약도 자주 눈에 뜨인다. 'CCTV', 'WTO' 등이 있다.

나. 낱말군의 축약

'假大空 jiǎdàkōng'은 '假話 jiǎhuà, 大話 dàhuà, 空話kōnghuà'를 모두 통칭하여 이르는 낱말이고, '新西蘭 Xīnxīlán'은 '新疆 Xīnjiāng, 西藏 Xīzàng, 蘭州 Lánzhōu'를 합하여 칭하는 말이다. 두 개 이상의 낱말군을 통칭해서 부르기 위해서 공통된 특징을 추출하여 새로운 단어를 만드는 방법이다. 낱말군의 축약으로 만들어진 신조어는 복잡한 사회 현상 가운데 공통된 인식을 하나로 묶어 축약한 것이 많다. 주로 사람들에게 잘 기억되고 함께 공유하고자 하는 바람으로 만들어진다.

숫자를 이용해서 몇 개의 낱말을 포함하는지를 나타내기도 하는데, 특히 세 개 단어를 하나로 통칭하는 경우가 눈에 자주 뜨인다. '三校生 sānxiàoshēng'은 '職業高中學生 zhíyègāozhōngxuésheng, 中等專科學校學生 zhōngděngzhuānkēxuéxiàoxuésheng, 技工學校學生 jìgōngxuéxiàoxuésheng'을, '三資企業 sānzīqǐyè'는 '中外合資企業 zhōngwàihézīqǐyè, 外商獨自企業 wàishāngdúzìqǐyè, 中外合作企業 zhōngwàihézuòqǐyè'을 합해서 만든 낱말이다.

제2절 신의어新義語 유형

새로운 사물이나 관념에 의해서 출현한 신조어가 그 의미 역시 새로운 뜻을 가지는 것은 당연하다. '網民 wǎngmín', '環保 huánbǎo'를 보면 쉽게 알 수 있다. 하지만 신조어에는 이 외에도 이미 존재하는 낱말에 전혀 다른 새로운 뜻이 생겨 사용되는 낱말도 포함된다. 예를 들어 동명이인의 경우 형식 즉 이름은 동일하지만, 내용 즉 사람은 완전히 다르다. 신의어 역시 마찬가지이다. 동일한 형식을 가지지만 내용이 전혀 다른 새 말은 신의어, 즉 신조어가 된다.

낱말의 의미는 고정된 것이 아니라 인간의 정신적 사유에 따라 유동적으로 변한다. 개념은 모호한 경계선을 가지고 있으므로, 같은 형태의 어휘라 할지라도 의미적으로는 다른 양상을 가질 수 있다. 이러한 신의어는 기존에 존재하는 어휘 의미를 기초로 하여 인신引申의 방법으로 새로운 의미가 만들어지는 다의어와는 구별된다. 기존에 사용되던 어휘의 의미와는 아무런 의미적 연관성이 없는 단어만을 신의에 의한 신조어라고 한다. 혹은 의미적 연관성이 있어도 새로운 개념이 첨가되는 경우는 신의에 의한 신조어라고 한다.

신의어가 다의어와 구별되는 것은 새로 생긴 의미만으로는 기존 의미를 역추적할 수 없다는 데 있다. 반대 경우도 마찬가지이다. 신의에 의한 신조어의 생성은 의미 범주 확장에 의한 인지책략으로 설명될 수 있다. 즉, 하나의 낱말이 가지는 의미를 인간은 여러 가지로 다양하게 해석하고 넓혀 나갈 수 있기 때문이다. 예를 들어 보겠다.

(1) 掉价 diàojià ┌ 가격이 내리다, 값이 떨어지다.　　　　　: 기존 낱말
　　　　　　　　└ (신분·위신 등이) 실추되다, 격하되다.　: 신의어

(2) 傾斜 qīngxié ┌ 기울다, 경사지다.　　　　　　　　　　: 기존 낱말
　　　　　　　　└ (어느 한 쪽으로) 치우치다, 편향되다.　: 신의어

(3) 下海 xiàhǎi ┌ 땅에서 바다 속으로 들어가다.　　　　　　: 기존 낱말
　　　　　　　 └ 직업을 바꾸어 사업에 뛰어들다.　　　　　: 신의어

일부 신의어 중에는 특정 사회집단이나 계층에서만 의사소통용으로 사용하다가 조금씩 알려지는 낱말이 있다. 그 발원지는 주로 대학가나 젊은 층이 자주 가는 채팅방 등이 있다. 예는 다음과 같다.

(4) 靑蛙 qīngwā ┌ 청개구리　　　　　　　　　　　　　　: 기존 낱말
　　　　　　　 └ 인터넷 상에서 못생긴 남자를 가리킴　 : 신의어

(5) 恐龍 kǒnglóng ┌ 공룡　　　　　　　　　　　　　　　: 기존어
　　　　　　　　 └ 인터넷 상에서 못생긴 여자를 가리킴　: 신의어

다의어에 새롭게 포함된 의미는 종종 우리가 정의 내린 신의어 범위에 들기도 한다. 인간의 사유는 그 구분이 애매모호한 면이 있기 때문이다. 하지만 대중에게 그 어휘가 받아 들여져서 사용되는가의 여부에 따라 신조어로서의 생명력이 정해지는 것은 확실하다.

소절 :

신조어는 사회적 요구에 의해서 생성되고, 상당히 광범위한 공간에서 대중의 승인을 받아 사용되어, 일정기간 출현·존재하는 속성을 가진 어휘를 가리킨다. 신조어가 창조되는 과정은 지극히 자연스럽게 일어난다. 이것은 신조어를 듣고 이해한 경험을 통해서, 그리고 새말의 창조 방법을

익힌 인간의 능력과 관련된다. 인간은 신조어를 해석하는 능력을 가지고 있는데, 이것은 새로운 말을 만들어 내는 기초가 된다. 신조어 생성의 진정한 원동력은 어렸을 때 습득한 모국어에 있다. 중국어를 모국어로 하는 화자는 이미 중국어 보편 문법을 익히고 있기 때문에 이것을 토대로 신어 혹은 신의를 만들어낸다.

신조어가 인간의 머리에서 만들어지고 인간의 입으로 사용되는 과정은 매우 신비롭다. 새말을 창조할 때 우리는 전혀 낯선 형태를 사용하기보다는 기존 형태소를 이용하여 낱말을 만든다. 이것은 발화자와 청자의 이해를 보다 쉽고 효율적으로 하기 위한 인지적 책략에 그 바탕을 두고 있음을 말해 준다.

인지적 관점에서 보는 신조어는 인간의 머릿속 사전과 인지구조 및 뇌의 작용방식에 대한 신비를 밝히는 인지언어학뿐 아니라 언어교육, 사전편찬 등 실제 언어생활에서도 다양하게 쓰일 수 있다. 이 외 인지심리학, 철학, 생물학, 뇌신경학 등의 인접학문까지도 포괄하는 인지과학의 연구와도 연계될 수 있을 것이다.

신조어의 연원淵源

제3부

제1장
새롭게 창신創新된 신조어

제1절 기본유형

우리가 사용하고 있는 대부분의 중국 신조어는 한자 조합으로 새롭게 창신되는 방식으로 만들어진다. 인간은 태어나면서부터 지금까지 익혀온 어휘를 머릿속에 저장하고 있으며, 이 어휘들을 다시 형태소로 구분하는 능력을 가지고 있다는 것은 앞서 언급한 바 있다. 인간은 모국어 보편문법을 머릿속에 익히고 있다. 그러므로 머릿속에 저장된 한자어 낱말을 형태소로 구분하고, 이것을 다시 보편문법 형식에 맞게 조합하여 새로운 단어를 만들어내게 된다. 예로는 '空姐 kōngjiě', '自考 zìkǎo' 등이 있다.

제2절 비한자부호 신조어

신시기 신조어는 비한자부호의 비중이 커졌다. 이것은 개혁개방으로 인한 갑작스러운 사회 변화와 함께 인간의 사상이나 관념에도 거대한 변화가 있었기 때문이다. 외국과의 교류 확대, 타인과 동일하기를 거부하는 생각, 다양한 사고의 전환 등으로 인해서 신시기에는 한자 이외의 문자나 부호를 이용하여 중국어화한 새말의 등장이 두드러지게 나타났다. 시각이 큰 비중을 차지하는 신문, 텔레비전, 인터넷 매체에서 비한자부호 신조어의 출현이 매우 많아졌다. 시각을 집중시키기 때문이다. 이러한 매체를 통해서 비한자부호 신조어의 영향력이 더 커지게 되었다. 아래에서 비한자부호 신조어를 다시 아라비아 숫자 신조어와 로마자 신조어로 구분하여 살펴보겠다.

(1) 아라비아 숫자 신조어

아라비아 숫자 만으로 만들어진 신조어도 있지만, 한자와 혼용된 형식이 훨씬 많다. 예는 다음과 같다.

110	yāoyāolíng	110번 경찰 신고
300卡	sānlínglíngkǎ	중국 전국에서 통용되는 전화카드

아라비아 숫자 신조어는 문제·계획·업무·상품 등을 나타낼 때 다양하게 사용된다. 아라비아 숫자에는 일반적으로 상징적인 의미가 있기 때문이다. '110 yāoyāolíng'에는 110이라는 숫자에 응급 전화번호라는 의미가 함축되어 있다. '300卡 sānlínglíngkǎ'는 '300'이라는 번호를 먼저 눌

러야 되는 전화카드라는 뜻이 있다.

위의 예에서 시각적으로 한자보다는 숫자에 주목되는 것을 알 수 있다. 한자와 구별되는 느낌이 간단·명료하게 각인되기 때문이다.

(2) 로마자 신조어

신시기에는 로마자 사용 경향이 두드러지게 나타난다. 아라비아 숫자 신조어처럼 시각적으로 집중되기 때문이다. 일반적으로 소문자보다는 대문자로 많이 사용되며, 예로는 'CT機', 'DVD' 등이 있다.

제3절 신조어의 의미 특징

신시기 신조어의 의미는 주로 아래 몇 가지에 집중되어 있다.

(1) 경제체제 개혁

새로운 사회정책과 경제제도의 실행이 있었던 신시기에는 시장경제와 관련된 어휘들이 많이 등장하게 되었다. '私企 sīqǐ', '私營 sīyíng', '股民 gǔmín' 등의 예가 있다.

(2) 새로운 관념

생활방식의 변화는 동시에 사람들의 사상과 관념 역시 변화시켰다. 그 변화는 이 시기 신조어를 통해 확인할 수 있다. 예전에는 '뚱뚱한 것'이 '잘 산다, 생활이 부유하다'는 것을 의미했다. 하지만 지금은 오히려 '건강

하지 않다'는 의미로 생각의 전환이 발생하면서 새말 즉 '減肥 jiǎnféi'라는 말이 생겼다. '時尚 shíshàng', '環保 huánbǎo' 등도 이에 속한다.

(3) 과학기술

과학기술의 발달로 기계제품이 점차 보급되면서 신조어 역시 대량으로 출현했다. 통신망의 발달은 인터넷 사용자의 급격한 증가와 동시에 컴퓨터와 상관관계가 있는 용어도 점차 증가시켰다. 예를 들면 '微波爐 wēibōlú', '電飯鍋 diànfànguō', '鼠標 shǔbiāo', '傻瓜機 shǎguājī' 등이 있다.

이 외 순수 과학 영역의 신조어 역시 사람들에게 널리 인식되었다. 예를 들면 '基因 jīyīn', '克隆 kèlóng', '納米 nàmǐ' 등이 있다.

(4) 교육

무한경쟁 시기에 들어오면서 교육열이 높아지게 되었다. 새로운 교육방법, 교육과정 등 교육과 관련된 신조어가 많다. '夜大 yèdà', '希望工程 xīwànggōngchéng', 'MBA' 등이 있다.

(5) 오락

현재와 이전의 오락 문화는 차이가 있다. 그러므로 신조어가 다량으로 만들어지게 되었다. '卡拉 kǎlāOK', '陶吧 táobā', '街舞 jiēwǔ' 등의 예가 있다.

제2장
고어에서 기인하는 신조어

역사적으로 과거에 사용되던 어휘가 지금에 와서 비슷한 의미이지만 새로운 현대 감각의 의미가 첨가된 신조어가 있다. 대부분 낱말에서 고색 창연한 느낌을 풍기게 되며, 한동안 사회에서 사용되지 않았기 때문에 본래의 의미는 많이 퇴색하고 현대적으로 바뀌게 된다. 그러므로 일종의 신의어라고 할 수 있다.

'小康 xiǎokāng'은 현재 중산층 정도의 생활을 뜻하지만, 원래는 『예기禮記 · 예운禮運』에서 말하는, 유가의 가장 이상적인 대동세계大同世界보다 약간 떨어지는 수준의 사회를 일컫던 말이었다. '壯元 zhuàngyuán'은 현재 어떤 분야의 일인자, 권위자를 의미하지만, 본래는 과거시험에서 가장 좋은 성적으로 급제한 사람을 뜻하던 말이었다. 현재 중국에서는 소수민족을 제외하고는 한 가정 당 1명의 자녀만 출산하도록 하고 있다. 이러한 인구정책의 실시로 어휘에 있어서도 '小皇帝 xiǎohuángdì'라는 신조어가 생겼다. '皇帝 huángdì'라는 말은 지금은 사라진 신분이지만, 현 시대 사람들은 이것을 비유의 방법으로 재해석하여 귀여움만 받고 커서 자기 멋대로 하는 외아들이나 외동딸을 가리키는 말로 '小皇帝'를 사용하고 있다.

실제적으로 고어에서 기인하는 낱말은 많지 않다. 하지만 신시기 신조어의 특징이 되며, 전형적인 신의어에 속하는 신조어이다.

제3장
사회방언에서 흡수된 신조어

　방언은 지역방언과 사회방언으로 나뉜다. 지리적 요인에 의해 생기는 언어를 지역방언, 지리분화형 방언이라고 한다. 또한 사회적 요인으로 언어에 변화가 일어나는 것을 사회방언이라고 한다.

　사회방언으로 대표되는 것으로는 전문어, 직업어가 있다. 전문분야 용어, 직업군에서 주로 사용되는 용어는 여기에 속해 있는 사람들이 필요로 하는 낱말이며, 이것이 사회 전체적으로 사용되어 신조어가 되기도 한다. 경제, 의료, 과학, 교육 분야에서 사회방언으로부터 흡수된 신시기 신조어가 많이 생겨났다. 아래에서 살펴보겠다.

(1) 경제

　1978년 개혁개방 정책이 논의되면서 중국 경제는 새로운 전환점을 맞게 되었다. 1980년 초까지는 비교적 순조롭게 경제 개혁이 진행되었으나

1984년부터는 소매가격이 점점 상승하여 1988년에는 1984년 대비 소매 가격이 20%나 오르게 되었다. 1991년 하반기부터는 경제적으로 안정을 되찾아 한동안 고속 성장을 하다가 현재는 2008년 미국 발 세계금융위기 로 인해 중국 경제 역시 좋지 않은 상황이다. 경제의 굴곡 만큼이나 경제 방면 신조어의 등장이 눈에 띠게 많이 발견된다. '幫買 bāngmǎi', '融資 róngzī', '老鄕 lǎoxiāng', '虛業 xūyè' 등이 있다.

(2) 의료

의학의 발전과 생활 수준의 향상으로 의료기술도 발전하고 개인 건강 에 대한 관심도 높아지면서 의료분야의 전문 용어 중에서 보편적으로 널 리 사용되는 신조어가 생겨났다. '艾滋病 àizībìng', '安樂死 ānlèsǐ', 'CT' 등이 있다.

(3) 과학

기계, 전자, 전기 등 과학분야의 발전으로 'DVD', '克隆 kèlóng', '軟件 ruǎnjiàn', '因特網 yīntèwǎng' 등의 신조어가 생겨났다.

(4) 교육

1985년 5월에 의무교육제도가 도입되는 등 문맹률을 없애기 위한 중국 정부의 노력이 점점 커지고 있다. 또한 인구 정책으로 자녀에 대한 교육 열은 점차 뜨거워지고 있는 실정이다. 고학력 열풍 또한 교육 방면의 신 조어를 많이 만들고 있다. '博導 bódǎo', '博士後 bóshìhòu', '估分

gūfēn’ 등의 예가 있다.

어떤 신조어는 생기자마자 전 국민적 인식이 가능하게 되고, 어떤 신조어는 처음에는 일개 사회방언 어휘로 출현하여 점차 사회의 광범위한 약정을 거쳐 전 국민적인 어휘가 된다.

제4장
외래 신조어

　외래어란 외국에서 흡수된 어휘 가운데 사회적 승인을 받은 것을 말한다. 그러므로 외래어는 한 나라의 언어 체계가 흐트러지지 않는 범위 내에서 흡수된다는 전제 조건이 필요하다. 외래어는 외국어와는 달리 이미 외국에서 흡수된 단어가 토착 어휘화된 말이다. 세계 각 국 언어에는 각기 외국으로부터 흡수된 상당량의 외래어가 포함되어 있으며, 중국어에도 적지 않은 수의 외래어가 포함되어 있다. 중국어에 있어서 외래어는 중국어 이외의 언어에서 흡수된 단어가 중국어화 과정을 거친 어휘를 말한다. 다시 말하자면, 본래 외국어였던 어휘가 외국어로서의 색채는 퇴색되고, 중국어 통사구조 모형에 알맞게 바뀐 것이다.

　중국은 오랜 역사 가운데 줄곧 외래어가 존재했지만, 사회적 배경과 맞물려서 대량으로 외래어가 만들어진 시기는 다음의 세 시기를 들 수 있다. 첫째 서역과의 교류가 빈번하고 불교경전을 활발히 번역하였던 한漢·당唐시기(BC 202-AD 907), 둘째 5·4(1919) 전후 서양문물이 전해지던 시기[1],

셋째 1978년 개혁 개방 이후의 신시기가 바로 그것이다. 신시기에는 이전과는 차별되는 형태의 외래어가 대량으로 발견된다. 외래 신조어의 정의 및 범위, 외래어의 유형, 그리고 그것이 만들어지는 과정을 고찰해 보겠다.

제1절 외래 신조어의 정의

외래어는 비교적 이른 시기부터 중국에서 사용되었지만 본격적인 연구는 근래에 들어서면서이다. 외래어는 외국어가 중국어에 들어와 중국어화된 낱말로서, 비슷한 개념으로 차용어라는 용어가 있다. 중국 학술서에는 차용어에 대응되는 '借詞 jiècí'가 먼저 쓰였다. 그러나 '借詞'라는 용어는 전치사를 뜻하는 문법 용어 '介詞 jiècí'와 중국어 음이 같아서 구두로 표현할 때 혼란이 야기되어 외래어라는 용어가 더 많이 쓰이게 되었다(史有爲, 1991c:1-2). 학자에 따라서는 외래어와 차용어를 지칭하는 바가 다른 경우도 있다. 史錫堯·楊慶惠(1993:225)는 음역어는 외래어라고 하고, 일본어에서 전해진 한자어가 그대로 중국에서 사용되는 낱말은 차용어라고 하고 있다.

외래어의 정의 및 범위에 대해서는 학자들 간의 의견이 엇갈리고 있다. 의역에 의해 만들어진 낱말은 형태소와 조어법造語法이 중국적이므로 외래어로 간주하지 않는다는 것이 거의 공통된 견해이다[2]. 의역어 가운데는

---

1) 이 시기는 대외무역과 문화교류가 빈번하게 되면서 외국의 선교사와 상인들이 중국으로 몰려들기 시작했던 시기이다. 서양문물이 유입되면서 동시에 외래어가 대량으로 도입되었다. 외국 선교사와 학자들이 서방의 저작을 번역하면서 많은 외래어가 탄생하기도 하였고, 일본에서 명치유신 이후에 생겨난 근대번역어가 중국어에 흡수되기도 하였다.

외국어의 의미구조 형식 그대로 중국어로 직역을 한 특이한 형태가 있다. 다음의 예를 보자. '黑市 hēishì(black market)', '鷄尾酒 jīwěijiǔ(cocktail)', '代溝 dàigōu(generation gap)', '熱線 rèxiàn(hot line)', '蜜月 mìyuè (honeymoon)', '熱點 rèdiǎn(hot spot)', '熱狗 règǒu(hot dog)' 등이 있다. 羅常培(1950/1989:29)는 이것을 '借譯詞'라고 하였으며, 王力(1958:520)은 '摹借(calque)'라고 하였고, 張德鑫(1996:194)은 '全漢化意譯詞'에 상대되는 개념으로써 '半漢化意譯詞(仿譯詞)'라고 하였다. 이에 대해서는 아직까지도 의견이 분분하지만3), 필자는 이들 낱말은 어디까지나 의역의 일부분으로 간주하여 외래어 범주에 귀속시키지 않겠다.

중국의 외래어에는 일본 한자어의 형태만을 들여와 음은 중국식으로 읽는 특이한 형태가 있다. 일본과 밀접한 관계를 가지는 대만을 통해서 중국 대륙으로 들어오는 경우가 많은데, 중국인들이 거부감을 가질 만한 배경 요인이 특별히 없었기 때문에 쉽게 중국어에 흡수될 수 있었다. 형태와 소리 가운데 형태만을 빌린 특수한 형태의 빌림 현상에 대해서 처음에는 외래어에 귀속시켜야 한다는 주장들이 제기되었지만 王力(1958:520)은 이에 반대하였다. 분명 외국어에 바탕을 두지만 중국어 조어 형식을 지니고 있으며, 중국 음으로 읽히므로 외래어에 속하지 않는다고 본 것이

---

2) 이러한 논의에 대한 초기 논문으로는 張淸源(1957)의 『從現代漢語外來語的初步分析中得到的幾點認識』과 高名凱·劉正埮(1958)의 『現代漢語外來詞研究』가 있다. 또한 王力(1958:520)은 『漢語史稿』下冊에서 외래어를 '借詞(음역)'와 '譯詞(의역)'으로 나누고 '借詞'는 외래어이지만 '譯詞'는 외래어에 속하지 않는다고 하고 있다.

3) 張德鑫(1996:194)은 이들 단어를 외래어로 보고 있는 반면, 劉正埮·高名凱(1958:8-9)는 외래어가 아니라고 하며, 周振鶴·游汝杰(1987:234)도 'honey moon'을 '蜜月'로, 'oxford'를 '牛津'으로 번역한 것은 외래어라고 할 수 없다고 하고 있다.

다. 일본만큼은 아니지만 우리나라 한자어도 중국에서 사용되는 경우가 있다. '태권도'는 중국에서 '跆拳道'라고 하여 한자 형태가 그대로 사용된다. 물론 발음은 중국 음운체계에 따라 'táiquándào'라고 한다. 방금 언급한 일련의 예들은 접어두고, 이 책에서는 순수하게 음역 요소를 지니고 있는 어휘만을 외래 신조어라고 하기로 한다.

제2절 외래어의 유형

신시기 외래어의 유형은 크게 5가지로 요약된다. 첫째 외국어를 그대로 음역하여 중국인의 발음 체계에 맞게 표기한 형태가 있으며, 둘째 로마자를 그대로 사용한 것, 셋째 음역을 따르고는 있으나 의역을 해도 의미가 통하도록 각 형태소에 의미를 부여하고 있는 것[4], 넷째 음역된 단어에 그것을 대표하는 뜻의 형태소를 부가하는 방법, 다섯째 단어의 일부 형태소는 의역하고 일부 형태소는 음역하는 방식의 유형을 찾아 볼 수 있다.

(1) 단순 음역된 외래 신조어

음역이라는 명칭은 胡以魯(1914)의 『論譯名』에서 처음으로 적절하지 않은 용어라는 지적이 나왔다. 孫常敍(1957)도 그의 이론을 따르고 있는데, 음은 번역할 수 있는 성질이 것이 아니므로 음역이라는 표현은 적절하지 않다는 것이다. 이것은 논리적으로 타당하다. 하지만 음역이라는 말은

---

4) 葛本儀(2001:12)는 이러한 단어를 '音意兼譯詞'라고 칭하고 있으며, 符淮青(1985:185)은 '音譯兼譯音詞'라고 하였고, 劉叔新(1995:239)은 '兼顧意譯的純音譯詞'라고 부르고 있다.

의역에 상대되는 개념으로서 이해가 쉽고 또한 이미 오랜 기간 동안 보편
적으로 사용되어 왔으므로, 필자는 그대로 음역이라는 용어를 사용하기로
한다. 음역된 어휘는 다음과 같다.

秀(show)	xiù	쇼
拜拜(bye bye)	bàibài	바이바이, 잘가
沙龍(salon)	shālóng	살롱
的士(taxi)	dīshì	택시
托福(TOEFL)	tuōfú	토플
沙拉(salad)	shālā	샐러드
色拉(salad)	sèlā	샐러드
巴士(bus)	bāshì	버스
歐佩克(OPEC)	ōupèikè	OPEC
的士高(disco)	díshìgāo	디스코
迪斯科(disco)	dísikē	디스코
迪斯尼(Disney)	dísiní	디즈니
巧克力(chocolate)	qiǎokèlì	초콜릿
榻榻米(たたみ)	tàtàmǐ	다다미

　순수음역사는 한자의 뜻과는 상관없이 소리만 사용된다. '沙拉 shālā'
는 두 개의 글자가 하나의 묶음으로서 의미 단위가 더 이상 분리되지 않
는 음성 단위이다.

　어떤 경우는 기존에 이미 동일한 의미의 낱말이 있는데도 불구하고 음
역어가 만들어지기도 한다. '表演 biǎoyǎn', '演出 yǎnchū', '展現
zhǎnxiàn'이라는 말들이 있지만 '秀 xiù(show)'라는 음역어가 생긴 예가
바로 그것이다. '秀'는 조어능력이 강해서 낱말 안에서 하나의 형태소로

사용되어 '秀場 xiùchǎng', '個人秀 gèrénxiù', '聯合秀 liánhéxiù', '作秀 zuòxiù' 등과 같은 다양한 단어를 만들어 내었다.

음역 신조어 가운데는 방언에서 만들어진 외래어가 중국 표준어에 유입되는 경우가 많이 보인다. 자세한 것은 다음 장에서 살펴보겠다.

(2) 로마자로 된 외래 신조어

로마자가 중국어에서 사용되는 것은 이제 일반화되었다. 경제용어, 병명, 기관명 등 서양에서 들어오는 새로운 용어들이 많아지면서 더욱 친숙해지고 있다. 로마자가 현대 중국어의 어휘 체계를 형성하는 유기적인 조성 부분이 되고 있다는 것은 『現代漢語詞典(商務印書館)』에 부록으로 실려 있는 로마자 외래 신조어를 보더라도 쉽게 알 수 있다.

로마자 단어 가운데는 대표되는 글자만 따서 축약 형태를 보이는 로마자 신조어가 있는데, 간단·명료하여 쓰기도 기억하기도 쉽다.

1) 로마자만으로 된 단어

CEO	Chief Executive Officer
GDP	Gross Domestic Production
HACCP	Hazard Analysis Critical Control Point
LCD	Liquid Crystal Display
MBA	Master of Business Administration

영어 알파벳으로만 된 단어 가운데는 외국어와 형식적으로 전혀 차이가 없는데 외국어가 아닌 외래어로 사용되는 경우가 있다. 이것은 표기가 비록 알파벳만으로 표시되기는 하지만, 중국인에게 읽혀질 때는 미국식

혹은 영국식 영어 음과는 다른 중국인의 구강 구조에 맞는 중국식 발음으로 읽혀지기 때문에 이미 중국어화 된 어휘라고 볼 수 있다.

로마자가 중국인에게 거부감이 적은 이유는 중국어 발음 기호인 한어병음이 로마자에서 빌려 온 것이기 때문이다. 중국어 능력 시험인 HSK는 한어병음으로 'HànyǔShuǐpíngKǎoshì'의 축약 형태로 된 예이다.

2) 로마자와 한자의 혼합으로 된 단어

알파벳으로만 된 신조어 보다는 한번 더 중국어화 된 낱말이다. 예를 보자.

CD機	CD 플레이어
卡拉OK	가라오케
OA病	직업병
Visa卡	비자카드

(3) 음역과 의역이 동시에 된 신조어

중국에서 코카콜라는 '可口可樂 kěkǒukělè(coca cola)'라고 한다. 한자 뜻을 보면 '맛있고 즐겁고'의 의미이다. 소리가 'kěkǒukělè'라고 읽혀서 'coca cola'를 음역한 것을 알 수 있다. 각 형태소 선택이 신중하게 고려되었다.

중국어에는 음역과 의역이 동시에 된 신조어들이 많이 보인다. 우선 외국 음을 중국어 음계에 맞게 음역하고, 동음의 한자 가운데 최적의 의미를 나타낼 수 있는 형태소 선택 과정을 겪게 된다. 일종의 문자 유희같이 보이기도 하지만 상당히 절묘한 배합으로 된 단어로서 생명력이 있다. 예는 다음과 같다.

迷你	mínǐ (mini)	미니
香波	xiāngbō (shampoo)	샴푸
維他命	wéitāmìng (vitamin)	비타민
引擎	yǐnqíng (engine)	엔진
基因	jīyīn (gene)	유전자
百事可樂	bǎishìkělè (pepsi cola)	펩시콜라

위의 예는 음역뿐 아니라 가시적으로도 적절한 의미 형태소를 사용하여 글자 하나 하나의 의미가 원래의 뜻과 잘 부합된다. 한자가 뜻글자이자 소리글자라는 특성을 살려 중국어만의 묘미를 잘 보여주는 단어 조합 방식이다.

(4) 음역 형태소에 특징을 나타내는 의역 형태소의 합성

기본적으로 음역된 다음 그 뜻이나 특징을 나타내는 형태소를 덧붙이는 방식으로 만들어진 유형이다. 일반적으로 음역이 앞부분에 오고, 특징을 나타내는 형태소가 뒤에 덧붙는데, '酒吧 jiǔbā(bar)'처럼 반대의 경우도 있다. 예는 다음과 같다.

酒吧	jiǔbā (bar)	술집, 바

艾滋病	àizībìng (AIDS)	에이즈
愛滋病	àizībìng (AIDS)	에이즈
比薩餠	bǐsàbǐng (pizza)	피자
咖喱粉	gālífěn (curry)	카레
托福考試	tuōfúkǎoshì(TOEFL)	토플
恤衫	xùshān (shirt)	셔츠
桑拿浴	sāngnáyù (souna)	사우나
緊士褲	jǐnshìkù (jeans)	청바지, 진
高爾夫球	gāo'ěrfūqiú (golf)	골프

음역만으로 된 낱말은 쉽게 사람들에게 기억되지 못한다. 그러므로 음역 형태소 뒤에 그 단어의 특징 혹은 의미를 명시하는 뜻 부분 형태소를 덧붙이게 되었다. 사람들에게 익숙하게 된 후로는 뒤의 뜻 부분이 귀찮게 느껴지게 되어 다시 뜻 부분은 생략하고 '咖喱 gālí', '托福 tuōfú', '高爾夫 gāo'ěrfū'처럼 음역 형태소 부분만 사용되기도 한다.

(5) 일부는 음역 되고 일부는 의역된 신조어

단어의 일부는 의역하고, 일부는 음역한 외래어가 여기에 속한다. 이것이 앞 절의 '(4)음역 형태소에 특징을 나타내는 의역 형태소의 합성'과 구별되는 것은 뜻 부분에 해당하는 형태소가 덧붙어진 부가적인 요소가 아니라 그것이 외국어였을 당시에도 낱말의 한 구성부분이었다는 점이다. 陳克(1993:172)은 이러한 단어는 피진영어(Pidgin English)[5]에서 유래하였

---

5) 피진어란 피지배계층이 식민지 개척자들이나 농장 소유자들의 언어에서 차용한 일관성 없는 일련의 단어들로서, 주로 상거래에 사용되며, 어순면에서는 지극히 가변적이고, 문법적인 면에서는 거의 보잘 것 없는 언어이다. 가끔은 현대 남태평양의 피진영어처럼 통용어(lingua franca)가 되어 수십 년에 걸쳐 복잡성이 더

다고 한다.

因特網	yīntèwǎng (internet)	인터넷
二惡英	èr'èyīng (dioxin)	다이옥신
新德里	Xīndélǐ (Newdelhi)	인도의 수도 뉴델리
迷你裙	mínǐqún (mini skirt)	미니스커트
檸檬水	níngméngshuǐ (lemonade)	레몬에이드
多普勒效應	Duōpǔlèxiàoyìng (Doppler effect)	도플러효과
蓋洛普民意測驗	gàiluòpǔmínyìcèyàn (Gallup poll)	갤럽조사
米奇老鼠(米老鼠)	mǐqílǎoshǔ(mǐlǎoshǔ) (Mickey Mouse)	미키마우스

제3절 신시기 외래어의 형성 과정

상해, 광주, 홍콩 등 방언 지역에서 입말로 사용되던 음역어와 대만에
서 쓰던 음역어들이 신시기 신조어에 많이 흡수되었다. 경제 중심지역의
언어가 대단한 시장가치를 지니게 되어 전국으로 유행하게 된 것이다. 아
마도 이러한 사회적 배경이 있었기 때문에 음역의 외래어가 쉽게 표준어
체계에 합류할 수 있었던 것 같다. 음역은 세련된 말이라는 심리가 작용
하여 방언에서 유래하는 음역 단어가 중국 표준어에서 사용되던 의역 단
어를 대신하기도 한다. 이것은 중국 표준어 체계에도 영향을 미쳐서 의역
대비 음역 비율이 점차 높아지고 있다.

的士 dīshì(taxi), 巴士 bāshì(bus), T恤衫 T-xùshān(T-shirt), 香波
xiāngbō(shampoo) 등은 기존의 단어인 '出租汽車 chūzūqìchē', '公共汽

해질 수도 있지만, 일반적으로 해당 지역의 자연언어가 되지 않은 언어를 피진
어라고 한다. 피진어가 모국어가 된 경우는 크리올어(creole)라고 한다.

車 gōnggòngqìchē', '襯衫 chènshān', '洗髮露 xǐfālù'를 대신하여 사용되고 있다. 예전에 택시가 적었을 당시에는 택시를 '出租車 chūzūchē', '計程車 jìchéngchē'라고 불렀다. 개혁개방 이후 도시 교통 구조의 급변으로 택시가 많아지게 되었다. 1980년대 중반부터는 홍콩에서 사용되던 taxi의 음역어 '的士 dīshì'가 표준어에서도 사용되기 시작하였는데, '的士'는 '打的'라는 단어도 파생시켰다. '打的'는 홍콩말로 '搭的士(택시를 타다)'라는 말이다. 즉 '搭的士'에서 '搭'가 해음諧音인 '打 dǎ'로 변형된 것이다. 해음이란 글자의 음이 같거나 유사한 것을 말한다. '打的'의 '的 dī'는 '的士'의 '的 dī'에서 따온 것으로, 같은 방법으로 '打車 dǎchē'라는 말이 만들어졌다. '搭乘出租汽車'라고 말하는 것보다 '打的'라고 말하는 것이 간결하고 명쾌하기 때문에 사용률이 급속도로 확대되었다.

지금은 보기 힘들지만 10여 년 전 중국 거리에는 노란색 봉고 택시 '面的 miàndī'가 거리를 활주하고 있었다. '面包車 miànbāochē'의 '面 miàn'과 '的士'의 '的'가 합쳐져서 만들어진 말이다. 이 외 표준어에서는 '巴士 bāshì'를 응용하여 '大巴 dàbā', '中巴 zhōngbā', '小巴 xiǎobā'라는 말이 널리 쓰이고 있는데, 이것은 각각 '大型巴士 dàxíngbāshì', '中型巴士 zhōngxíngbāshì', '小型巴士 xiǎoxíngbāshì'가 축약된 것이다.

한 나라의 언어는 외부적 요인으로 인하여 내부적 변화를 거듭해 가는 동기를 부여받게 된다. 신시기 외래어는 영어에서 들어온 단어가 대부분을 차지하고 있다. 이러한 현상은 다른 비영어국가에도 동일하게 나타나는 현상인 것 같다. 요즘은 인터넷에 모든 정보가 실려 있으며 인터넷으로 전세계가 같은 시간, 같은 공간으로 묶이게 되는데, 인터넷에서 사용되는 언어의 80%가 영어임을 감안한다면 영어에서 흡수된 외래어의 영향이 어느 정도인지는 더 이상 언급할 필요가 없을 것이다.

중국은 다민족 국가로서 소수민족들은 그들 고유의 언어와 중국 표준어를 사용하고 있다. 이들 소수민족에서 사용되는 어휘가 중국 표준어에 전파되어 외래 신조어로 사용되는 경우도 있을 수 있다. 신시기 이전에는 이러한 낱말이 종종 있었다. 하지만 신시기 이후로는 정책적으로 소수민족에게 중국 표준어가 보급되면서 그들 언어의 영향력은 많이 축소되었다. 이를 반영하듯 신시기에 소수민족 언어에서 흡수된 외래어를 필자는 아직까지 찾지 못하고 있다.

소결 :

중국어에는 예전에 비해서 외래어가 많아지고 있다. 의역을 해야지만 중국어적인 맛을 살릴 수 있다는 고정 관념은 깨지고 점차 외래어의 사용이 많아지고 있다. 외래어의 적절한 사용은 시대적·사회적 흐름과 함께 생동하여 중국어 발전에 긍정적인 영향을 미치겠지만, 외래어의 무분별한 사용은 역시 문제가 된다. 사실 상 외래어의 사용은 인위적으로 막을 수 있는 성질의 것이 아니다. 1980년대 중반, 어떤 잡지에는 '的士 dīshì'에 대한 비판의 기사가 실렸다. 상해시 관계 부처에서는 '的士' 대신에 '出租汽車 chūzūqìchē'를 일률적으로 사용하라는 지시를 내렸으나, '的士'는 여전히 광범위하게 사용되었다고 한다.

언어는 항상 변하고 있으며, 인위적으로 조작될 수 있는 것이 아니다. 언어가 대중에 의하여 변화된다고 하면 언어의 구성 요소인 외래어의 사용 여부도 그 시대 대중의 힘으로 정해지는 것이다. 그러므로 중국 학자 중 일부 의역만을 사용해야 한다는 생각은 더 이상 논의거리가 될 수 없다.

제5장
방언에서 유래하는 신조어

중국의 방언 신조어라는 것은 중국 방언 지역에서 사용되던 어휘가 사용지역의 증가 혹은 사용인구의 증가에 의하여 통용 비율이 전국적으로 확대됨으로써 표준어에 흡수되어 신조어로서의 지위를 갖추게 된 어휘를 뜻한다. 『現代漢語詞典』에는 방언에서 유래한 어휘를 〈方〉으로 분리하여 표시하고 있는데, 이는 표준어에 있어서의 방언의 영향이 단지 단순하게 간과하고 지나갈 수 있는 종류의 것이 아님을 보여준다.

제1절 『現代漢語詞典』에 수록된 방언 신조어-1

(1) 종류

먼저 방언에서 표준어로 흡수된 어휘 중에서 신조어라고 판단되는 단

어의 예를 『現代漢語詞典』을 참조로 살펴보면 다음과 같다. 어느 지역
에서 사용되던 어휘인지 비교적 정확하게 알 수 있는 낱말이다.

> 巴士 bāshì [ⓃⒿ[6]粵語[7] : $pa^{53}xi^{35}$] ‣ 버스
> 白粉 báifěn [Ⓙ吳語] ‣ ①벽을 칠할 때 사용하는 백토 ②헤로인
> 擺平 bǎipíng [ⓃⒿ吳語] ‣ 처벌하다.
> 煲 bāo [ⓃⒿ粵語①②][Ⓝ客家語②] ‣ ①솥 ②솥으로 음식을 끓이다.
> 吃豆腐 chīdòufu [Ⓙ吳語] ‣ ①여자를 희롱하다. ②농담하다. ③옛날에
> 　　는 상가에서 준비한 반찬 가운데 두부가 있었는데, 이로부터 상가에 조
> 　　문하러 가서 밥을 먹는 것을 가리키게 됨.
> 出血 chūxuè [Ⓝ北方語] ‣ 돈이나 물건을 가지고 나오는 것을 비유함.
> 的士 dīshì [Ⓙ粵語 : $tɪk^{55}\ ʃi^{22}{}_{35}$] ‣ 택시
> 嗲 diǎ [吳語] ‣ ①어리광부리다. 아양 떨다. ②좋다. 특별하다.
> 發嗲 fādiǎ [ⓃⒿ吳語] ‣ 어리광을 피우다. 애교를 부리다.
> 發燒友 fāshāoyǒu [粵語] ‣ 어떤 일을 열심히 하는 사람.
> 盖帽兒 gàimàor [ⓃⒿ北方語] ‣ 대단히 좋다.
> 罐頭 guàntou [Ⓙ吳語] ‣ 깡통. 통조림.
> 火暴 huǒbào [ⓃⒿ②北方語] ‣ ①성급하다. ②왕성하다. 홍청거리다.
> 計程車 jìchéngchē [Ⓝ粵語] ‣ 소형택시
> 酒水 jiǔshuǐ [Ⓝ吳語[8] : $tɕiɤ^{34}\ ʂ^{34}$] ‣ 술자리. 연석.

---

6) 본래 어느 지역에서 사용되던 방언 어휘인지는 段開璉(1994)의 『中國民間方
言詞典』과 閔家驥(1991)의 『漢語方言常用詞詞典』을 참조로 한다. 전자는
Ⓝ, 후자는 Ⓙ로 표시한다. 『中國民間方言詞典』은 중국 방언 지역을 北部方
言, 吳方言, 粵方言, 湘方言, 贛方言, 閩方言, 客家方言의 7대 방언으로, 『漢
語方言常用詞詞典』은 北方話, 吳語, 湘語, 贛語, 閩北話, 閩南話, 客家話,
粵語의 8대 방언으로 나누고 있다.
7) '巴士 bāshì'의 월어 국제음(IPA) 표기는 北京大學中國語言文學系語言學教
研室編(1989)의 『漢語方音字彙』를 참조로 하였다.
8) '酒水 jiǔshuǐ'의 오어 국제음(IPA) 표기는 北京大學中國語言文學系語言學教
研室編(1989)의 『漢語方音字彙』를 참조로 하였다.

開涮 kāishuàn [Ⓝ Ⓙ北方語] ‣ 농담하다. 웃기다. ; 농담하는 사람.

侃 kǎn [Ⓝ Ⓙ北方語] ‣ 한담하다.

侃大山 kǎndàshān [Ⓝ Ⓙ北方語] ‣ 잡담하다. 한담하다.

老公 lǎogōng [Ⓝ北方語][Ⓝ贛語]『簡明吳方言詞典』「南昌方言詞彙」「桂林方言詞彙」『湖南省來陽方言記略』『廣州話方言詞典』[9] ‣ 남편.

門兒淸 ménrqīng [Ⓝ Ⓙ北方語] ‣ 매우 분명하게 이해하다.

拍檔 pāidàng [Ⓝ粵語] ‣ ①합작 ②합작하는 사람.

拍拖 pāituō [Ⓝ粵語] ‣ 연애하다.

全家福 quánjiāfú [Ⓝ Ⓙ吳語] ‣ 가족사진.

三只手 sānzhīshǒu [Ⓝ北方語][Ⓝ粵語]『簡明吳方言詞典』『廣州話方言詞典』『四川方言詞典』 ‣ 소매치기

傻帽兒 shǎmàor [Ⓝ Ⓙ北方語] ‣ 바보같다. ; 바보. 멍청이.

涮 shuàn [Ⓝ Ⓙ北方語] ‣ 거짓말을 하여 속이다.

送人情 sòngrénqíng [Ⓙ吳語] ‣ 선물을 주다.

聽 tīng [Ⓝ Ⓙ吳語][Ⓝ北方語] ‣ 깡통. 양철통.

托兒 tuōr [官話・北方北京] ‣ 장삿속으로 바람 잡는 사람. 바람잡이.

臥底 wòdǐ [Ⓙ北方語][Ⓝ粵語] ‣ 잠입하다. 숨어들다.

尋開心 xúnkāixīn [Ⓝ吳語] ‣ 놀리다. 농담하다. 장난하다.

找轍 zhǎozhé [Ⓝ北方語] ‣ ① 얼버무리다. ② 수단 방법을 찾아내다.

(2) 지역분포와 지역별 신조어의 특성

앞에서 예로든 방언 신조어가 중국 표준어에 흡수되기 이전에 원래부

---

9) 어느 방언지역에 속하는지 한마디로 말하기 힘든 단어의 경우인데, 이러한 것은 해당 단어의 조사 가능한 자료를 명기해 놓았다. 『簡明吳方言詞典(閔家驥・范曉・朱川・張嵩岳 1986)』, 「南昌方言詞彙(熊正輝『方言』4, 1982와 『方言』1, 1983)」, 「桂林方言詞彙(楊煥典『方言』2, 1982)」, 「湖南省來陽方言記略(鐘隆林 『方言』3, 1987)」, 『廣州話方言詞典(饒秉才・歐陽覺亞・周無忌 1981)』.

터 사용되었던 지역을 주목해 보자. 그 지역적 분포 수치는 다음의 표와 같다.

北	吳	贛	湘	粵	客	閩	
12	1	1	·	2	·	·	北
	10	·	·	·	·	·	吳
		·	·	·	·	·	贛
			·	·	·	·	湘
				6	1	·	粵
					·	·	客
						·	閩

표 방언에서 유래한 신조어의 지역별 분포수치

이 표에 의하면 '북방어〉 오어〉 월어〉 북방화와 월어〉 북방어와 오어 =북방어와 공어=월어와 객가어'에서 사용되던 단어가 표준어 신조어가 된 경우는 각기 12개(36.4%)〉 10개(30.3%)〉 6개(18.2%)〉 2개(6.1%)〉 1개(3.0%) =1개(3.0%)=1개(3.0%)임을 알 수 있다.

이 뿐 아니라 3개 이상 지역에서 사용된 것으로 짐작되는 신조어도 발견된다. '老公 lǎogōng'은 북방어와 감어 지역에 걸쳐 두루 사용되던 단어이다. 그러나 지점방언으로는 더욱 넓은 곳에서 사용되고 있다. 신조어의 절대 다수는 각 지역 방언에서 공동으로 쓰이던 것이 많으므로, 전국적으로 여러 곳에 퍼져 사용되었을 가능성도 배제할 수는 없다. 자료에 따라서는 '老公'이 홍콩에서 표준어로 들어왔다고 하기도 하는데, 이 단어가 중국 표준어 단어가 될 수 있었던 것은 홍콩의 영향에 의한 것이라는 점도 개연성 있는 설명이다.

‘三只手 sānzhīshǒu’는 북방어과 월어에서 두루 사용되던 단어이지만, 『簡明吳方言詞典』에도 실려 있는 것으로 보아 지점방언으로는 더 넓은 곳에서 사용되었다는 것을 알 수 있다. 위의 표는 사실상 오차가 존재할 수 있다. 하지만 방언에서 유래한 신조어의 전체적인 지역 분포에 대한 통계치를 개략적으로 살펴볼 수는 있을 것이다.

북방어에서 흡수된 신조어는 12개로 다른 지역에서 흡수된 어휘에 비하여 월등하게 많은 비율을 차지하고 있다. 이것은 북방어의 사용 지역이 중국 전체 면적의 약 70%를 차지할 정도로 다른 방언 지역에 비해서 지역이 광대하고 동질성이 강하게 나타나기 때문이다. 다른 방언 지역에 비해서 동일한 혹은 비슷한 형태의 어휘 사용 비율이 비교적 높기 때문에 상대적으로 표준어에 흡수되기 쉬운 것 같다. 하지만 어음·어휘·어법 면에서 완전한 일치를 보인다고 단정지을 수는 없다[10]. 즉, 광대한 지역을 기반으로 하고 있으며 대량의 인구수를 보유하고 있고 또한 그 인구의 이동과 함께 오랜 역사 과정을 지내왔기 때문에 북방어 내에서도 그 차이점은 물론 존재한다. 북방어의 차방언次方言에서 사용되는 단어 가운데는 표준어의 지위를 얻지 못하는 어휘가 적지 않은데 그 이유가 바로 여기에 있다. 그러나 방언에서 유래한 신조어 가운데 북방어에서 흡수된 어휘가 가장 많이 발견되는 근본적인 이유는 이들 어휘가 지역적으로 표준어 사용 지역에 속하기 때문이다.

---

10) 언어학자들은 北方語를 다시 北方語, 西北語, 西南語, 江淮語의 네가지 하위 부류로 세분하고 있다. 북방어 차방언으로써의 북방어는 河北(북경 포함), 河南, 山東, 東北三省 및 內蒙古의 일부 지역에서 사용되고 있다. 西北語는 山西, 陝西, 甘肅, 寧夏 및 河北, 靑海, 內蒙古 서쪽의 일부에서 사용되고 있고, 西南語는 湖北(東南 모퉁이 지역 제외), 四川(重慶 포함), 雲南, 貴州, 廣西의 서북 지역 및 湖南의 서북 모퉁이 지역에서 사용되고 있다. 江淮語는 安徽省 중부지역, 江蘇省의 양자강 이북 지역, 南京市 등지에서 사용되고 있다.

‘聽 tīng’의 사용은 중국의 역사적인 배경을 엿볼 수 있게 한다. ‘깡통·양철통’의 의미를 가지고 있는 영어의 ‘tin’은 영국에서 사용되는 단어로써, 미국에서는 이것을 ‘can’이라고 한다. 1842년 남경조약 체결로 문호를 개방하게 된 상해 항구는 이때부터 영국의 영향을 받게 되었다. 실제로 중국의 외래어 가운데 영국 영어가 적지 않은 이유, 그리고 학교에서 영국식 영어를 가르치는 이유는 홍콩이 1997년까지 1백년을 영국의 통치를 받았다는 사실과 미국을 바라보는 중국 측의 정치적 입장으로 설명될 수 있을 것이다.

오어에서 유래한 신조어는 10개로 비교적 높은 수치를 보인다. 북방어 사용지역과 거리가 인접해 있고 오어로 대표되는 상해가 중국 경제 중심에 해당된다는 것으로 설명될 수 있다.

월어 어휘는 지역적으로 북방어 지역과 거리가 떨어져 있으며, 발음상으로도 큰 차이가 있음에도 불구하고 비교적 높은 수치를 띠고 있음을 볼 수 있다. 그 이유는 홍콩과 광주를 중심으로한 상업이 발달한 지역의 경제 흐름이 언어에도 영향을 미쳤기 때문이다. 일찍 개항되어 외국과의 무역이 많은 홍콩에서 생긴 새말은 월어 전체뿐 아니라 표준어에까지 영향을 미치게 되었다. 홍콩과 광동은 동일하게 월어 사용 지역이다. 하지만 홍콩에서 사용되는 월어에는 외래어가 너무 많아서 광동 지역 사람들이 제대로 알아듣지 못한다는 재미있는 일화도 있다.

방언에서 표준어에 흡수된 방언 신조어는 인구수와도 상관관계가 있다. 黃伯榮·廖序東(1997)에 의하면 각 방언을 사용하는 사람들의 비율은 “北方語(73%)〉 吳語(7.2%)〉 閩語(5.7%)〉 粵語(4%)〉 客家語(3.6%)〉 贛語(3.3%)〉 湘語(3.2%)”라고 한다. 표준어에서 필요로 하는 어떤 단어가 이형동의異形同意의 형태로서 두 방언 지역에서 보인다면 이 중에서 통용 지역이 넓게 나타나거나 사용 횟수가 많이 보이는 방언 어휘가 표준어에 흡수될 것이다. 인구수가 많으면 통용 지역 혹은 사용 횟수가 높아진다고 짐작해 볼 수 있다.

제2절 『現代漢語詞典』에 수록된 방언 신조어-2

방언에서 유래한 신조어를 조사하는 가운데 『現代漢語詞典』에 수록되어 있기는 하지만 방언 어휘로 분류가 되지 않은 어휘들을 찾아볼 수 있었다. 그 예는 아래와 같다.

(1) 북방어에서 유래한 신조어

倒爺 dǎoyé ▸ 이익을 남기기 위해서 매점매석하는 사람
砍 kǎn ▸ 말하다. 한담하다.
砍大山 kǎndàshān ▸ 한담하다.

(2) 오어에서 유래한 신조어

出道 chūdào [ts'ə?^{55} dɔ^{13}] ▸ 직업이 있어서 독립적인 생활이 가능한 것.

(3) 월어에서 유래한 신조어

炒魷魚 chǎoyóuyú [ts'au^{35} iɐu^{21} y^{21}] ▸ 해고하다.
打工 dǎgōng [ta^{35} koŋ^{55}] ▸ 아르바이트

'打工 dǎgōng'은 예전에 비해서 그 의미가 확장된 단어이다. 원래는

막노동 같은 거친 일만을 지칭하였으나, 지금은 시간제로 일하는 아르바이트까지 통틀어 의미한다. 위의 예들은 공통적으로 『現代漢語詞典』에 실려서 표준어로서 사용되지만, 사전에는 방언에서 유래한 어휘라는 언급이 없다.

제3절 『現代漢語詞典』에 실리지 않은 신조어

지금까지는 이미 『現代漢語詞典』에 실려 있을 정도로 일상어가 되어버린 방언에서 유래한 신조어를 고찰하였다. 이번에는 『現代漢語詞典』에 실리지 않은 시간적으로 보다 신선한 방언에서 유래한 신조어에 대하여 연구해보도록 한다. 특히 오어와 월어에 기원을 두는 방언 신조어를 중점적으로 살펴보겠다.

(1) 오어에서 유래한 신조어

오어에서 유래한 신조어로는 다음의 예가 있다.

派對 pàiduì [p'ɑ^{51} te^{35}][11] ‣ 파티
寫字間 xiězìjiān [ɕia^{34} zʅ^{13} kɛ^{53}] ‣ 사무실
小兒科 xiǎo'érkē ‣ 수준이 낮은 철없는 행위를 비유
兮兮 xīxī [ɕi^{53} ɕi^{53}] ‣ 매우. 충분히.

---

11) 오어에서 흡수된 신조어의 국제음(IPA) 표기는 北京大學中國語言文學系語言學敎硏室編(1989)의 『漢語方音字彙』와 李榮의(1997) 『現代漢語方言大詞典-上海方言詞典』을 참조로 하고 있다.

'派對 pàiduì'는 영어의 party(파티)를 오음으로 음역한 말이다. '小兒科 xiǎo'érkē'는 원래 소아과를 가리켰지만, 신조어로는 수준이 낮은 철없는 행위를 비유한다. '兮兮 xīxī'는 '髒兮兮 zāngxīxī' 혹은 '神經兮兮 shénjīngxīxī'와 같이 형용사 뒤에 붙어서 형용사의 정도가 심함을 나타내는데, 음이 중첩되어 발음상 재미있는 효과를 내기 때문에 점점 확산될 수 있었던 것으로 보인다.

(2) 월어에서 유래한 신조어

월어에서 유래한 신조어는 비교적 많다. 그 예는 다음과 같다.

大出血 dàchūxuè	・	①상품을 헐값에 팔다. ②개인파산
大牌檔 dàpáidàng	$[tai^{22}\ p'ai^{21}\ tɔŋ^{33}]$[12]	・ 길가의 잡화상
過江龍 guòjiānglóng	・	외지에서 들어온 지하 조직의 두목 혹은 외국의 거상
發廊 fàláng	・	고급 이발소
發燒 fāshāo	・	정신 나가다.
駭客 hàikè	・	해커
精品屋 jīngpǐnwū	・	고가품만을 전문적으로 취급하는 상점
鐳射 léishè	・	레이저
埋單 máidān	$[mai^{21}\ tan^{55}]$	・ 계산하다.
人蛇 rénshé	$[iɐn^{21}\ sɜ^{21}]$	・ 배에서 도둑질하는 사람
水貨 shuǐhuò	・	①질 나쁜 물건 ②해외에서 관세를 내지 않고 몰래 들여온 물건

---

12) 월어에서 흡수된 신조어의 국제음(IPA) 표기는 北京大學中國語言文學系語言學教研室編(1989)의 『漢語方音字彙』와 李榮(1998/2000)의 『現代漢語方言大詞典-廣州方言詞典』을 참조로 하였다.

寫字樓 xiězìlóu   [ʃε³⁵ tʃi²² lɐu¹¹] ‣ 큰 상점의 사무실
T恤衫 T-xùshān   [s ø t⁵⁵ sam⁵⁵] ‣ 티셔츠
朱古力 zhūgǔlì   [tsy⁵³ ku⁵⁵ lek⁵⁵] ‣ 초콜릿

'大出血 dàchūxuè'와 '發燒 fāshāo'는 방언에서 유래한 신조어의 의미와 표준어에서 원래 사용되던 의미가 서로 다르다. '大出血'는 원래 '몸에서 피가 많이 나다'라는 뜻이고, '發燒'는 '몸에서 열이 나다'라는 뜻으로 쓰이던 단어이다. 월어에서는 각각 '헐값에 상품을 팔거나 개인파산'을 가리키는 말과 '정신 나가다'의 의미로 사용되었다. 동형이의同形異義의 단어가 표준어에도 들어오면서 지금은 신·구의 의미가 공존하여 사용된다.

'埋單 máidān'은 식당에서 계산할 때 종종 사용된다. 월어에서 '埋 mái'은 원래 '결산하다, 총결하다'라는 뜻으로 사용된다. 그러므로 '埋單'이라는 말은 '계산서를 합산하다' 즉 '먹은 음식을 모두 계산하다'라는 뜻이다. 그런데 북방어를 사용하는 사람들은 이 단어의 형태를 오해하기 시작하였다. 표준어에는 '埋 mái'라는 말에 '합산하다, 계산하다, 결산하다'라는 말이 없기 때문이다. 단지 '덮다, 매장하다'라는 뜻이 있을 뿐이다. 그러므로 북방 사람 중에는 '埋'를 '買'로 잘못 해석하여, '계산서를 사다'라는 말에서 '계산하다'라는 뜻이 된 것으로 오인하는 사람들이 생겨났다. 심지어는 '買單 mǎidān'이 바르다고 생각하는 사람들이 있을 정도이다. '埋單'이 '買單'으로 오용되어 사용되는 것은 중국 각 지방마다 한자의 의미가 다르게 사용되기도 한다는 것을 보여준다.

제4절 방언에서 유래한 신조어의 음운특징

북경음과 기타 방언음은 음운체계가 많이 다르다. 그러므로 방언 어휘가 북방어에서 사용되는 데는 여러 장애요소가 내포된다. 특히 남부방언 지역은 산과 계곡으로 둘러 싸여 외부와의 왕래가 어렵기 때문에 지방적 특수성이 크게 발달되었다. 그러므로 이들 단어의 음가는 특히 음운적으로 북방의 표준어와는 큰 차이가 있다.

이러한 한계가 있음에도 불구하고 오어 혹은 월어 어휘는 신조어로 많이 사용되고 있다. 오어와 월어 사용 지역은 다른 지역에 비해서 변화가 많으므로 새롭게 만들어지는 신조어도 많아지게 되고, 따라서 표준어에서 차지하는 방언 신조어의 비율 역시 높다. 경제가 발달한 지역인 만큼 노동 효율이 높은 젊은 사람들이 많이 모여들기 마련인데, 이것도 신조어 전파를 배가시키게 된다.

필자는 오어와 월어 각각의 방음을 표준어음과 비교하여, 방언에서 표준어로 이동되어 사용되면서 음운이 어떻게 바뀌었는지를 알아보고자 한다. 또한 방음에 남아 있는 고음의 흔적으로 중고시기의 음가도 함께 생각해 보기로 한다.

(1) 오어에서 유래한 신조어의 음운특징

오어에서 흡수되어 신조어가 된 어휘 가운데 그 음을 알 수 있는 어휘는 다음의 다섯 개가 있다. 각 어휘 옆에는 국제음표가 달려 있는데, 표준어음과 오음의 비교를 쉽게 하기 위하여 각각의 국제음표 IPA를 적어 보았다[13].

酒水 jiǔshuǐ	[tɕioɯ²¹⁴ ʂueɪ²¹⁴]	[tɕiɤ³⁴ sɿ³⁴]
派對 pàiduì	[p'aɪ⁵¹ tueɪ⁵¹]	[p'a⁵³ te³⁵]
寫字間 xiězìjiān	[ɕiɛ²¹³ tsɿ⁵¹ tɕiɛn⁵⁵]	[ɕia³⁴ zɿ¹³ kɛ⁵³]
出道 chūdào	[tʂ'u⁵⁵ tao⁵¹]	[ts'əʔ⁵⁵ dɔ¹³]
兮兮 xīxī	[ɕi⁵⁵ ɕi⁵⁵]	[ɕi⁵³ ɕi⁵³]

오어에는 [b], [d], [g], [v]와 같은 유성음이 존재한다. [b]는 표준어 음계
에서 [p] 혹은 [p'], [d]는 [t] 혹은 [t'], [g]는 [k] 혹은 [k'], [v]는 [f] 혹은 [u]로
발음된다. '出道 chūdào'의 '道 dào'는 오어에서 [dɔ¹³]로써 성모가 유성
음 [d]로 발음되는데, 이것이 표준어 음계에서는 [t]로 발음된다. 또한 표준
어에는 설첨후음 계열인 [tʂ]·[tʂ']·[ʂ]가 설첨전음 계열인 [ts]·[ts']·[s]
와 구별되고 있다. 그러나 오어 지역에서는 이러한 변별이 이루어지고 있
지 않다. 설첨후음은 북방 지역에서 볼 수 있는 특징적인 발음 형식이기
때문이다. 북방어에서 설첨후음으로 발음되는 음이 오어에서 설첨전음으
로 발음되는 예로는 '酒水 jiǔshuǐ'의 '水 shuǐ'와 '出道 chūdào'의 '出
chū'를 들 수 있다. '水'는 표준어에서 성모가 설첨후음 [ʂ]으로 발음되나
오음에서는 설첨전음 [s]로 발음되며, '出'는 표준어 음계에서 성모가 설첨
후음 [tʂ']로 발음되나 오음에서는 [ts']로 발음된다.

상해 말을 비롯한 대부분의 오어는 단모음화의 결과로 ai[aɪ], ao[ao],
ou[oɯ]처럼 앞쪽의 향도響度가 높고 뒤쪽의 향도가 낮은 前響復合元
音14)의 2중모음들이 존재하지 않는다. 예를 들면, '派對 pàiduì'의 '派

---

13) 중국 표준어의 국제음(IPA)은 노먼(Norman 1988:139-141)의 견해를 약간 수정
한 것을 기초로 하여 전사한 것이며, 오음의 국제음(IPA)은 北京大學中國語言
文學系語言學敎硏室編(1989)의 『漢語方音字彙』와 李榮(1997)의 『現代漢
語方言大詞典-上海方言詞典』을 참조로 상해음을 기본으로 전사하였다.
14) 학자에 따라서 '下降復元音', '衰弱復元音', '漸降復元音'이라고도 한다.

pài'는 표준어에서 모음이 [aɪ]로 발음되어 향도가 하강하지만, 오어에서는 모음이 [ɔ]로써 단모음으로 발음된다. 또한 '出道'의 '道'는 표준어에서 모음이 [ɑo]로 발음되어 향도가 하강하지만, 오어에서는 모음이 [ɔ]로 발음되어 단모음이 된다. 상해말 운모로는 元音尾韻母, 鼻音尾韻母 [ŋ] 혹은 鼻化韻尾, 喉塞音韻尾의 세 가지 유형이 있는데, 그 가운데 운미 [ŋ] 및 [ʔ]는 오로지 모음 [i], [ə], [ɑ], [u], [o], [ɔ]의 뒤에만 등장한다. '出道'에서 '出'의 오음은 [tsʻəʔ]로써, [ʔ]가 [ə] 뒤에 오고 있다.

위의 예를 전체적으로 살펴보았을 때, 북방어 음은 다량의 2중모음과 3중모음을 보유하고 있음을 알 수 있다. 이것은 상대적으로 그러한 모음이 극히 드문 오어와는 눈에 띄게 대조되는 현상이다. 중고중국어에 복모음이 많다는 것을 감안해 본다면 북방어에 복모음이 많이 남아 있는 현상은 비교적 보수적인 특질이라고 볼 수 있다.

(2) 월어에서 유래한 신조어의 음운특징

월어에서 유래한 신조어 가운데 그 음을 알 수 있는 단어는 다음과 같다. 각 단어 옆에는 두 가지 종류의 발음을 명기한 IPA가 있는데, 전자는 표준어를 IPA로 나타낸 것이고, 후자는 월어 IPA를 나타낸 것이다[15].

巴士 bāshì	[pA^{55} ʂ^{51}]	[pa^{53} xi^{35}]
的士 dīshì	[ti^{35} ʂ^{51}]	[tɪk^{55} ʃi$^{22}_{35}$]

---

15) 중국 표준어의 국제음(IPA)은 앞에서와 마찬가지로 노먼(Norman 1988:139-141)의 견해를 약간 수정한 것을 기초로 전사하였으며, 월어에서 흡수된 신조어의 국제음(IPA) 표기는 北京大學中國語言文學系語言學敎硏室編(1989)의 『漢語方音字彙』와 李榮(1998/2000)의 『現代漢語方言大詞典-廣州方言詞典』을 참조로 하였다.

炒魷魚	chǎoyóuyú	[tʂʻɑo²¹³ joɷ³⁵ jy³⁵]	[tsʻau³⁵ iɐu²¹ y²¹]
大牌檔	dàpáidàng	[tA⁵¹ pʻaɪ³⁵ tɑŋ⁵¹]	[tai²² pʻai²¹ tɔŋ³³]
打工	dǎgōng	[tA²¹³ kɷŋ]	[ta³⁵ koŋ⁵⁵]
埋單	máidān	[maɪ³⁵ tan⁵⁵]	[mai²¹ tan⁵⁵]
人蛇	rénshé	[ɹən³⁵ ʂʌ³⁵]	[iɐn²¹ sɛ²¹]
寫字樓	xiězìlóu	[ɕiɛ²¹³ tsʅ⁵¹ lou³⁵]	[ʃɛ³⁵ tʃi²² lɐu¹¹]
T恤衫	T-xùshān	[ɕy⁵¹ ʂan⁵⁵]	[s ø t⁵⁵ sam⁵⁵]
朱古力	zhūgǔlì	[tʂu⁵⁵ ku²¹⁴ li⁵¹]	[tsy⁵³ ku⁵⁵ lek⁵⁵]

위의 예에서 '巴士 bāshì', '炒魷魚 chǎoyóuyú', '人蛇 rénshé', '朱古力 zhūgǔlì'를 살펴보면, 오어와 마찬가지로 월어에도 설첨후음이 없다는 것을 알 수 있다. 설첨후음은 북방 지역에서 볼 수 있는 특징적인 발음 형식인 것이다.

월어계 신조어의 가장 큰 특징은 다른 방언의 신조어에 비해서 외래어 비율이 비교적 높다는 점이다. 한 가지 재미있는 사실은 영어의 [-p]·[-t]·[-k]·[-m]로 끝나는 단어의 발음이 월어에서는 비슷하게 음역되어 발음되지만, 표준어 어휘로 사용되면서 표준어 발음 체계에 의하여 다시 재정립된다는 것이다. 월어는 표준어와 비록 음운체계는 다르지만 한자를 동일하게 사용하고 있으므로 북방어에서 월어 어휘를 빌어다가 쓰는 경우는 동일한 한자를 사용하되 북방식으로 발음만 바꾸게 된다. 일반적으로 월어에 존재하는 입성16) [-p]·[-t]·[-k]는 표준어에서 무음으로 바뀐다.

---

16) [-p]·[-t]·[-k]는 파열음이 아니라 본래 [-b]·[-d]·[-g]이었던 꼬리자음의 성대 울림이 없어진 것이라는 설에 찬성하는 학자도 있다. 그러나 버나드 칼그렌 (Bernard Karlgren 1985:49)은 두 가지 사실을 들어 이것을 반박하고 있다. 첫째는 역외 방언 가운데 하나인 일본어에 吳音 및 漢音의 흔적인 [katu], [kati:], [kapu:], [kaku]가 남아 있는 것은 당시 일본인들이 [kat], [kap], [kak]라는 음을 개음이 아닌 淸塞音으로 분명하게 들었다는 사실이며, 둘째는 상고음에 관련된

또한 월어의 양순음 [-m]은 북방어에서 [-n]의 형식으로 바뀐다. 월어에는 입성 [-p]·[-t]·[-k]와 양순음 [-m]이 있지만 표준어 음운 체계에는 이들 음이 없기 때문이다.

중고중국어의 꼬리자음으로는 [-n]·[-ŋ]·[-m]·[-p]·[-t]·[-k]의 6가지가 있었다. 그러나 현재 북방어에는 이 가운데 [-n]·[-ŋ]의 두 개만이 남아 있을 뿐이다. 월어에는 이 두 가지 이외에도 [-m]·[-p]·[-t]·[-k]의 네 가지가 더 남아 있는데, 이것은 중고중국어에 있어서의 꼬리자음과 일치한다. 방음에 중고음의 흔적이 남아 있음을 알 수 있다.

중고중국어와 표준어 음계 간의 가장 두드러진 차이 가운데 하나가 바로 꼬리자음의 소멸이라고 할 수 있는데, 실제로 이러한 이유 때문에 중고중국어 재구의 중요한 자료 가운데 하나로써 방음이 이용되기도 한다. 현재 표준어는 북경음을 기초음으로 하고 있기 때문에 꼬리자음이 남아 있지 않다. 북방 지역의 입성 운미는 대략 만당晚唐·오대五代부터 소실되기 시작하여, 11세기에서 12세기 사이에는 완전히 소실되었고(許寶華, 1997:214), 지금은 전혀 그 음이 남아 있지 않다[17]. 위의 예에서 중고중국어 꼬리자음이 월어에 남아 있는 흔적을 찾아볼 수 있다. 예를 들어 영어에서는 '택시'를 'taxi'[tæ ksi]라고 발음하는데, 이 어휘가 월어에서는 음역되어 '的士'[tɪk^{55} ʃi^{22}$_{35}$]라고 발음된다. 영어 발음의 [-k]를 월어에서는 잘 살리고 있음을 볼 수 있다. 그러나 표준어에는 [-k]라는 꼬리자음이 없으므

것으로 비음 운미를 가진 글자와 입성자가 諧聲字의 관계를 갖는 경우(예를 들면 '占'[tśiɑ̈m]은 '帖'[t' iep]의 聲部)는 극히 드물다는 사실이다.
17) 北方 지역에는 입성운미가 현재 소실되어 전혀 남아 있지 않지만, 흔적을 찾아볼 수는 있다. 袁家驊(1989:37)에 의하면 西南語에는 입성이 거의 모든 지역에서 소실되었으며, 江淮語에는 喉塞音 [-ʔ]으로 거의 합병되었고, 西北語 및 北方語에는 입성이 소실되거나 [-ʔ]로 흡수되었다고 한다.

로, [-k]라는 꼬리자음은 생략될 수밖에 없었다. '朱古力 zhūgǔlì'는 영어의 'chocolate'[tʃɔːkəlit]을 음역한 것이다. '朱古力'의 '-力 lì'는 영어의 '-late'를 음역한 부분으로 월어에서는 '力'가 [lek⁵⁵]로 발음된다. 영어에서 '-late'는 [-t]로 발음되기 때문에 '力 lì'의 [-k]와는 관계없는 것 같지만 '力'[-k]로 꼬리자음을 표시하고자 한 의도를 엿볼 수 있다. 'T恤衫 T-xùshān' [ʃøt⁵⁵ ʃam⁵³]의 '恤 xù'[ʃøt⁵⁵]는 영어의 'shirt'를 음역한 것으로 월어에서는 꼬리자음 [-t]가 발음되나 표준어에서는 발음되지 않는다. 또한 '衫 shān' [ʃam⁵³]의 꼬리자음 [-m]은 표준어에서 [-n]으로 발음이 바뀌었음을 알 수 있다.

소결 :

지금까지 방언에서 유래한 신조어에 대하여 『現代漢語詞典』의 수록 여부에 따라 살펴보고, 방언의 지역 분포별 음가에 대해서는 표준어음과의 비교를 통해서 알아보았다. 방언에서 유래한 신조어 가운데는 북방어에서 사용되던 토착 방언이 가장 많은 비율을 차지하는데, 이것은 표준어가 북방말을 기초 방언으로 하고 있기 때문이다. 오어와 월어에서 유래한 신조어 역시 많은 비율을 차지하고 있다. 이것은 이들 언어를 사용하는 지역이 비교적 이른 개항으로 경제가 발전하는 등 여러 가지 사회적 원인으로 인하여 새로운 어휘들이 많이 생겨났기 때문이다. 방언에서 유래한 신조어가 표준어가 되기 어려운 이유는 방음과 표준어 음의 제약성에 기인한다. 방언 어휘가 표준어에서 사용되는 경우 방음은 다시 표준어 음체계로 음이 바뀌게 된다.

교통과 통신의 발달로 세상은 점점 가깝게 느껴지게 되었으며, 이것은 언어에도 영향을 미치게 되었다. 지금으로부터 1300년 전인 당唐나라 때 수도 장안長安까지 과거를 보기 위해서 말을 타고 몇 날 며칠을 걸려 갔던 선비가 만일 지금 이 시대에 태어났다면 그런 수고는 덜 수 있었을 것이다. 사람의 이동 속도가 빨라짐에 따라 언어의 이동 속도도 빨라지게 되었다. 각 방언 지역에서 사용되고 있는 어휘도 서로 교류를 하게 되었으며, 전국적으로 보급되고 있는 표준어에도 방언에서 유래한 신조어가 자연스럽게 흡수되어 사용되고 있다.

방언에서 유래한 신조어는 표준어에는 없는 세밀한 감정의 차이 혹은 작은 의미까지도 표현하는 이점을 지니고 있으므로, 유효적절하게 사용한다면 언어의 형상성과 생동성을 더하게 될 것이다.

제1장
인터넷상의 신조어

신시기 중국 사회의 흐름은 크게 두 갈래로 나눌 수 있다. 하나는 사회주의 체제 하에 굳게 닫혀 있던 폐쇄사회가 개혁개방 정책으로 인해서 문호가 개방된 것이고, 다른 하나는 인터넷의 보급으로 본격적인 정보화 시대에 진입한 점이다. 인터넷 정보화는 중국 사회가 자유주의 사회 등 외부세계와 한 층 깊은 유대관계를 맺는 기틀이 되었다. 다시 말하면, 인터넷 시대의 개막으로 중국 사회는 외부와 유연하게 소통하면서 개혁개방의 강도를 한 단계 더 높이게 되었다.

인터넷 신조어는 이미 언급한 바와 같이 사회방언의 일종이자 신시기의 큰 특징 가운데 하나이다. 1990년에 들어오면서 전 세계적으로 인터넷이 급속하게 보급되었다. 이로 인해서 시간과 공간을 뛰어넘는 생활이 가능하게 되었다. 어제 저녁 8시에 방송했던 드라마를 지금 인터넷을 통하여 볼 수 있다. 또한 외국에서도 자국의 뉴스를 인터넷을 통해서 실시간으로 볼 수 있다. 인터넷은 시간과 공간의 개념을 뛰어 넘어 전 세계를 초시간적, 초공간적으로 연결하는 매체이다.

'emarketer.com'의 2007년 2월 기준 통계에 의하면 전세계 인터넷 사용인구는 총 10억 8천만 명이라고 한다. 미국이 1억8천만 명으로 1위, 중국이 1억 3천만 명으로 2위, 일본이 8천 7백만 명으로 3위 순이고 우리나라는 3천 4백만 명으로 영국에 이어 6위를 기록하고 있다[1]. 중국은 인터넷 보급률이 10.2%인 반면 사용인구가 1억 3천만 명에 달해 앞으로 10년 안에 가장 많은 인터넷 유저를 보유한 국가가 될 것으로 예상된다. 초를 다투는 정보 경쟁 사회인 현대 사회에 있어서 인터넷을 사용한다는 것은 무한한 가능성의 환경을 제공받게 된다는 것을 의미한다. 그러므로 인터넷 사용인구는 기하급수적으로 늘어날 수밖에 없다.

[1] **Internet Users and Penetration in Select Countries Worldwide, 2006 (millions and % of population)**

	Internet users	Penetration
US	181.9	63.6%
China	133.5	10.2%
Japan	87.2	68.4%
Germany	39.4	47.8%
UK	35.1	57.9%
South Korea	34.4	70.5%
France	28.7	47.1%
Italy	28.6	49.2%
India	25.5	2.3%
Brazil	21.2	11.3%
Canada	21.0	63.4%
Mexico	20.0	18.6%
Spain	16.5	40.8%
Australia	13.1	64.5%
Argentina	7.9	19.8%
Rest of World	368.0	13.2%
Worldwide	**1,080.0**	**16.6%**

Note: eMarketer uses historical data from the International Telecommunication Union (ITU) as a baseline; penetration figures are based on population estimates from the US Census Bureau's International Data Base (IDB); an Internet user is defined as someone who uses the Internet at least once per month
Source: eMarketer, January 2007

080259   www.**eMarketer**.com

인터넷 상에서만 사용되는 낱말이 있다. 인터넷 언어는 일상생활에서 사용되는 언어와는 차이가 있다. 인터넷 상에서는 전문용어 외에도 채팅 용어, 감정을 기호로 표현하는 이모티콘 등이 사용된다. 인터넷 언어를 배제하고 현대 사회의 언어를 이해하기는 어렵다. 인터넷 신조어의 종류, 구조, 사용 양상, 그리고 채팅이나 메일에서 이용되는 글로벌적인 이모티콘에 대하여 살펴보도록 한다.

제2장
인터넷상의 신조어의 종류

타자기에 비해서 사용하기 편한 것쯤으로 인식되었던 컴퓨터가 지금은 모든 정보 통신을 잇는 매체가 되어버렸다. 불과 얼마 전까지만 하더라도 '이메일'과 '홈페이지'라는 말은 대부분의 사람들에게 낯선 단어였으나 최근에는 정부공공기관, 기업체, 학교 등을 비롯해서 개인에게 이르기까지 홈페이지를 갖게 되었고, 편지보다 이메일을 부담 없이 사용하는 등 많은 변화가 일어나게 되었다. 이러한 변화에는 알게 모르게 많은 신조어들이 우리와 공존하면서 언어의 한 부분으로 자리하고 있다.

인터넷의 기원은 1950년대에 구 소련의 세계 최초 인공위성 발사에 위협을 느낀 미국이 유사시 통신 상태를 유지하고 정보를 공유하기 위해서 알파넷(ARPANET)을 구축한데 있다. 1960년대에 이것은 미국의 연구소나 대학 간 네트워크로 컴퓨터를 연결하여 연구 결과를 공유하는데 사용되었다. 초창기에 군사 및 학술목적으로 이용되었던 인터넷이 다양한 컨텐츠와 접속 환경의 용이함, 한번만 사용하면 쉽게 사용할 수 있는 브라우저 등의 발전으로 우리의 생활과 밀접한 관계를 갖게 되었으며, ADSL 혹은 케이블 모뎀 등 초고속 인터넷 서비스의 대중화로 인터넷의 대중화가 펼쳐지게 되었다. 이에 발맞추어 인터넷 용어의 대중화가 가능해졌다.

현재 중국에서 사용되고 있는 인터넷 용어는 크게 두 종류로 나누어 볼 수 있다. 일반적인 인터넷 용어와 네티즌 사이에서 채팅 시에 사용되는 용어이다. 전자가 전문어적 색채를 지닌다고 하면, 후자는 은어적 색채를 지니고 있다. 다음에서 인터넷 용어를 두 부류로 나누어 각각의 형태론적 구조와 특징에 대하여 살펴보겠다.

제1절 전문어적 색채를 띠는 인터넷 용어

인터넷상에서는 특이하게도 일상 생활 언어와 형식은 같지만 의미상 차이가 있는 어휘, 인터넷에서만 사용되는 낱말 등이 있다. 전문어적 성향을 띠고 있는 인터넷 신조어는 인터넷이라는 것이 본래 미국에서 시작된 것인 만큼 외래어 혹은 의역어가 많다. 이들 어휘는 '의역어', '음역어', 음역이지만 의역을 해도 의미가 통하는 낱말, 낱말의 일부 형태소는 의역하고 일부 형태소는 음역한 낱말, 영문자가 그대로 사용된 어휘의 5가지 종류로 나눌 수 있다.

(1) 의역어

인터넷상에서 독특한 의미로 사용되는 신조어가 있다.

病毒(virus) bìngdú　　　　　： 컴퓨터 바이러스
聊天(chat) liáotiān　　　　　： 인터넷 채팅

'病毒 bìngdú'는 원래 생물학적 의미로 사용되던 낱말이고, '聊天 liáotiān'은 한가하게 이야기 나눈다라는 의미의 일상어로 사용되던 어휘이다. 이들 어휘는 본래 의미가 더욱 확대되어 사용되고 있다. 즉, '病毒 bìngdú'는 비유의 방법으로 컴퓨터상에서도 '컴퓨터 바이러스'의 의미로 사용되고 있으며, '聊天 liáotiān'은 인터넷 상에서 한가롭게 채팅하는 것을 일컫는다.

인터넷의 사용과 함께 새로 나타난 신조어는 다음과 같다.

網蟲(netizen) wǎngchóng　　　： 인터넷에 푹 빠져서 사는 사람
域名(domain) yùmíng　　　　　： 도메인 네임
網頁(web page) wǎngyè　　　　： 인터넷 홈페이지
網友(web friend)wǎngyǒu　　　： 인터넷 친구
網站(web site) wǎngzhàn　　　： 인터넷 웹사이트
網址(web address) wǎngzhǐ　　： 웹사이트, 인터넷 주소
網絡(internet) wǎngluò　　　　： 인터넷
信箱(e-mail) xìnxiāng　　　　　： 이메일

'網蟲 wǎngchóng'은 '懶蟲 lǎnchóng'이나 '書蟲 shūchóng' 같은 낱말을 본 따서 만든 모방어이다. 수식구조를 띠고 있는 위의 신조어는 의역으로 만들어져 일반 대중에게 쉽게 흡수될 수 있었다.

이메일에 해당하는 신조어로는 '伊妹兒 yīmèir', '電子信箱 diànzǐxìn-xiāng', '信箱 xìnxiāng', '電子郵件 diànzǐyóujiàn', '電郵 diànyóu', '依妹兒 yīmèir', '電子涵件 diànzǐhánjiàn' 등 여러 단어가 혼재하고 있고,

Internet을 가리키는 말도 '網絡 wǎngluò', '因特網 yīntèwǎng', '國際 網絡 guójìwǎngluò', '互聯網 hùliánwǎng' 등이 있다. 이메일은 '伊妹 兒 yīmèir', '信箱 xìnxiāng, '電子郵件 diànzǐyóujiàn'이 많이 사용되고 있으며, 인터넷은 '網絡 wǎngluò', '因特網 yīntèwǎng', '互聯網 hùliánwǎng'이 많이 사용되고 있다. 이렇게 대중의 낱말 선택은 그것이 얼마나 사용하기 쉽고 편리한가 하는 언어 효용성의 원리에 의하여 결정 된다.

(2) 음역어

伊妹儿(E-mail) yīmèir	: 이메일
雅虎(yahoo) Yǎhǔ	: 인터넷 검진 사이트 야후
來科思(lycos) Láikēsī	: 인터넷 검진 사이트 라이코스
爪牙(java) Zhǎoyá	: 마이크로시스템이 개발한 프로그래밍 언어

음역 인터넷 신조어는 주로 '雅虎(yahoo) Yǎhǔ'와 '來科思(lycos) Láikēsī'처럼 외국 인터넷의 검색 사이트에서 많이 보인다.

(3) 음역이지만 의역을 해도 의미가 통하는 인터넷 신조어

한자가 표의 문자적 특징을 가지고 있다는 점을 충분히 활용하여 음역 하면서도 동시에 의역하는 방식을 채택하여 만든 경우이다. '해커'를 가리 키는 중국어 '黑客'는 재미있는 구조를 지니고 있다. 영어 'hacker'를 중국 어 음계에 맞추어 [χei kə]로 음역하여 발음할 뿐만 아니라, 형태소 하나 하나의 선택도 전체 의미를 포괄할 수 있도록 세심하게 만들어졌다. '검은 손님'으로 직역되는 '黑客 hēikè', 중국인들의 재치가 엿보인다.

⑷ 낱말의 일부 형태소는 의역하고 일부 형태소는 음역한 인터넷 신조어

酷站(cool site) kùzhàn : 재미있거나 유용한 사이트
因特網(internet) yīntèwǎng : 전세계에 연결되어 있는 네트워크

'酷站 kùzhàn'은 영어의 'cool+site'가 각각 '음역+의역'한 형태 구조로 만들어졌으며, '因特網 yīntèwǎng' 역시 같은 방법으로 영어의 'inter+net'이 '음역+의역'된 형태를 보이는 낱말이다.

⑸ 영문자가 사용되는 인터넷 신조어

POP3(Post office Protocol) : 받은 메일을 보관하는 메일 서버
FTP(File Transfer Protocol) : 파일 다운로드와 업로드 하기 위한 규약
ISP(Internet Service Protocol) : 인터넷 접속을 위한 서비스 업체
URL(Uniform Resource Locator) : 인터넷 파일·자료가 위치한 고유정보

전문용어로서의 인터넷 신조어 가운데는 영문자가 그대로 사용되는 경우가 특히 많다. 그 중에서도 축약된 영어 어휘는 간단하여 눈에 쉽게 들어오는 장점이 있기 때문에 이러한 형식의 신조어가 다수이다.

제2절 채팅언어

중국 문자의 사용 초기 시절에는 입말과 글말 사이에 별다른 차이점이 없었다. 즉, 『논어』·『맹자』 등 주周나라 문헌에 반영되어 있는 언어는

지금의 연설문 같은 것으로서 구어와 서면어 사이의 분열은 한漢나라 때부터 있었다고 한다(Norman 1988). 중국어의 입말과 글말은 글말 형성기와 시간적 원근에 정비례하여 차이가 증폭되다가 현재는 그 차이가 많이 좁혀졌다. 그 공로는 백화문운동2)과 대중어운동3)에 돌려야 할 듯 싶다.

인터넷 채팅방에서 사용되는 글말은 거의 입말에 가깝다. 예전의 토속적 구어 요소가 불경고사, 저명 인사들의 일화 모음집, 민간 시가나 통속소설 같은 대중적인 문헌에 실려 있었다고 한다면4), 현재의 토속적 구어 요소는 채팅방에서 찾을 수 있다. 그러나 채팅에서 사용되는 말 가운데는 평소에 쓰지 않는 언어도 있다. 그 종류와 문제점에 대해서 논의해 보도

---

2) 1919년 5·4운동을 전후하여 북경을 시발로 전국으로 확대된 획기적인 문체개혁운동을 백화문운동(Vernacular Movement)이라고 한다. 이것은 서면언어를 문언으로 쓰지 말고, 백화 즉 구어체로 바꾸어 쓰도록 제창한 것이다. 胡適(1891-1962), 陳獨秀(1880-1942), 錢玄同(1887-1939), 魯迅(1991-1936) 이 그 주요 인물이다.

3) 대중어운동(Popular Language Movement)이란 1934년 상해에서 일어난 것으로 백화문을 대중 언어와 더욱 가깝게 사용할 것을 요구하는 문체개혁운동을 말한다. 이 운동이 일어나게 된 원인은, 당시 남경 국민당정부의 기관지에 백화문을 반대하고 각급 학교의 문언문 교육을 부활시킬 것을 주장할 뿐 아니라 심지어는 초등학교 교과서에 경서 강독 과정을 넣자는 이른바 '문언부흥운동'을 제기하는 글이 연속으로 발표되었기 때문이었다. 이에 대응하여 陳望道, 陳子展, 胡愈之, 黎烈文 등 상해의 문화교육계 인사들은 魯迅의 지지 하에 『申報』의 副刊인 『自由談』에 '대중어'에 관한 토론을 발기하였다. 토론 내용은 문언문과 5·4 이래 반문반백의 백화문을 비판하며, 백화문 사용을 대중화하자는 것이었다. 뿐만 아니라 문체를 철저하게 개혁하려면 문자개혁을 동시에 단행해야 한다는 문자의 표음화 문제가 제기되었고, 소련에서 제정된 중국 라틴화 신문자가 소개되기도 하였다(胡奇光 1988:46-47 참조).

4) 당송 이후 백화문의 서면어화가 점차 고개를 들기 시작하였다. 처음에는 구어에 비교적 가까운 '변문'이나 '어록'으로 불교 교의를 전파하다가 자본주의의 요소가 싹트고 시민계급이 대두됨에 따라 당시 구어로 써 놓은 명청 장회소설章回小說이 출현하게 되었다. 그러나 청대 말에 이르기까지 백화문은 단지 통속문학의 범위에 국한되어 있었으므로 문언문이 최고라는 패러다임을 무너뜨리고 백화문이 서면어로 통용된다는 것은 여전히 불가능한 일이었다.

록 한다.

(1) 채팅어의 종류

인터넷 사용은 대중화 과정에 있다. 실제로 설문조사 기관의 결과에 의하면 인터넷 인구는 꾸준히 증가하고 있으며, 국가적 차원에서도 인터넷 보급에 힘쓰고 있다. 당당하게 '넷맹입니다'라고 하는 것은 시대에 뒤떨어진 사람으로 비춰질 수밖에 없다.

인터넷이 대중화되면서 다양한 연령에서 인터넷을 사용하게 되었지만, 그 가운데서도 특히 젊은 층의 인터넷 사용자가 두드러진다. 이들에게 인터넷 언어는 일상어와 다름없는 평범한 언어이다. 이들이 중심이 되는 인터넷 용어는 인터넷뿐 아니라 최근에는 핸드폰 문자 메시지 등 점차 다양한 매체와 연령대로 퍼지고 있다. 아래에서 숫자로 된 채팅어, 로마자로 된 채팅어, 의미 확대에 의한 어휘, 컴퓨터 시스템에 의한 경제성 원리로 만들어진 낱말, 창신에 의한 채팅어를 살펴보도록 한다.

1) 숫자로 된 채팅어

286 :		èrbāliù	뒤떨어지다. 낙후되다
98 :	'酒吧'	jiǔbā	술집
88 :	'拜拜'	bàibài	바이바이, 잘가
886 :	拜拜了	bàibàile	바이바이, 잘가
687 :	對不起	duìbuqǐ	미안하다
521 :	我愛你	wǒ ài nǐ	당신을 사랑합니다
555 :	嗚嗚嗚	wūwūwū	우우우…하고 우는 소리

우리나라의 이삿짐센터 전화번호에는 '2424'가 사용되는 경우가 많다. 이러한 현상은 중국에도 있다. 위의 예에서 '286 èr bā liù'를 제외한 나머지 예가 이것에 해당된다. 즉, 숫자 발음이 연상시키는 말의 의미를 숫자를 사용하여 상징하는 것이다. 시각적으로 보기 쉽고 재미에 의한 언어유희이기도 하다.

컴퓨터 기종 가운데 1980년대에 사용되던 비교적 오래된 '286 컴퓨터'가 있다. 여기서 '286'는 '오래되었다' 혹은 '구식이다'라는 뜻을 갖게 되었고, 이러한 의미가 더욱 확대되어 채팅에서는 '바보'라는 의미로 사용되기도 한다. '88 bā bā'는 '拜拜 bàibài'의 각 음절과 소리가 비슷한 숫자 '88'로 의미를 나타낸 것이며, '886 bā bā liù'는 '88'에 '了 le'와 비슷한 소리가 나는 '6 liù'를 덧붙여 만들어졌다. '687 liù bā qī'는 '對不起 duìbuqǐ'의 한어병음과 각 음절이 비슷한 음을 가지고 있고, '521'도 '我愛你 wǒ ài nǐ'와 발음이 비슷한 것을 알 수 있다. '555 wǔwǔwǔ'는 우는 소리인 '嗚嗚嗚 wūwūwū'를 대신하고 있다. 울음소리의 길고 짧음에 따라서 '555'라는 숫자는 더 많아질 수도 더 적어질 수도 있다. '拜拜了', '對不起', '我愛你', '嗚嗚嗚' 등은 어휘가 될 수는 없다. 그러나 '886', '687', '521', '555'처럼 시각적으로 끊어지는 느낌을 이용하여 낱말처럼 사용되는 특이한 구조를 보인다.

2) 로마자로 된 채팅어

G	急	jí	급하다
JJ	姐姐	jiějie	언니, 누나
GG	哥哥	gēge	오빠, 형
DD	弟弟	dìdi	남동생

MM	美媚	měiméi	미모가 빼어난 여자
PPMM	漂亮美媚(妹妹)	piàoliangměiméi(mèimei)	예쁜 여자
	혹은 胖胖妹妹	pàngpàngmèimei	뚱뚱한 여자
TMD	他媽的	tāmāde	욕하는 말
NMD	你媽的	nǐmāde	욕하는 말
kkk	咳咳咳	kékéké	기침 소리
太B	太鄙	tàibǐ	비속하다, 저질이다
无數C	无數次	wúshùcì	무수히

'G'는 중국어의 '急 jí'에서 온 것 같다. 발음이 영어의 'G'와 비슷하기 때문이다. 홍콩 영화를 보면 '어린 아이'를 영어 그대로 'baby'라고 발음하고 자막으로 'BB'라고 적는 것을 볼 수 있다. 'JJ', 'GG', 'DD'와 같은 친족 관계를 나타내는 명사도 'baby'를 'BB'라고 적는 언어 현상에서 유래한 것 같다. 다른 점이라고 한다면 'BB'는 영어의 'baby'를 줄인 것이고, 'JJ', 'GG', 'DD'는 중국어의 '姐姐 jiějie', '哥哥 gēge', '弟弟 dìdi'의 한어병음 각 음절의 성모를 따서 만들었다는 점이다. 'MM'은 '妹妹 mèimei'를 가리킨다고 보기 쉬운데, 사실은 '美媚 měiméi'에서 온 말이다. 채팅어 '美媚 měiméi'는 '미모가 빼어난 여자'를 가리킨다. 'PPMM'은 'MM'이 한 단계 더 발전된 경우로써, '漂亮美媚(妹妹) piàoliangměiméi(mèimei)' 혹은 '胖胖妹妹 pàngpàngmèimei'를 말한다. 'TMD'와 'NMD'는 중국어의 '他媽的 tāmāde'와 '你媽的 nǐmāde'의 한어병음 각 음절의 성모만을 사용하여 적은 것이다. 재미있는 점은 'TMD'와 'NMD'는 각각 미국의 '전역미사일방어체제(Theater Missile Defenses)'와 '국가미사일방어체제(National Missile Defense)'의 약자 'TMD', 'NMD'와 동일하다는 것이다. 전자는 미군이 주둔하고 있는 동맹국의 방어를 목적으로 하며, 후자는 미국 본토의 미사일

방어를 위하여 구축한 시스템인데, 중국은 이에 반대하는 입장을 표명하고 있다. 미국을 비난하기 위하여 빗대어 만든 어휘다. 즉 미국의 'TMD', 'NMD'와 어휘 형태는 동일하지만 의미상으로는 욕을 담은 이러한 낱말은 일종의 언어 유희에 속한다. 'kkk'는 기침하는 소리 '咳咳咳 kékéké'를 나타내는데, 앞에서 살펴본 '555'가 '5'의 수에 제한이 없듯이 'kkk'의 'k'의 수도 딱히 정해진 수가 있지는 않다. '太B'와 '无數C'는 한자와 영문자가 혼용된 어휘로써, 각각 '太鄙 tàibǐ', '無數次 wúshùcì'의 마지막 음절 성모에서 나왔다.

3) 의미 확대에 의한 동태動態 채팅어

기존에 이미 사용되고 있는 어휘가 인터넷상에서 주로 비유의 방법으로 의미가 확대되어 사용되는 것을 볼 수 있다. 예는 다음과 같다.

恐龍 kǒnglóng ┌ 공룡	: 기존 낱말
└ 못생긴 여자	: 신의어
青蛙 qīngwā ┌ 청개구리	: 기존 낱말
└ 못생긴 남자	: 신의어
爬蟲 páchóng ┌ 파충류	: 기존 낱말
└ 컴퓨터를 잘 못하는 사람	: 신의어
灌水 guànshuǐ ┌ 물을 붓다	: 기존 낱말
└ 게시판에 글을 쓰는 것	: 신의어
飛鳥 fēiniǎo ┌ 날아가는 새	: 기존 낱말
└ 컴퓨터를 무척 잘하는 사람	: 신의어

4) 중첩에 의한 언어유희로 만들어진 채팅어

東東 dōngdōng: 물건
妹妹 mèimei : 이메일

중국에는 옛날부터 중첩으로 이루어진 어휘가 있었다. 중국 최초의 시 가집『시경(詩經)』에도 '習習谷風 xíxígǔfēng'의 '習習 xíxí', '桃之夭夭 táozhīyāoyāo'의 '夭夭 yāoyāo', '關關雎鳩 guānguānjūjiū'의 '關關 guānguān', '鹿鳴呦呦 lùmíngyōuyōu'의 '呦呦 yōuyōu', '風雨瀟瀟 fēngyǔxiāoxiāo'의 '瀟瀟 xiāoxiāo', '北流活活 běiliúhuóhuó'의 '活活 huóhuó' 등 그 예를 찾을 수 있다. 첩어는 운율이 있어 듣기에 좋다는 음운 특성이 있다. 인터넷 상에서 사용되는 낱말 '東東 dōngdōng'은 '東西 dōngxi'에서 온 말이며, '妹妹 mèimei'는 '伊妹兒 yīmèir → 妹兒 mèir'에서 온 말이다.

5) 컴퓨터 시스템에 의한 경제성 원리로 생긴 채팅어

大蝦 dàxiā   : 컴퓨터를 잘하는 사람

'大蝦 dàxiā'는 '大俠 dàxiá'에서 유래한다. 중국어 어휘를 컴퓨터에 입력하는 방법은 다양하지만, 한어병음을 치는 방법이 가장 쉽고 일반적이다. 그런데 이 방법으로는 동음이형同音異形의 단어가 많이 검색되며, 그 가운데 원하는 낱말을 골라야 하는 수고를 거쳐야 입력이 완료되는 단점이 있다. 이 과정에서 낱말을 잘못 골라 오타가 나는 일이 잦은 낱말은 이후 새로운 의미가 결부되어 채팅 신조어로 사용되기도 한다.

위의 예 '大蝦dàxiā'는 원래 '大俠 dàxiá'의 오타이다. 키보드 상에서 'daxia'를 입력하면 '大蝦'와 '大俠'을 포함한 동음이형의 낱말들이 배열되어 나타난다. 이때 '大蝦'라는 어휘는 '大俠'보다 앞에 놓이게 되는데, 종종 실수로 '大俠'를 '大蝦'라고 입력하는 경우가 생겼다. 그런데 '大俠' 보다 '大蝦'가 오히려 더 재미있다는 느낌이 네티즌 사이에 퍼지게 되면서 '大俠' 대신에 '大蝦'가 그 의미를 대신하여 사용하게 되었다. '大俠'는 '협객, 협사'의 뜻으로 원래 의협심이 있고 무예가 뛰어난 사람을 존칭하는 말이었으나 인터넷 상에서는 비유의 의미로 컴퓨터를 잘 하는 사람을 가리키게 되었고, 이것은 다시 컴퓨터 오타, 즉 키보드 누르는 수고를 덜고자 하는 경제원리와 재미있게 표현하고자 하는 심리가 결합하여 생겨나게 되었다.

혹자는 이것을 다르게 해석하기도 한다. '大俠'의 의미가 무거워서 해학적으로 해음 '大蝦'를 사용하게 된 것이라고 한다. 이 외에도 '大蝦'가 하루 종일 인터넷 앞에서 어깨를 구부리고 있는 네티즌을 비유하여 생긴 말이라고도 한다.

6) 창신에 의한 채팅어

네티즌들의 유머와 재치가 돋보이는 창신에 의한 채팅어는 다음과 같다.

美媚 měimèi: 예쁜 여자
烘陪鷄 hōngpéijī: 개인 홈페이지
見光死 jiànguāngsǐ: 채팅에서는 마음에 들었으나 직접 만나보고는 싫어져
　　서 모른 척 하는 것

(2) 채팅어의 신조어 여부 문제

채팅어를 신조어 범위에 넣을 수 있느냐에 대해서는 찬반 논쟁이 치열하다. 찬성 입장에서는 채팅어가 네티즌에게 널리 알려져 있을 뿐만 아니라 대중의 목소리를 잘 담고 있는 어휘이므로 신조어로 보아야 한다는 것이다. 반대하는 입장은 채팅어를 신조어로 보기에는 채팅 인구가 중국 인구 전체에서 차지하는 비율이 낮으며, 채팅 인구가 10-20대의 젊은 층에 집중되어 있는 등 한계가 있고, 속된 표현이 많다는 점을 강조한다. 또한 음소문자인 한글만큼은 아니지만 필요 이상의 동형이의, 이형동의 어휘를 만들어서 언어 환경을 저해한다고 주장한다.

그러나 이러한 논의에 앞서 빠르게 증가하고 있는 채팅 인구의 증가와 채팅이 네티즌들이 이용하는 큰 장이라는 것을 상기시켜볼 필요가 있다. 채팅 신조어는 대화의 재미를 더하여 준다는 장점과 함께, 네티즌만이 알 수 있는 말의 묘미라는 일정한 계층(또래) 심리를 느끼게 하기 때문에 채팅 사용자들은 앞으로 이 방면의 어휘를 더 발전시킬 가능성이 높다.

채팅 용어는 사회방언이자 일종의 전문용어이다. 채팅방은 문화의 장이다. 네티즌 나름대로 형성하고 있는 채팅 문화 현상을 있는 그대로 받아들여 채팅 언어를 고찰해 보는 것은 중국 현대사회 신조어를 이해하는 데 도움이 될 것이다.

제3장
이모티콘

제1절 이모티콘이란?

인터넷 상에서도 인간의 대화는 계속된다. 문자채팅, 음성채팅, 화상채팅 등 그 종류도 다양하다. 음성채팅·화상채팅과는 달리 문자로 대화를 나누는 문자채팅은 상대를 볼 수도 없고, 음성을 통하지 않기 때문에 서로의 감정을 알 수 없어 독특한 언어 환경을 조성하게 되었다. 채팅 경험이 없는 사람이라고 하더라도 학창 시절 쪽지를 주고받은 기억을 되살려 본다면 쉽게 이해할 수 있다. 쪽지가 손으로 직접 쓴 것이라면 문자채팅은 키보드라는 도구를 이용하여 쓴다는 정도의 차이가 있을 뿐이다.

네티즌들은 문자채팅을 하던 중 문자만으로는 감정 교류가 어려워 오해가 생기기도 하고, 답답하기도 한 경험을 하게 되었다. 이를 극복하기 위해서 키보드라는 매체를 통하여 자신의 감정, 표정을 전달하는 방법을 여러 가지 부호를 통해 만들었다. 이것이 서사 형식인 이모티콘의 탄생이다.

이모티콘은 영문 알파벳을 사용하는 대표적인 문자 인코딩인 아스키 (ASCII, American Standard Code for Information Interchange)를 이용하여 만들어 낸 감정을 표시하는 기호를 일컫는다. 이모티콘이란 영어의 'Emotion(감정)' 과 'icon(도상)'이 합쳐서 생긴 신조어이다. 처음에 웃는 표정이 사용되었기 때문에 미국에서는 '스마일리(smiley)'라고도 한다. 본래는 'emoticon'이라는 것이 정확한 명칭이지만 영어에서는 'smiley'가 일반적으로 사용되고 있다. 아이러니하게도 'emoticon'이라는 정식 명칭은 미국에서가 아닌 한국에서 사용되고 있는 셈이다. 중국에서는 이모티콘을 '表情符號 biǎoqíngfúhào' 라고 하고, 일본에서는 '顔文字 emoji'라고 한다. 이모티콘은 인터넷 채팅, 게시판, 그리고 핸드폰 문자에 이르기까지 다양하게 사용되며, 요즘은 사용 연령 폭도 매우 커졌다. 자신의 감정을 효과적으로 전달하고 타인의 감정도 잘 알 수 있어서 대화 인식을 유연하게 할 수 있는 장점이 있기 때문이다.

에드워드 콜로드(Edword Clodd)는 『The Story of Alphabets』에서 문자 발달의 순서를 4단계로 나누고 있다. 1단계는 기억 보조기로서 예를 들면 결승·팔괘 등이 사용되던 문자단계이며, 2단계는 회화시기로서 그림·인디언 그림문자 등이 있고, 3단계는 표어시기로 설형문자가 속하며, 4단계로는 표음시기로 음소문자·음절문자가 있다고 한다. 인간의 문자가 이러한 발달 단계를 거치고 있다고 한다면, 표정문자는 4단계 이후 문자의 부족함을 채우기 위하여 만들어진 5단계에 해당하는 언어부호라고 할 수 있다.

제2절 이모티콘의 유형

현재 세계적으로 인터넷 상에서 사용되고 있는 표정부호는 크게 두 가지 종류가 있다. 동양에서 만들어진 세로형 이모티콘과 1980년대 미국에서 만들어진 가로형의 이모티콘이다. 전자는 눈이 중심이 되고, 후자는 입 모양으로 감정을 표시한다. 예를 보자.

(^_^)   :-)

그림 5-1 세로형 이모티콘과 가로형 이모티콘

세로형 이모티콘은 가로형 이모티콘과는 달리 코 부분이 없다. 컴퓨터 입력 방식의 제한성에 의한 결과이다. 세로형 이모티콘은 눈이 중심이 되기 때문에 눈을 제외한 나머지 부분은 아래의 (그림5-2)에서처럼 생략되기도 한다. 가로형 이모티콘은 코만 생략되고 눈과 입은 항상 존재한다.

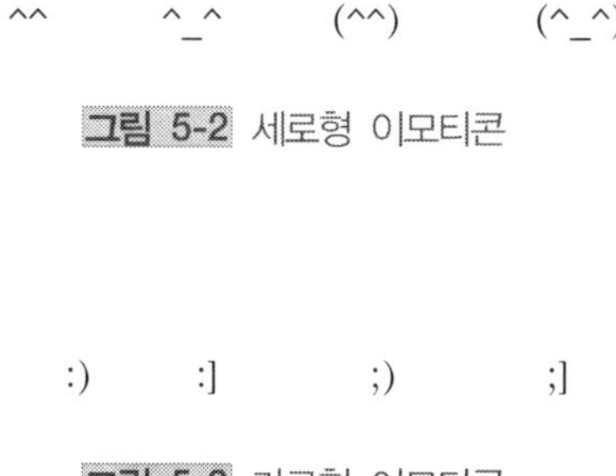

^^   ^_^   (^^)   (^_^)

그림 5-2 세로형 이모티콘

:)   :]   ;)   ;]

그림 5-3 가로형 이모티콘

현재 중국에서는 세로형 이모티콘과 가로형 이모티콘이 모두 사용되고 있다. 세로형 이모티콘은 주로 한국이나 일본 등 아시아지역에서 많이 사용되며, 가로형 이모티콘은 미국에서 많이 사용되고 있다.

제3절 이모티콘의 종류

먼저 세로형 이모티콘의 종류를 보겠다.

(^-^)	웃음
(^o^)	함박웃음
(*^.^*)	수줍음
(^.~)	윙크
(°O°;)	놀람
(T_T)	울음
(;_;)	눈물
(--;)	진땀
(^^;)	어색
Φ(..)	글 쓰는 모습, 공부하는 모습
＼(^o^)／	만세
o(・_・)o☆	펀치
(^^)/~~~((;^^)	도망가도 잡히는 모습

그림 5-4 세로형 이모티콘의 종류

세로형 이모티콘은 기본적으로 (^o^)나 (^^;)처럼 표정뿐 아니라 Φ(..)나 o(・_・)o☆와 같이 모습 혹은 동작까지도 표현한다. 이모티콘은 낱말 역할을 한다. 낱말은 일반적으로 '소리와 의미가 결합된 정형의 조합으로서, 독립적으로 운용될 수 있는 '조어단위'라고 정의한다. 그러나 이 때의 정의는 음성체계가 있다는 가설 하에서이다. 초기의 인터넷 공간은 음성체계가 전혀 존재하지 않는 사이버 공간이었다. 지금은 부분적으로 음성이 사용되고 있기는 하지만, 기본적으로는 소리가 존재하지 않는 공간이 바로 인터넷에 의한 사이버 공간인 것이다. 소리가 없는 공간에서 사람들과 대화를 나누며, 쇼핑을 하고, 회사의 업무를 수행하고 있는 것이다. 인터넷상에서 낱말의 정의는 '의미를 가지고 있는 것으로, 독립적으로 운용될 수 있는 조어 단위'라고 정의하면 어떨까. 예를 들어 (^^)는 웃고 있는 부호인데, 이것은 하나의 낱말에 대응되고, 이 부호를 구성하고 있는 각각의 부호는 형태소에 대응된다. 낱말은 독립적으로 사용되기도 하고, 새로운 낱말을 구성하는 형태소로 사용되기도 하는데, 예를 들어 (-.-)는 왼쪽을 바라보고 있는 무표정의 부호이고 (-.-)는 오른쪽을 바라보고 있는 무표정의 부호이다. 그런데 이들 표정부호를 묶어서 (-.-)(-.-)와 같이 나타내면 이쪽 저쪽 두리번거리는 모습의 부호가 새로 만들어진다.

이모티콘은 사실상 무한정으로 만들어진다고 해도 과언이 아니다. 위의 예들 가운데 가장 마지막에 보이는 (^^)/~~~(((((;^^)는 앞에 있는 사람의 손에 어떤 끈 같은 것이 있어서 뒤에 도망가고 있는 사람을 얽어 묶고 있다. (^^)/~~~(((((;^^)을 말로 하자면 '도망가도 내 손안에 있지' 정도로 해석될 텐데, 이모티콘은 단순한 표정이나 동작을 벗어나 조금 더 복잡한 의미가 함축된 표현에도 응용되어 사용되고 있다.

다음으로 가로형 이모티콘을 살펴보겠다.

:-)	:)	미소
;-)	;)	윙크
:-(	:(	시무룩
:-D	:D	웃음
:-*	:*	입맞춤
|-I	|I	졸림
:'-(	:(	슬픈 울음
:'-)	:')	기쁜 울음
B:-)	8:-)	썬글라스 낀 모습, 멋있는 모습
:*)		술취함
O :-)		천사
*〈:-)		산타클로스
〈|-)		중국인
〈|-(		중국인은 그런 농담을 싫어한다
〔〕		꼭 껴안다

그림 5 가로형 이모티콘

가로형 이모티콘은 :-D나 :-P처럼 표정을 나타내기도 하고, B:-)나 8:-)
와 같이 모습을 나타내기도 한다. 또한 산타클로스의 모습을 묘사한 *〈:-)
나 중국인을 묘사한 〈\|-)와 같은 이모티콘은 단순한 표정이나 모습뿐 아
니라 여러 사물이나 생각 혹은 사상을 대표하기도 한다. 채팅에서 '어느
나라 사람이세요?'라는 질문에 '중국사람입니다'라고 글로 대답할 수도 있
지만 〈\|-)로 대신할 수도 있다.

〔〕는 이모티콘의 의미적 상징이 점점 확대되는 예이다. 〔는 오른쪽을 향
해서 두 팔을 벌리고 있는 것을 의미하고 〕는 왼쪽을 향해서 두 팔을 벌리

고 있는 것을 의미하여, ◻는 '껴안다'라는 뜻을 지니게 되었다. 이모티콘은 점차 상징성이 강한 부호로 발전되고 있다.

제4절 기호학과 이모티콘

　인간은 자신의 생각이나 감정, 지식 등을 다른 사람에게 전달하고 싶어 하고 또 전달하는 능력을 가지고 있다. 그러나 생각·감정·지식 그 자체는 인간 개체 내의 보이지 않는 요소이므로 어떤 물리현상을 이용하여 전달할 뿐이다. 예를 들어 '사랑'은 감정 자체가 상대방에게 전달되는 것이 아니라 상대를 바라볼 때의 따스한 '표정', 사랑을 고백하는 '음성' 등으로 사랑의 마음을 전달하게 된다. 이때의 '표정' 혹은 '음성'이 바로 감정을 전달해 주는 물리현상이다.

　표정은 안면 근육의 긴장상태를 보여주는 물리현상이며, '음성' 역시 폐의 활동으로 생산된 기류가 후두, 성대, 구강 및 비강의 조절에 의하여 만들어지는 물리현상의 일종인 소리 조합이다. 하나의 물리현상에 지나지 않은 표정이나 음성이 사랑의 마음을 표현하게 되고, 이것이 상대에게 수용될 때, 표정이나 음성은 '사랑'의 내적 과정에 대한 '기호'가 된다.

　기호는 대상물에 대한 사물의 모사인 동시에, 인간의 내적 과정과도 결합된다. 즉 기호는 인간 정신의 내부와 외적인 것을 연결시키는 매개체인 것이다. 표정이나 음성이라는 기호에 의하여 '사랑'이 전달되는 과정을 하나의 커뮤니케이션 과정이라고 하고, 표정이나 소리를 하나의 정보라고 규정한다면, 커뮤니케이션 과정이란 정보의 전달 과정 혹은 기호의 운동 과정이라고 정의할 수 있다. 정보는 기호의 집합체이고, 기호는 정보를 구성하는 기본적인 단위가 된다. 인간의 커뮤니케이션 행동에는 사물 그 자체가 아니라, 사물의 의미를 표상하는 모사 기호가 매개체 구실을 한다. 인간의 커뮤니케이션 행동이라는 것은 상당히 다원적이며 다종·다양한 형태를 취하므로 기호의 종류도 다양하다.

언어는 기호가 고도로 발달된 시스템이다. 기호에는 여러 가지 종류가 있지만 인간사회에서는 시각적인 것과 청각적인 것이 주를 이루고 있다. 시각적인 것으로는 표정·글자·그림 등이 있고, 청각적인 것으로는 음성을 들 수 있다. 커뮤니케이션에서 일반적으로 사용되는 요소는 시각에 의한 표정 혹은 몸짓과 청각에 의한 음성이라는 기호의 조합이다. 인터넷 시대가 개막되면서 현실공간과 함께 가상공간의 시대가 시작되었다. 컴퓨터를 이용한 가상공간에서는 현실공간과는 달리 청각적 요소가 배제되는 경우가 많다. 음성채팅이나 화상채팅을 이용한 커뮤니케이션 방식도 있지만 이보다는 문자를 통한 커뮤니케이션 방식이 일반적인 현상이다. 가상공간의 매력은 시각을 통하기는 하지만 자신의 모습을 나타내는 영상 대신 문자라는 매개체를 통하여 커뮤니케이션에 참여하기 때문에 익명성이 보장된다는 데 있다. 그러므로 상당 기간 동안 매력적인 커뮤니케이션 방식의 하나로 문자채팅이 이용될 것 같다.

익명성이 보장된 인터넷을 통한 커뮤니케이션에서는 음성 대신 문자가 사용되고 화상 대신 이모티콘이 사용된다. 즉 현실공간에서는 표정과 음성이라는 기호의 조합으로 커뮤니케이션이 행해지고 있는데 반해 인터넷상에서는 문자와 이모티콘이라는 기호의 조합을 통해서 커뮤니케이션 과정이 진행된다. 표정과 음성이라는 두 가지 기호의 조합 방식에 의하여 소통하는 방법에 익숙해 있는 사람들은 인터넷이라는 가상공간에서도 본능적으로 각각 이에 대응하는 방식으로 커뮤니케이션을 하기 원했고, 그래서 현실공간에서의 표정은 가상공간에서 이모티콘이라는 기호로 대체되고 음성은 문자라는 기호로 대체되었을 것이다. 표정부호라는 기호는 가상공간에서 자생적으로 발생될 수밖에 없었던 기호인 것이다.

제5절 도상성과 이모티콘

소쉬르(Saussure 1917:100)가 '기호의 자의적인 성질'에 관해서 "시니피앙(signifiant)을 시니피에(signifié)에 결합시키는 관계는 자의적이다. 다시 말하면, 기호는 시니피앙과 시니피에의 연합으로 이루어지는 전체이므로, 간략히 언어기호는 자의적이다."라고 한 이래, 언어학계에서는 언어 기호의 형식과 내용 사이에 상관성이 없다는 생각이 널리 퍼지게 되었다. 언어구조의 자의성은 구조주의시기에 특히 강조되었으며, 변형생성주의 시기에도 별다른 의심 없이 수용되어 왔다. 그런데, 최근 인지언어학에서는 언어의 형태와 의미 사이의 유연적인 관계, 곧 '도상성'(iconicity)이 중요한 연구과제로 인식되기에 이르렀다. 도상성이란 자의성에 대립되는 용어로서 언어의 형태와 의미가 닮은 현상을 가리킨다.

언어기호의 도상성에 대한 관심은 소쉬르와 같은 시기에 활동한 퍼스(Peirce)로 거슬러 올라간다[5]. 퍼스는 기호를 도상(icon), 지표(index)[6], 상징

---

5) 소쉬르가 주장한 자의성에 이의를 제기한 사람으로는 베헤겔의 제1법칙을 만든 베헤겔(Behaghel), 퍼어스의 기호관을 재발견하고 강조한 야콥슨(Jakobson), 인지언어학적 관점에서 통사적 도상성을 확립한 하이만(Haiman), 형태적 측면에서 도상성을 알차게 논의한 바이비(Bybee) 등이다. 그 중 야콥슨(Jakobson)은 도상성에 대한 퍼어스의 정신을 재조명하고, 그 바탕 위에서 소쉬르의 자의성 개념에 대하여 최초로 반박하였다. 도상성에 대한 본격적인 논의는 하이만(Haiman)에서 이루어진다. 언어가 자의적이라는 주장은 중학교 교과서에서부터

(symbol)[7]으로 분류하였는데, 그 중 도상은 형태가 지시물을 닮은 기호를 가리킨다. 도상기호는 기호의 형태가 그 내용을 닮은 정도에 따라 세 가지로 나누어 볼 수 있다. 즉, 초상화·사진·목소리 등과 같이 그 기호를 보거나 들어 본 경험으로 대상의 모습이 떠오르는 이미지에 의한 것, 설계도·지도와 같이 기호가 대상과 구조상의 유사성에 바탕을 둔 도식에 의한 것, 초기 기독교 예술에서 배가 교회를 상징한다는 보기와 같이 은유에 의한 것으로 세분된다(소두영 1991:49-57).

도상성은 자연적 도상성과 언어적 도상성의 두 가지 유형으로 나누어 볼 수 있다. 자연적 도상성은 사물의 모습이 언어 기호에 직접적으로 반영된 것으로 대상이나 사물 혹은 현상의 모양을 본 따서 만든 상형, 상형에 획을 가감하거나 점과 선을 이용하여 어떤 사물 혹은 뜻을 나타내는 지사, 형태와 뜻을 가진 기존 글자를 결합하여 새로운 뜻글자를 형성하는 회의에 의하여 만들어진 한자에 잘 반영되어 있다.

언어적 도상성은 언어 기호가 형태·내용적 측면에서 자연적 도상성과 비슷한 상관성을 가진다는 것으로, 개념 체계가 언어의 형태에 투영된 것을 말한다. 이모티콘은 도상성이 짙은 기호로서 그 가운데서도 이미지에 의한 자연적 도상성에 해당하는 기호로 분류된다.

언어학 개론서에 이르기까지 강조되고 있으나 도상성의 측면에 대한 언급은 아직까지 거의 없는 실정이다.

6) 지표기호는 기호가 대상과 물리적인 인접성을 띠고 있는 경우이다. 예컨대, 연기는 불, 풍향계는 바람의 방향, 수은주는 기온의 지표가 되며, 문을 두드리는 소리는 누군가가 왔다는 지표가 된다.

7) 상징 기호는 일반적 관념에 의하여 그 대상을 나타내는 기호를 말한다. 상징은 특정한 개별적 사물을 지시하는 것이 아니라 사물의 부류를 지시하는 것이다. 예컨대 새는 특정한 개체를 가리키는 것이 아니라 새의 일반적 관념 즉 부류 전체를 약정한 것이다.

제6절 은유와 이모티콘

언어표현은 '글자 그대로의 의미'(literary meaning)와 '비유적 의미'(figurative meaning)로 대별할 수 있다. 이모티콘 역시 언어의 역할을 하고 있으므로 '이모티콘 그대로의 의미'와 '비유적 의미'로 대별해 볼 수 있다. 다음의 예를 보자.

    H   : 오늘 선글라스 하나 샀어. B-)
    Y   : 나는 미니스커트 샀는데...
    H   : B-) 여름이 왔군.

이모티콘 B-)는 첫 번째와 두 번째, 그 의미하는 바가 각각 다르다. 첫 번째 경우는 '이모티콘 그대로의 의미'로서, 시각 그대로 선글라스를 끼고 있는 모습을 나타낸 것이고, 두 번째 경우는 검은 안경을 쓰고 음흉(?)한 생각을 품는 모습을 표현하기 위해서 '비유적 의미'로 사용된 예이다. 이모티콘이 비유나 은유로 사용되는 경우 그 개념은 이모티콘의 형상 자체에 있는 것이 아니라, 정신영역에 의해서 개념화되는 방식에 놓이게 된다. 개념적 은유에 의한 표정부호는 이해의 대상이 되는 영역과 이해를 위해 사용되는 영역이 고정된 대응관계를 이룬다. 또한 개념적 은유는 일반적으로 공통의 경험에 의해서 이해되는 것으로써, 무의식적이며 그 작용은 인지상 거의 자동적이다. 그러므로 개념적 은유에 의한 표정부호는 각 사람마다 다른 언어를 사용하고 있다고 하더라도 언어 속에 이미 관습화되어 사용되고 있는 보편적 은유를 나타내고 있기 때문에 대개 동일하게 사용된다. 이모티콘이 그 좋은 예가 된다. 이모티콘은 도상성이 짙은 부호이기 때문에 다른 언어체계에서도 인지 양상에 의해서 서로 통하게 된다.

레이콥(Lakoff 1990:39-74, 1993:215-6)은 '영상도식'(image schema)이 목표영역에 유지된다는 '불변가설'(invariance hypothesis)을 말하였는데, 이것은 어떤 은유가 다른 은유보다 왜 더 잘 작용하며, 무엇이 사상을 제약하는가라는 문제와 관련된다. 곧 은유의 사상은 '관습적 심상'이 '영상도식'에 의해서 구조화되는 것이다. 은유는 두 영역이 그러한 사상을 허용하는 정도에 따라 개념화가 이루어지게 된다.

존슨(Johnson 1989:109)은 의미란 우리의 구체화된 개념적 상호작용 및 운동과 분리될 수 없다는 것을 강조하고 있다. 만약 우리가 현재와 같은 신체를 가지고 있지 않다거나, 그 구조가 다르다면 현재 우리가 사용하고 있는 방식으로 의미를 만들고 이해하며 의사소통을 할 수는 없을 것이라는 것이다. 인지언어학에서는 의미에 대해서 객관적이기 보다 경험적으로 접근한다. 곧 객관주의에서는 의미를 사람의 본질과 경험에서부터 분리된 것으로 정의하지만, 체험주의에서는 의미를 사람의 생물학적 능력 및 사람을 둘러 싼 환경 속에서 기능을 발휘하는 신체적, 사회적 경험에 의해서 특징지어 진다고 정의한다(Lakoff & Johnson 1980:197, Lakoff 1987:12). 체험주의에서 의미는 다시 말하면 선개념적 경험에 의하여 부분적으로 구체화되는 것인데, 여기서의 선개념적 경험이란 신체적 경험에서 비롯되는 개념 형성 이전의 경험을 말한다. 신체화에 바탕을 둔 선개념적 경험은 한편으로는 직접적으로 경험되는 물리적 개념을 발생시키고, 다른 한편으로는 은유적 확장을 통하여 간접적으로 형성되는 추상적 개념을 발생시키는데, 후자의 추상적 개념도 궁극적으로는 신체적 경험에 근거하여 동기화된다.

우리 몸의 규범적 형태는 위를 향한다. 사람은 태어나서 기어다니다가 말을 배우면서 직립한 뒤 위로 자란다. 이러한 신체적 경험은 위의 방향을 긍정적(+)으로 인지하는 계기가 된다. 위의 긍정적 가치는 사회·문화적인 경험에 의해서 강화된다. 곧 우리가 건강하고 기분 좋을 때는 머리와 얼굴을 위로 한 채 직립하며, 손님을 환영해 맞이하거나 그 환영에 답례할 때는 손을 위로 치켜든다. 역으로 우리가 아프거나 죽을 때는 땅으로 쓰러지며, 죽은 뒤 땅 속에 묻혀 영원히 휴식한다. 또한 슬픔, 패배감, 비참함을 느낄 때 우리는 머리를 숙이고, 얼굴을 파묻고 운다. 따라서 아래의 방향은 부정적인(-) 의미를 지니게 된다. 위와 아래의 가치는 얼굴 표정에서도 찾아 볼 수 있는데, 기쁨과 행복의 표시로써 미소를 지을 때는 입의 가장자리가 위로 약간 올라가는데 반해, 고통과 슬픔의 표현으로 얼굴을 찡그리거나 울 때는 입술이 밑으로 처지게 된다. 이러한 신체적 경험은 표정부호에도 그대로 나타나게 된다. 방향의 위와 아래는 이모티콘의 긍정적 가치와 부정적 가치로 인지되는데, 이것은 우리의 신체적 경험에서 동기화된 것이다.

소결 :

인터넷 사용자는 매 년 큰 증가세를 보이고 있다. 편지 부치러 우체국에 가는 대신 손가락 하나로 이메일을 보내고, 전화 대신 온라인 상에 있는 친구와 채팅으로 이야기한다. 인터넷의 편리함은 복잡한 현대 사회에 없어서는 안되는 환경요소로 자리 잡아 가고 있다. 컴퓨터 네트워크 전문 기업 시스코(Cisco)가 2008년 12월 15일자로 밝힌 연례 보고서에 따르면, 전세계적으로 하루 동안 오가는 이메일 2,000억 개 중 스팸(spam) 메일이 90%를 차지한다고 밝혔다. 요즘은 원하든 원하지 않든 이메일, 핸드폰 문자, 인터넷 채팅 방식으로 외부와 소통하게 된다.

　인터넷의 보급으로 중국어 어휘에도 인터넷과 관련된 컴퓨터 용어들이 많이 생겼다. 이뿐 아니라 채팅용어 및 감정을 표현하는 이모티콘까지 등장했다. 오프라인에서 얼굴을 보며 음성으로 대화하는 방식이 온라인에서는 이모티콘을 보며 문자로 대화하게 된다. 이모티콘은 언어학적으로 보아 기호학, 도상성, 은유 등과 밀접한 관계를 가지고 중국어 언어체계에 빠르게 흡수되고 있다.

신조어의 전파 양상

제5부

신조어의 첫 출현은 어떤 개인 혹은 일정한 집단의 창시에 의해서 일어난다. 이 때만 해도 개인어 정도에 불과했던 낱말이 그 낱말을 만든 사람 혹은 집단을 중심으로 주위로 점점 확산되면서 사용 영역은 넓어지고 사용 빈도도 높아지게 된다. 이러한 과정을 통해서 하나의 단어는 점차 신조어로서의 지위를 갖추게 된다. 즉 신조어와 대중은 밀접한 관계가 있다. 새롭게 생긴 낱말을 신조어로 볼 수 있느냐의 여부는 대중에 의하여 결정된다. 즉, 대중의 지지에 의하여 의사소통의 기본 요소로서 역량을 확보한 어휘만이 신조어의 지위를 획득하게 된다. 신조어가 신조어로서의 면모를 갖추기 위해서 어떠한 과정을 거치는가 하는 문제는 언어의 흐름이 어떻게 진행되고 있는지에 대한 해답도 동시에 제시한다.

신조어는 누구에 의해서도 만들어질 수 있다. 그런데 문제는 이 낱말이 어느 정도 힘을 가지고 많은 사람에게 전파되어 사용되는가에 따라 신조어로서 인정받느냐 아니면 한철 피고 지는 들꽃처럼 얼마 못 가서 그냥 사라져 버리느냐가 결정된다. 여기에서는 새말이 이를 만든 개인 혹은 집단과 어떠한 연관작용을 맺으며 주위로 확산되는지, 대중과 어떤 상관관계를 맺는지, 그리고 낱말을 점점 전파되게 하는 또 다른 제3의 매개체와는 어떤 방식으로 연계 고리를 맺게 되는지에 대한 전파 과정을 살펴보겠다. 신조어의 전파력은 신조어의 생명력을 판단할 수 있게 한다. 새로 태어난 어휘가 어떠한 과정을 통해서 전파되어 신조어로서의 지위를 다지게 되는지에 대하여 기본모형, 중심점 이동모형, 전파미디어 모형, 가상공간 모형의 네 가지 모형으로 나누어 탐구하도록 한다. 이것은 신조어의 전파 유형뿐만 아니라 일반적으로 우리가 사용하고 있는 언어의 흐름도 함께 생각해 볼 수 있다.

제1장
기본모형

신조어는 새로운 낱말을 만든 개인 혹은 집단을 중심으로 주위로 점점 전파되는데, 이것이 신조어 전파의 가장 단순한 형식이다. 모형으로 나타내면 다음과 같다.

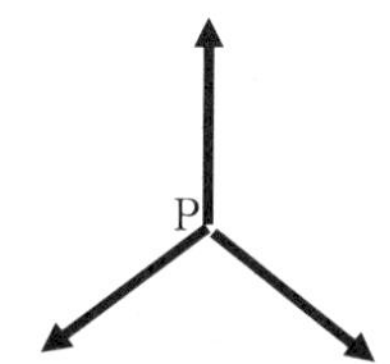

그림 4-1 신조어 전파의 기본모형

(그림4-1)의 정 중앙에는 P라는 중심점이 있다. P는 신조어를 만든 개인 혹은 집단이 위치한 창시 지점을 뜻한다. (그림4-1)의 화살표는 중심점 P로부터 바깥으로 향하고 있는데, 이 화살표는 신조어의 전파 방향을 나

타낸다. 신조어는 생성된 중심점 P에서부터 P와 연관관계를 맺는 사람들을 통하여 차츰 외부로 전파된다. 이 때 신조어는 P를 중심으로 동심원 형태로 점점 외부로 퍼져나간다. 그런데 신조어는 완벽하게 둥근 동심원의 형태를 그리며 바깥으로 퍼져나가지는 않을 것이다. 즉, 신조어의 전파 방향은 안으로부터 바깥을 향하고 있으나 일정한 어떤 공간에 신조어가 전파되는 속도가 모두 일정하다고는 볼 수 없으므로 사실상 이 동심원은 유연하게 모양이 바뀔 수 있는 형태의 동심원이다. 그러므로 (그림4-1)에서는 동심원을 실선이 아닌 점선으로 표시하고 있다.

(그림4-1)을 통해서 우리가 알 수 있는 사실은 신조어의 전파력이 강하면 더욱 먼 거리의 지점까지 신조어가 전파된다는 것과 전달 속도 역시 빨라진다는 점이다. 즉, 전파력이 강해지면 신조어에 대한 정보 확장 거리도 길어지고, 전파력이 약해지면 신조어에 대한 정보 확장 거리도 짧아진다. 신조어의 전파력이 강해지면 전달 속도 역시 빨라지고, 신조어의 전파력이 약해지면 전달 속도도 느려진다. 이 두가지 사항을 고려하여 신조어의 전파력을 공식으로 나타내 보면 다음과 같다.

(논리공식4-1)

$$C_1 = f_1 \cdot L = f_2 \cdot S$$

(논리공식4-1)은 신조어의 전파력(C_1)이 신조어의 정보 확장 거리(L)에도 비례하고 신조어의 전달속도(S)에도 비례한다는 것을 말하고 있으며, f_1와 f_2는 일정 계수를 나타낸다.

제2장
중심점 이동 모형

(그림4-1)의 신조어 창시점 P는 고정되어 있지 않다. 신조어를 만든 개인 혹은 집단은 다른 지점으로 움직여 가서 신조어를 전파할 수도 있고, P 지점에 잠시 왔다가 가는 사람이 또 다른 지점에 가서 신조어를 전할 수도 있다. 혹은 P점에 위치한 신조어의 창시자가 P1, P2, …, Pn 등의 거리 차이가 있는 사람과 대화를 나누는 가운데서도 신조어는 전파될 수 있다. 이러한 신조어의 초공간적 이동은 미국의 농아학교 교사 벨에 의하여 1876년에 전화가 발명되면서 더욱 활발하게 일어나게 되었다. 21세기를 살아가는 현재는 개인 휴대폰까지 보편화된 상황이다. 그러므로 신조어의 창시자에 의해서 신조어가 전파되는데 있어서 거리의 영향은 (그림4-1)의 단계에 비하면 거의 미진하게 되었다. 즉, 신조어는 위의 (그림4-1)에서 중심이 되는 P점 이외에도 시간을 뛰어 넘어 공간적으로 떨어진 지점인 P1,P2, …, Pn을 통해서도 전파된다. 이것을 그림으로 나타내 보면 다음과 같다.

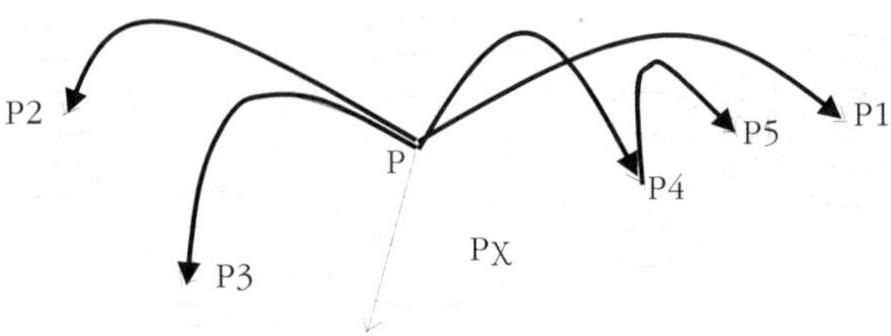

그림 4-2 중심점 이동 모형

(그림4-2)의 모형에서 신조어의 창시 지점 P와 거리적으로 가까운 PX 보다 거리적으로 떨어져 있는 P1, P2, …, Pn 지점의 사람에게 신조어가 더 빨리 전해 질 수도 있다는 것을 알 수 있다. 거리라는 요소가 신조어의 전파력에 미치는 영향은 이전의 (그림4-1) 모형에 비해서 많이 약해졌다.

신조어의 전파는 단순히 하나의 동심원을 통해서만 점점 바깥으로 펴져나가는 것이 아니라, 또 다른 기준점들을 통해서도 동심원을 그리며 전파되는 구조를 갖게 된다. (그림4-2)에서 P5는 P에서 만들어진 신조어가 P4에 일단 전파되고 이것이 또 다시 P5 점에 전파된다. 즉 하나의 신조어가 다른 지점에 전해지고, 이렇게 전해진 신조어가 또 다시 초공간적 이동을 하여 또 다른 지점에 전해져서 그 곳에서 중심점을 형성하여 동심원을 그리며 외부로 퍼져나가면서 전파되기도 한다.

이러한 동심원이 많을수록 각 동심원이 겹치게 되는 확률도 커진다. 이것은 신조어의 사용률이 높아진다는 것을 뜻한다. 즉 신조어의 전파력이 강해질수록 신조어의 사용도 역시 높아진다. 신조어는 P1, P2, …, Pn을 중심으로 하는 동심원 수가 많아질수록 전파력도 강해진다. 이것을 공식으로 나타내면 다음과 같다.

(논리공식4-2)

$$C_2 = C_1 \cdot \sum_{i=1}^{n} P_i$$

(논리공식4-2)에서 신조어의 전파력 C_2 는 (논리공식4-1)의 신조어 전파력 C_1 에 비해서 한 단계 업데이트되었음을 알 수 있다. 신조어의 전파력 C_2 에는 기본적으로 (그림4-1)의 동심원 구조도 포함되어 있으므로, C_1 의 전파력이 커지면 C_2 의 전파력도 커지게 된다. 그런데 (그림4-2) 모형이 (그림4-1) 모형과 구별되는 특징은 (그림4-2) 모형에는 P를 기준으로 하는 동심원 외에도 P1, P2, …, Pn을 기준으로 하는 또 다른 동심원도 포함되어 있다는 점이다. 이들 동심원의 수가 많으면 많을 수록 전파력은 커지게 되므로 (논리공식4-2)에서는 이들 동심원의 수를 합한 값인 $\sum_{i=1}^{n} Pn$ 이 첨가되어 있다. $\sum_{i=1}^{n} Pn$ 은 P1을 중심으로 하는 동심원, P2를 중심으로 하는 동심원, …, Pn을 중심으로 하는 동심원에 대한 합이다. 예를 들어서 동심원의 수가 10개라고 하면 신조어의 전파력 C_2 의 값은,

$$C_1 \cdot \sum_{i=1}^{10} Pn = C_1 \cdot (P1+P2+\cdots+P10)$$

이 되고, 동심원의 수가 20개라고 하면 신조어의 전파력(C_2) 값은,

$$C_1 \cdot \sum_{i=1}^{20} Pn = C_1 \cdot (P1+P2+\cdots+P20)$$

이 된다. 즉, 동심원의 수가 10개일 경우보다 20개일 경우 신조어의 전파력(C_2)은 커지게 된다.

제3장
전파미디어 모형

　　전달의 형태는 개인적인 것과 사회적인 것으로 대별된다. 개인적인 전달 형태가 소규모적인데 반해, 사회적인 전달의 형태는 메시지나 정보 전달자가 대규모적이고 과점 내지 독점적인 조직을 가지며, 그것을 전달받는 수용자도 다수이다. 전달의 흐름은 전달자가 수용자에게 일방 통행적으로 전달하는데, 그 전달 과정에는 고도의 기술적·기계적 수단이 이용된다. 수단이나 내용에 따라서는 인쇄미디어와 전파미디어로 나뉜다. 전자는 문자에 의해서, 후자는 소리나 영상에 의해 전달되는데, 인쇄미디어로는 신문·잡지·서적·포스터·전단지 등이 있고 전파미디어에는 라디오·텔레비전·영화 등이 있다.

　　전파미디어의 발달과 보급으로 신조어의 전파구조는 앞 장의 (그림4-2) 모형만으로는 설명할 수 없게 되었다. 신조어가 만들어지는 중심점 P나 또 다른 P_X 지점에서 텔레비전, 라디오 송수신지에 신조어가 전해지고, 여기서부터 각 가정에 전파를 타고 신조어가 전송되면 이 신조어는 곧바로 각 개개인에게 직접적으로 전달된다. 텔레비전이나 라디오의 발명은 미디어 역사에도 혁신을 가져왔을 뿐만 아니라 언어의 흐름에도 혁신을 가져오게 된 것이다.

신조어의 전파에 있어서 전파미디어는 대단히 큰 역할을 하고 있다. 특히 텔레비전은 음성과 영상을 통합하여 신조어를 머릿속에 더욱 확실하게 각인시키는 역할을 담당한다. 텔레비전은 1951년 흑백 VTR의 개발과 1964년 필립스사의 VCR의 출현을 거쳐 1975년부터는 케이블 TV가 통신위성으로부터 프로그램을 전송받게 되어 현재는 외국에 있으면서도 자국의 프로그램을 케이블 TV로 수신할 수 있을 정도로 발전하여 언어의 흐름에 있어서 공간의 장애는 더욱 극복되고 있다.

텔레비전은 신조어의 전파와 밀접한 관계가 있다. 새로운 병명, 경제용어, 단체명 등과 같은 공식적인 신조어의 보급에 있어서 특히 텔레비전은 많은 공헌을 하고 있다. 신조어는 처음 만들어질 당시의 낱말이 다른 말로 금새 형태가 바뀌는 경우가 있다. 1984년 4월 27일 '에이즈'라는 병이 처음 중국에 보도되었을 때, 이 병명은 영어를 그대로 직역하여 '獲得性(acquired) 免疫(immune) 缺陷(deficiency) 綜合症(syndrome) huòdéxìngmiǎnyì quēxiànzōnghézhèng'이라고 방송되었다. 사람들의 화제가 된 이 병은 이틀 뒤인 1984년 4월 29일에는 다시 '後天的免疫力缺乏綜合症 hòutiānde miǎnyìlìquēfázōnghézhèng'이라는 이름으로 개명되어 보도되었다. '獲得性免疫缺陷綜合症'이라는 이름보다는 한 층 이해하기 쉬운 '後天的免疫力缺乏綜合症'이라는 이름으로 바뀌어 사람들에게 기억되어 갈 무렵 이 신조어는 또 다른 이름으로 불리게 되었다. 'Acquired Immune Deficiency Syndrome'라는 병명이 너무 길다는 인식에서 영어에서는 이것을 축약하여 다시 'AIDS'라는 신조어를 사용하였고, 중국인도 'AIDS'가

간단하고 사용하기에 편리하다고 인식하여 'AIDS'라는 명칭의 외래어가 '後天的免疫力缺乏綜合症'을 대신하게 되었다. 홍콩에서는 'AIDS'를 소리나는 대로 발음한 '愛滋 àizī'라는 형태소에 '病 bìng'을 덧붙여 '愛滋病 àizībìng'이라는 신조어를 만들어 냈는데, 중국 대륙에서도 이 낱말이 'AIDS'를 대신하게 되었다. 그런데 '愛滋病 àizībìng'이라는 낱말의 형태소 '愛 ài'에 거부감을 느끼는 사람들이 생겨나면서 다시 '艾滋病'이라는 신조어로 형식이 바뀌어 현재는 '艾滋病'이 가장 보편적으로 사용되고 있다.

이러한 예에서도 알 수 있듯이 현대 사회에서 전파는 새말의 명칭을 단 이틀 만에 개명하고 그 개명된 명칭으로 불리도록 하는 커다란 힘을 지니고 있다. 또한 그 이후에도 'AIDS', '愛滋病', '艾滋病'과 같이 여러 차례 명칭이 바뀌었으나 대중 역시 변화에 맞춰 새로운 용어를 사용하게 된 것은 역시 전파의 힘이다. 전파미디어는 알게 모르게 우리의 생활 속에 파고 들어와 우리의 언어 생활과 밀접한 관계를 맺으면서 언어의 흐름에 영향을 미치고 있다. 또한 신조어의 전파 혹은 흐름 그리고 심지어는 신조어의 생명력에 영향력을 행사하고 있다. 그러므로 전파미디어 시대에 들어오면서부터 (그림4-2)의 모형은 다시 수정될 수밖에 없다. 그 모형은 다음과 같다.

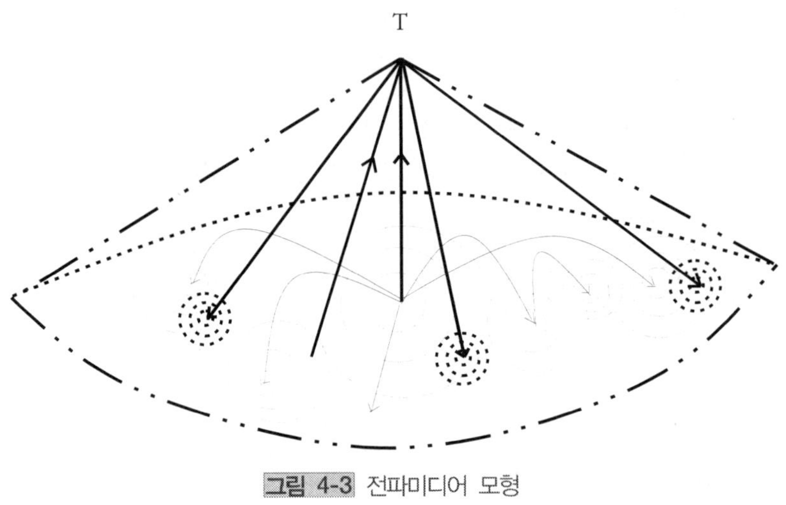

그림 4-3 전파미디어 모형

(그림4-3) 모형에는 기본적으로 (그림4-2)의 모형에서 볼 수 있는 신조어의 흐름, 신조어의 전파가 포함되어 있다. 즉, (그림4-2)의 모형대로 신조어가 전파되다가도 일순간 그 신조어가 전파를 타게 되면 전파를 수신받는 모든 개인 각자는 신조어를 직접 전달받게 된다. (그림4-3)의 굵은 점선의 원추형 공간은 전파를 수신받는 공간을 의미한다. 원추의 공간을 점선으로 표시한 것은 이 공간이 비록 전파 수신 지역이긴 하지만 그 수신이 반드시 이루어지지는 않기 때문이다. 예를 들어 저녁 9시 뉴스를 매일 보는 사람이 있다고 하자. 이 사람도 텔레비전을 못보는 날이 있을 수 있으며, 그러면 전파를 수신받지 못하게 된다. 우리가 살고 있는 이 공간이 전파의 수신 공간에 속해 있기는 하지만 개인 각자의 수신 여부에 대해서는 선택권이 주어진 셈이다. 또한 일부 취약한 환경 지역은 텔레비전의 유무와는 상관없이 전파 수신이 안되는 곳도 있다. 원추형의 굵은 점선 안에는 작은 동심원들이 굵은 점선으로 표시되어 있다. 이것은 전파를

통해서 각 개인에게 전달된 신조어가 다시 그 개인을 중심으로 동심원이 형성되면서 외부로 전파되는 것을 의미한다.

(그림4-3) 모형이 (그림4-2) 모형과 다른 점은 전파라는 매개체를 통해서 신조어가 전파된다는 점이다. (그림4-3)의 모형에서 신조어의 전파력에 가장 영향을 미치는 요인은 전파에 접촉하는 사람, 구체적으로는 시청자 수나 청취자 수이다. 신조어가 (그림4-1) 방식으로 전파되었든 (그림4-2) 방식으로 전파되었든 텔레비전이나 라디오 송신국으로 비유되는 T 지점에 일단 신조어가 전달되어지기만 하면, 그래서 이 지점에서 전파가 송신되기만 하면 그 신조어의 전파는 기하급수적으로 확대된다. (그림4-3)의 모형으로 다음의 (논리공식4-3)을 도출해 볼 수 있다.

(논리공식4-3)

$$C_3 = C_2 \cdot \left(W + \sum_{i=1}^{n} \alpha_i \right)$$

신조어의 전파력 C3은 (논리공식4-2)에서 얻은 신조어의 전파력 C2의 값에 비례한다. 다시 말하면 신조어 전파력 C2의 값이 커지면 신조어 전파력 C3의 값도 커지고, 신조어의 전파력 C2의 값이 작아지면 신조어의 전파력 C3도 작아진다. (논리공식4-3)에는 (논리공식4-2)와는 달리 $\left(W + \sum_{i=1}^{n} \alpha_i \right)$ 라는 값이 포함되어 있다. W는 전파접촉도를 의미하고, α는 전파접촉으로 인한 동심원 값을 나타낸다. 전파접촉도(W)는 전파를 통해서 신조어 정보에 접촉한 사람 수 즉, 시청자 수나 청취자 수를 뜻하는데, 전파접촉도(W)가 높아지면 이에 비례하여 신조어의 전파력 C3은 커질 것이고, 전파접촉도(W)가 낮아지면 신조어의 전파력 C3도 작아질 것이다. (그림4-3)에서 살펴보았듯이 전파를 통해서 신조어를 수신한 개인은 그 사람을 중심으로 동심원을 형성하게 되는데, 신조어는 그 동심원을 통해서도 전파된다. (그림4-3)에는 전파접촉에 의한 동심원 값도 포함되고 있으며, 이것을 a로 표시하고 있다. 전파접촉으로 인한 동심원 a의 값이 커지면 신조어의 전파력 C_3는 커질 것이고, 동심원 a의 값이 작아지면 신조어 전파력 C_3도 작아진다. a에 의해서 형성된 동심원 수는 비록 셀 수 없을 정도로 그 수가 많긴 하지만 그래도 무한한 것이 아닌 유한 수이다. (논리공식4-3)에서는 동심원 수를 모두 합한 값을 $\sum_{i=1}^{n} ai$로 표시하고 있다.

제4장
가상공간 모형

　1990년대 이래 인터넷 사용이 보편화되면서 (그림4-3)은 다시 한번 수정이 요구되고 있다. 컴퓨터의 초기 창안자들이 컴퓨터를 만들었을 당시 컴퓨터의 역할이라는 것은 단지 학술적 연구나 혹은 군사적 목적을 위해서 많은 양의 데이터를 연산 처리하는 것에 지나지 않았다. 그러던 것이 현재는 인터넷의 대중화로 인해서 정보 전달이나 수집의 수단뿐 아니라 일상생활의 아주 작은 부분을 이어주는 매개체 역할을 하고 있다. 지금 이 시간에도 일부의 사람들은 컴퓨터를 통해서 가상공간이라는 보이지 않는 공간에서 인간 지능의 창조적 활동을 계속 진행하고 있다. 우리는 현재 삼차원 공간에서만 가능했던 언어 생활을 가상공간에서도 영위하고 있으며, 이전과는 다른 다채로운 정보와 대면하는 가능성을 부여받게 되었다. 이른바 멀티미디어의 등장 즉 가상공간의 등장과 함께 언어도 가상공간을 통하여 새로 창조되기도 하고 사용되면서 현실공간의 언어와 공존하게 되었고, 신조어의 흐름에도 변화가 일게 되었다.

21세기는 세계화로 인한 IT혁명의 시대이다. IT혁명은 가상공간의 실현화로 가능해졌다. 가상공간은 현실공간과 양분되는 공간이 아니라 함께 공존하는 공간이다. 앞으로는 가상공간과 현실공간의 공존화가 더욱 가속화될 것이며, 신조어의 흐름 역시 가상공간에서도 진행될 것으로 예상된다. 그러므로 (그림4-3)은 다시 (그림4-4)의 모형으로 수정되어야 할 것이다.

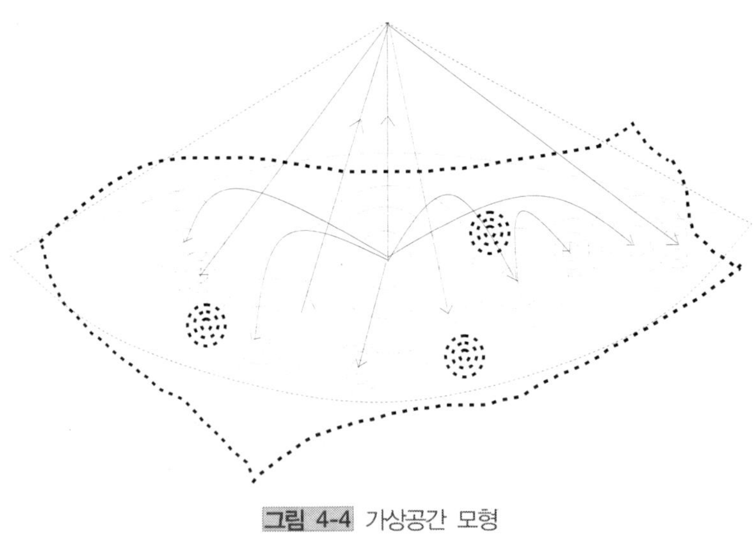

그림 4-4 가상공간 모형

인터넷 사용은 빠른 성장세로 매년 급증하고 있지만 전세계적으로 보면 아직까지는 일부 계층에서만 사용되고 있다. 인터넷의 사용, 즉 가상공간으로의 진입은 개인 각자의 선택 사항이지만 환경적인 요인으로 인해서 진입하지 못하는 경우도 있다. (그림4-4)는 가상공간의 유연한 확대 혹은 축소를 나타내기 위하여 가상공간을 실선이 아닌 점선으로 대체하고 있다. 현실공간과 가상공간은 나뉘어질 수 있는 성질의 것이 아니다. 현실공간에서도 가상공간적 요소를 찾을 수 있고, 가상공간에서도 현실공간적 요소를 찾을 수 있다. (그림4-4)의 모형을 기초로 가상공간에서의 신조어 전파를 공식으로 정리해 보았다.

(논리공식4-4)

$$C_4 = C_3 \cdot \left(N + \sum_{i=1}^{n} \beta_i \right)$$

신조어의 전파는 현실공간뿐 아니라 가상공간에서도 이루어진다. 그런데 가상공간으로의 접촉은 각 사회, 각 나라마다 그 환경이나 여건에 따라서 그리고 그 곳에 살고 있는 개인 각자의 환경 혹은 선택에 따라서 차이가 난다. (논리공식4-4)에는 가상공간접촉도(N)에 대한 수치가 포함되어 있다. 즉, 가상공간접촉도(N)가 높아지면 신조어의 전파력 C4도 커지고 가상공간접촉도(N)가 낮아지면 신조어의 전파력 C4도 작아진다. 이 때 가상공간에 접촉한 사람을 중심으로 신조어는 또다시 전파되는데, 이때 신조어는 동심원의 구조를 통해서 외부로 확산되면서 전파된다. 이 동심원에 대한 값은 (논리공식4-4)에서 β로 표시하고 있다. 동심원 수가 셀 수 없을 정도로 많기는 하지만 그래도 그 수는 유한하다. 그러므로 (논리공식4-4)에서는 동심원 β의 값에 대한 합을 $\sum_{i=1}^{n} \beta_i$로 표시하고 있다. 동심원의 수는 신조어 전파력 C4에 영향을 미친다. 즉, 동심원의 수가 많아지면 신조어 전파력 C4도 커지고, 동심원의 수가 적어지면 신조어 전파력 C4도 작아진다. 또한 신조어 전파력 C4는 신조어 전파력 C3에 비례한다. 신조어 전파력 C4는 신조어 전파력 C3이 커지면 비례해서 커지고, C3이 작아지면 C4도 비례해서 작아진다. 앞으로는 가상공간과 현실공간의 공존은 더욱 밀접해질 것이고 (그림4-4)의 모형은 더욱 구체화될 것이다.

현재 신조어는 사람들의 직접적인 왕래를 통해서 구두로도 전파되고, 책이나 신문·영화·전화 등을 통해서도 퍼져 나간다. 또한 방송을 통해서도, 가상세계를 통해서도 전파되고 있다. 지금은 입에서 입으로 전해지는 가장 원시적인 방법에서부터 가상공간의 초공간적, 초시간적 방법이 모두 혼합된 모형으로 전파되고 있다. 원시적 방법과 초문명적 방법이 적절하게 잘 조화를 이루면서 신조어는 우리의 일상생활에서 사용되고 있다.

소결 :

지금까지 신조어의 전파력에 대한 네 가지 모형을 통해서 네 가지 논리 공식을 생각해 보았다. 신조어는 원시적인 전파 방식인 단순히 동심원의 중심에서 동심원의 바깥으로 전해지는 방식과 이보다 조금 더 발전된 중심축의 이동으로 인한 또 다른 동심원을 통한 전파 방식이 있다. 물질문명의 발전으로 전파미디어가 발달하게 되면서 언어생활도 큰 변화가 일어났다. 과학의 발전은 더 나아가 현실공간과 또 다른 인터넷 공간, 즉 가상공간에서의 생활을 실현시켰다. 시간과 공간을 초월하는 가상공간의 현실공간화는 더욱 더 확대되고 있으며, 언어의 흐름에도 일대 대변혁을 가져오게 되었다.

신조어의 전파력이 사회 변화 양상에 따라 어떠한 차이를 보이게 되는지에 대한 수학적 계산은 의외로 간단하다. 필자는 이것을 네 가지 공식으로 제시한 바 있다. 그러나 이것을 적용하여 구체적인 수치를 도출하는 작업은 사실상 만만치 않다. 신조어의 전파 과정은 인간의 오감으로 측정

가능한 것이 아니기 때문이다. 필자가 제시한 신조어 전파력에 대한 공식은 현상을 이론적으로 명쾌하게 명시하기 위한 논리공식이라는 점을 밝혀 둔다.

신시기 신조어사전 분석

제6부

언어의 구성 요소인 어휘, 음운, 어법 가운데 변화에 가장 민감한 것은 어휘이다. 어휘는 어휘 내의 각 구성 요소 간 관계에 의해서도 쉽게 변하고, 사회의 작은 변화에도 민감한 반응을 보인다. 오늘 오전 새로운 바이러스의 발견으로 새말이 생겨나고, 오후에 새로운 기관의 성립으로 신조어가 생겼다고 하더라도, 내일 그 이름이 개명된다면 이 신조어는 하루만에 사어(死語)가 된다.

신시기의 신조어사전 출판은 그야말로 활기를 띠고 있다. 개혁개방으로 다양한 신어와 신의어가 출현했기 때문이다. 18세기의 사전 편찬학자인 사무엘 존슨(Samuel Johnson)이 『Dictionary of the English Language (1755)』의 서문에서 "살아 있는 언어의 어떤 사전도 완벽할 수 없는데, 그 사전이 출판을 서두르는 동안 몇몇 낱말이 싹트고, 몇몇 낱말은 사라지기 때문이다."라고 말하였듯이 그 아무리 공을 들인 사전이라고 하더라도 100% 완벽한 사전은 있을 수 없다.

필자는 개혁개방 이후에 출판된 신조어사전 11권을 대상으로 이 사전들의 경향 및 문제점에 대해서 고찰해 보고자 한다. 기본 공구서로 사용하게 되는 11권의 신조어사전 가운데 네 권은 1949년 이후의 신조어를 수록하고 있고, 일곱 권은 1979년 이후의 신조어를 수록하고 있다. 필자의 연구 범위가 개혁개방 이후의 신조어이긴 하지만 근래에 출판된 신조어사전의 보편적인 근황을 살펴보기 위하여 전자 네 권의 사전도 분석 범위에 함께 포함시키도록 하겠다.

제1장
신시기 신조어사전에 수록된 신조어의 분류

신조어는 최소의 의미 단위인 형태소에 의해서 구성된다. 신조어는 현재 우리가 사용하고 있는 일반적인 낱말과 비슷한 내부구조를 가지고 있는데, 그 이유는 인지책략으로 설명될 수 있다. 인간이 모국어를 통해 습득하여 머릿속에 저장하고 있는 언어의 조어법칙에 의해서 신조어가 만들어지기 때문이다.

개혁개방으로 중국은 외국과의 교류가 매우 잦아졌으며, 이것은 중국어 언어체계 내부에도 새로운 변화를 일으켰다. 외국어의 영향으로 외래어가 많아졌고, 이 어휘들은 신시기에 새로운 형식의 신조어가 등장하도록 하였다. 필자는 시중에 출판된 신조어사전 가운데 11권을 선택하여 기본 자료로 사용하여 신시기 신조어를 분석하고자 한다. 사전의 종류와 사전에 실려 있는 표제어수는 다음과 같다.

신조어사전	표제어 수
佟學(2001), 『最新使用新語詞素詞典』, 中國國際廣播出版社	1,229
姚漢銘(2000), 『新詞新語詞典』, 未來出版社	4,640
歐陽因(2000), 『朗文中國流行新詞語』, 中國人民出版社	2,082
李振杰・凌志韞(2000), 『漢語新詞語詞典』, 新詞典出版社	7,532
金丸邦三(2000), 『中國語新語詞典』, 同學社	6,179
林倫倫・朱永鍇・顧向欣(2000), 『現代漢語新詞語詞典1978-2000』, 花城出版社	1,173
王均熙(1997), 『簡明漢語新詞詞典』, 上海世界圖書出版公司	13,241
周洪波(1997), 『精選漢語新詞語詞典』, 四川人民出版社	2,362
李行健・曹聰孫・雲景魁(1993), 『漢語最新詞語8000條新詞新語詞典』, 語文出版社	7,549
宋子然(1997), 『漢語新詞新語年編(1995-1996)』, 四川人民出版社	419
王均熙(1993), 『漢語新詞詞典』, 漢語大詞典出版社	9,792

표 6-1 텍스트로 사용한 11권의 신조어사전과 표제어 수

위의 11권에 수록되어 있는 모든 표제어를 대상으로 신조어의 구조를 분석할 수도 있으나 객관성을 높이기 위해서 11권 중 세 권 이상의 신조어사전에 표제어가 반복적으로 수록된 낱말만으로 추리면 5,963개이다. 그런데 이 중에는 낱말이 아닌 형태소 12개, 구 132개, 그리고 1978년 이전의 신조어 332개가 포함되어 있었다. 이것을 제외한 고유명사 및 낱말로 된 신조어는 5,490개이다. 필자는 이들 5,490개의 신조어를 대상으로 그 구조를 분석해 보고자 한다. 각 낱말이 신조어사전에 반복적으로 수록된 수치 결과는 다음과 같다.

3회 중복	2,355개
4회 중복	1,222개
5회 중복	849개
6회 중복	533개
7회 중복	295개
8회 중복	157개
9회 중복	64개
10회 중복	15개
11회 중복	0개

표 6-2 신조어사전에 반복적으로 수록된 낱말 수치

신조어의 구조에 대해서는

1. 서면 형식으로 본 신조어 구조 — 한자어와 비한자어

2. 음절구조로 본 신조어의 구조 — 단음절어와 다음절어

3. 형태소 구조로 본 신조어의 구조 — 단순어와 합성어

의 3가지로 구분하여 살펴보겠다.

제1절 서면형식으로 본 신조어의 구조 — 한자어와 비한자어

신시기 신조어는 서면 형식에 따라 한자어와 비한자어로 나눌 수 있다. 한자어는 한자만으로 구성되어 있는 낱말로서, 총 5,490개의 신조어 가운데 5,460개를 차지하여 전체 99.45%의 비율을 보이고 있다. 반면에 한자 이외의 문자가 사용되는 비한자어는 30개로써 전체 0.55%를 차지하고 있다.

비한자 신조어의 등장은 신시기 특징 가운데 하나이다. 비한자어로는

아라비아 숫자로 된 낱말과 로마자로 된 어휘 등이 있다. 5,490개의 표제어 중 아라비아 숫자로만 된 낱말로는 '110'이 있으며, 아라비아 숫자와 한자가 혼합된 낱말에는 '211工程'과 '863計劃'이 있다. 아라비아 숫자 신조어 보다는 로마자 신조어의 비율이 높다. 로마자만으로 된 신조어로는 'BB', 'CD', 'CT', 'DJ', 'DVD', 'HSK', 'IQ', 'KTV', 'MTV', 'OA', 'TDK', 'UFO', 'VCD', 'WTO'의 14개 어휘가 있으며, 로마자와 한자가 혼합된 신조어는 'AA制', 'BB機', 'BP機', 'B超', 'PP效應', 'SOS兒童村', 'T型人才', 'T恤', 'T恤衫', 'X型人才', '三S', '卡拉OK', '卡拉OK機'의 13개 어휘가 있다.

	한자어	비한자어	합계
개수	5,460	30	5,490
비율(%)	99.45	0.55	100

표 6-3 한자어와 비한자어의 개수와 비율

	아라비아숫자 신조어		로마자 신조어		합계
	순아라비아 숫자어	한자 혼용어	순로마자어	한자 혼용어	
개수	1	2	14	13	30
전체 표제어와의 비율(%)	0.02	0.04	0.25	0.24	0.55
비한자어에서의 비율(%)	3.33	6.67	46.67	43.33	100
개수	3		27		30
전체 표제어와의 비율(%)	0.06		0.49		0.55
비한자어에서의 비율(%)	10		90		100

표 6-4 비한자어의 개수와 비율

제2절 음절구조로 본 신조어 - 단음절어와 다음절어

중국어의 기본어휘[1]에는 단음절어가 많다. 이것은 옛날에 사용되던 단어가 대부분 단음절이었기 때문이다. 단음절어만으로는 점차 동음이의어가 많아지는 부작용이 생겨서 언어소통에 불편이 있었고, 이때부터 다음절어가 증가하게 되었다[2]. 수사론적 배경으로도 1음절보다는 2음절이, 3음절보다는 4음절을 선호하는 경향이 고대 시가 등의 운문에서 발견되는데, 이 역시 다음절어 증가의 원인이 된 것 같다.

중국어 어휘체계를 전체적으로 보면 아직까지 단음절어가 높은 비율을 차지하고 있지만, 신조어에는 단음절어가 거의 발견되지 않는다. 필자가 조사한 5,490개의 신조어에도 단음절어는 단지 19개만으로 전체의 0.33%에 지나지 않는다. (표6-5)는 '신시기 신조어 5,490개의 음절수'를 나타내며, (표6-6)은 '劉源의 상용어 46,520개의 글자수'를 표시하고 있다. (표6-5)가 (표6-6)과 다른 점은 1음절어의 비중이 전자가 전체 0.33%에 지나지 않는데 반해서, 후자는 1글자어의 비중이 10.90%나 되며, 그 사용률도 57.53%나 된다는 점이다. 일상 언어에서는 단음절어의 사용이 많음을 엿볼 수 있다. 다음절어는 단음절어에 비해서 의미가 특정화되고 명확한 개념의 영역이 있기 때문에 사용 범위에 있어서 더욱 제한을 받는다. 다시

---

1) 기본어휘란 일반어휘에 상대되는 개념으로서 사람들의 일상생활에 가장 필수적인 사물이나 개념을 나타내는 낱말이다.
2) 갑골문에도 다음절어가 존재한다. 다음절어의 구조가 서주西周의 금문金文 및 그 이후에도 영향을 미칠 수 있었던 것으로 보아 그 발생시기를 상대商代라고 주장하는 학자도 있으나, 양적·질적 측면을 고려해 볼 때 중국어 역사상 진정한 의미의 다음절어 발생 시기는 서주와 춘추시대春秋時代인 것 같다. 전자의 주장은 唐鈺明(1986: 459)을, 후자의 주장은 黃志强·楊劍橋(1990:98)를 참조하라.

말하면 단음절일 때 같은 소리로 혼동되던 의미가 두 개 이상의 다음절로 표현되어 사용자간 구별이 비교적 분명해지므로 신조어로는 다음절어가 많아지고 있다.

필자의 조사에 의하면 신시기 신조어는 2음절어가 거의 대부분을 차지하고 있다. 5,490개의 신조어 가운데 2음절어는 3,514개로 전체의 64.36%를 차지하여 가장 높은 비중을 보이고 있고, 3음절어, 4음절어, 5음절어, 6음절어, 1음절어, 7음절어, 8음절어, 9음절어가 그 뒤를 잇고 있다. 다음은 신시기 신조어 5,490개의 음절수 통계이다.

	1음절	2음절	3음절	4음절	5음절	6음절	7음절	8음절	9음절	비한자어	총계
개수	18	3,514	1,091	698	104	21	8	4	1	30	5,490
비율(%)	0.33	64.36	19.98	12.79	1.90	0.38	0.15	0.07	0.02	0.55	100

표 6-5 신시기 신조어 5,490개의 음절수

신시기 신조어와 중국어 전체에서 사용되는 낱말의 음절수를 비교해 보겠다. 劉源(1990:9)의 『現代漢語常用詞詞頻詞典』에 실린 46,520개 어휘를 글자수에 따라 분석한 통계는 다음과 같다.

	1자	2자	3자	4자	5자	6자	7자	총계
개수	5,070	31,187	5,125	4,566	382	144	46	46,520
개수비율(%)	10.90	67.04	11.02	9.81	0.82	0.31	0.10	100
사용빈도(%)	57.53	39.25	1.95	1.09	0.11	0.06	0.01	100

표 6-6 劉源(1990:9)의 상용어 46,520개의 글자 수

음절수와 글자수는 다르다. 중국어의 兒化음은 일반적으로 하나의 음절로 보지 않기 때문이다. (표6-5)의 통계에는 '跌份兒 diēfēnr', '丟份兒 diūfēnr', '板兒爺 bǎnrdiē', '大腕兒 dàwǎnr', '貓兒膩māornì', '片兒警 piànrjǐng', '腕兒wǎnr', '鐵哥兒們 tiěgērmen' 등 8개의 兒化 낱말이 포함되어 있다. 이들 낱말 중 앞의 여섯 개는 3글자로 된 2음절어이고, 뒤의 낱말은 각각 2글자로 된 1음절어, 4글자로 된 3음절어이다. (표6-5)와 (표6-6)을 단순 비교하면 兒化의 요인 등으로 오차가 존재할 수는 있지만 그 차이가 크지는 않다.

(표6-5)와 (표6-6)을 보면 각각 2음절어와 2글자어가 많다. 3음절어나 3글자수 이상이 되면 낱말 수가 줄어든다는 공통점도 있다. 2음절어 혹은 2글자어가 많은 이유는 다음절화 경향 이외에도 다음절어가 2음절어로 축약되는 축약어에 의한 결과이기도 하다. 축약으로 인해 2음절어가 증가하는 현상은 신시기에 들어오면서 더욱 선명해졌다. 최근 신조어 중에는 4음절 이상의 낱말이나 구가 2음절어로 축약되어 쓰이다가 일반어휘로 정착하게 된 것이 많다. 짧은 어휘가 기억하기에도 좋고 간편, 편리하기 때문이다. 두뇌에 자리 잡고 있는 언어의 경제원리에 의한 결과이다. 이 외에도 중국어 어휘 대부분이 2음절어이기 때문에 사람의 두뇌가 2음절어에 길들여지게 되고, 그래서 신조어를 만들 때도 2음절어로 된 새말을 쉽게 만들게 되는 인지책략에 의한 결과이기도 하다. 이러한 이유는 결과적으로 2음절어의 비율을 높이는 원인이 된다.

(표6-3)에는 '비한자어'라는 항목이 있다. 비한자어 '110', '211工程', '863計劃', 'BB', 'CD', 'CT', 'DJ', 'DVD', 'HSK', 'IQ', 'KTV', 'MTV', 'OA', 'TDK', 'UFO', 'VCD', 'WTO', 'AA制', 'BB機', 'BP機', 'B超', 'PP效應', 'SOS兒童村', 'T型人才', 'T恤', 'T恤衫', 'X型人才', '三S', '卡拉OK', '卡

拉OK機'를 한자어와 동일하게 취급하여 음절수를 운운하는 것은 무리가 따른다. 로마자의 경우 각 글자가 하나의 음절일 수도 있고, 2음절 이상이 될 수도 있기 때문이다. 그러므로 본서에서는 비한자어의 음절 분류는 생략하기로 한다.

	단음절어	다음절어	비고
개수	19	5,441	5,460
비율(%)	0.35	99.65	100

표 6-7 11종 신조어사전의 단음절어와 다음절어의 개수와 비율

	2 음절어	3 음절어	4 음절어	5 음절어	6 음절어	7 음절어	8 음절어	9 음절어	비고
개수	3,514	1,091	698	104	21	8	4	1	5,441
비율(%)	64.36	19.98	12.79	1.90	0.38	0.15	0.07	0.02	99.65

표 6-8 11종 신조어사전의 다음절어 개수와 비율

제3절 형태소 구성으로 본 신조어 구조 - 단순어와 합성어

낱말은 형태소로 구성되며, 형태소의 수에 따라 단순어와 합성어로 나뉜다. 단순어는 하나의 형태소로 구성된 낱말이고, 합성어는 두 개 혹은 두 개 이상의 형태소로 구성된 낱말이다. 합성어는 접사의 유무에 따라 복합어와 파생어로 구분된다. 복합어는 결구 형식에 따라 병렬구조, 수식구조, 동목구조, 보충구조, 주술구조, 중첩구조로 나뉘고, 파생어는 접사가 붙는 위치에 따라 '접두어+어근'과 '어근+접미어'의 형식으로 나뉜다.

(1) 단순어

단순어는 형태소 조합관계가 없는 낱말이다. 단순어는 1음절어일 수도, 다음절어일 수도 있다. 전자는 음절이 하나뿐이므로 당연히 형태소 조합이 없을 것이며, 후자는 각 글자를 분리해서는 아무런 뜻도 나타낼 수 없는 낱말이 해당된다. 신시기 신조어에는 특히 음역어가 많은데, 음역의 외래어는 단순어에 속한다.

1) 1음절어

1음절어로는 다음과 같은 18개의 신조어가 있다.

1음절어	사전 출현 횟수	품사	1음절어	사전 출현 횟수	품사
盲	3	명사	砍	5	동사
碟	4	명사	侃	6	동사
派	5	명사	撮	6	동사
秀	5	명사	宰	7	동사
泊	3	동사	炒	8	동사
導	3	동사	鐵	3	형용사
拷	3	동사	火	5	형용사
斬	4	동사	酷	6	형용사
分	5	동사	張	3	양사

표 6-9 1음절 단순어

2) 다음절 단순어

다음절 단순어에는 외래어가 많다. 그 예는 다음과 같다.

가. 영어에서 온 외래어

	사전 출현 횟수	품사	원어
滌卡	3	명사	dacron khaki
卡曲	3	명사	car coat
快克	3	명사	cracker
雷射	3	명사	laser
媽咪	3	명사	mammy
波士	3	명사	boss
馬賽克	3	명사	mosaic
碰克	3	명사	punk
三文治	3	명사	sandwich
士多	3	명사	store
貼士	3	명사	tips
席夢思	3	명사	Simuons
雅飛士	3	명사	Yuffie
雅虎	3	명사	yahoo
的士高	4	명사	disco
迪斯尼	4	명사	Disney
克力架	4	명사	cracker
鐳射	4	명사	laser
三明治	4	명사	sandwich
色拉	4	명사	salad
沙拉	4	명사	salad
夸克	4	명사	quark
曲奇	5	명사	cookie
派對	6	명사	party
雅皮士	6	명사	Yuffie
尤里卡	6	명사	EURECA
嬉皮士	6	명사	hipie
克隆	7	명사	clone

拜拜	8	동사	byebye
比基尼	8	명사	bikini
的士	8	명사	taxi
歐佩克	8	명사	OPEC
托福	8	명사	TOEFL
迪斯科	9	명사	disco
巴士	10	명사	bus

표 6-10 영어에서 온 다음절 단순어

나. 영어 외 언어에서 들어온 외래어

	사전 출현 횟수	품사	원어
克格勃	3	명사	소련 국가보안 위원회 카게베(KGB) 음역어
拉尼娜	3	명사	적도 동태평양의 온도가 이상으로 하강하는 현상. 서반아어 라니뇨(La nina)의 음역어
沙龍	3	명사	불어 살롱(salon)의 음역어
榻榻米	3	명사	일어 다다미의 음역어
摩絲	5	명사	불어 무스(mousses)의 음역어
胞波	6	명사	형제, 친척을 뜻하는 미얀마의 음역어
厄爾尼諾	6	명사	서반아어 엘리뇨(el niño)의 음역어

표 6-11 영어 외 언어에서 온 다음절 단순어

다. 기타

	사전 출현 횟수	품사	원어
便當	4	명사	도시락을 뜻하는 일본어 벤토에서 온 말

표 6-12 기타 다음절 단순어

‘便當 biàndāng’은 일본어에서 흡수된 낱말인데, 음역되지 않았으므로 외래어라고 하는 데는 이견이 있을 수 있다. ‘便當’은 원래 ‘面桶 miàntǒng’에서 온 말로 ‘面桶’이란 얇은 나무 판으로 만들어진 둥근 원통형 용기에 밥이나 차를 넣어 한 사람 한 사람에게 나누어 주던 것을 말한다. 즉, 이 낱말은 일본에서 사용될 때부터 더 이상 구분할 수 없는 하나의 형태소로 사용되던 단어로서, 대만에서 먼저 사용되다가 대륙에도 소개된 특수한 형식의 단순어이다.

(2) 합성어

합성어는 두 개 이상의 형태소가 결합되어 하나의 낱말을 구성하는 것을 이른다. 중국 신시기 신조어는 세 개 이상의 형태소가 결합된 합성어도 적지 않은데, 이러한 어휘는 더 복잡한 구조로 이루어져 있다. 다음의 예를 보자.

電飯鍋 diànfànguō
; 飯+鍋 (수식구조)
; 電+飯鍋(수식구조)

第四産業 dìsìchǎnyè
; 第+四(접두어+어근 구조) / 産+業(동목구조)
; 第四+産業(수식구조)

위의 예에서 볼 수 있듯이 세 개 이상의 형태소로 구성된 낱말의 내부 관계는 복잡하고 경우에 따라서 여러 방식으로 점층적으로 구성되기 때문에 종합식 합성어라고 할 수 있다. 본서에서는 종합식 합성어의 신조어를 분석하는 경우 위 예의 ①에 해당하는 분석, 즉 1차 분석만 하도록 한다.

1) 복합어

어근과 어근으로 결합된 낱말을 복합어라고 한다. 어근은 낱말 분석에서 실질적 의미를 나타내는 중심이 되는 부분을 말한다. 개혁개방 이후의 신조어 복합어는 그 내부 규칙에 따라 병렬구조, 수식구조, 동목구조, 보충구조, 주술구조, 중첩구조로 나누어 볼 수 있다.

가. 병렬구조 신조어

두 개의 어근이 병렬적으로 결합하여 이루어진 것을 병렬구조라고 한다. 병렬식 낱말은 각 어근의 의미 결합 방식에 따라서 다시 동일하거나 유사한 의미, 반대거나 상대적인 의미, 동의 관계도 아니며 상대적인 관계도 아닌 비교적 평행성이 있는 형태소 간의 결합으로 구분할 수 있다. 병렬구조는 앞의 어근과 뒷 어근이 대등한 지위를 가지며, 중국에서는 '聯合結構 liánhéjiégòu', '幷列結構 bìnglièjiégòu'라고 한다. 다음에 예를 몇 가지 살펴 보겠다.

	사전 출현 횟수	품사		사전 출현 횟수	품사
檔次	7	명사	官商	7	명사
品位	5	명사	影視	8	명사
貿工農	5	명사	挖革改	5	명사
五四三	6	명사	新西蘭	6	명사
樓堂館所	6	명사	三保三壓	5	명사
三支兩軍	6	명사	一國兩制	10	명사
挂靠	8	동사	離休	9	동사
組裝	7	동사	淸退	8	동사
打砸搶	5	동사	管卡壓	4	동사
離退休	5	동사	揭批査	3	동사
關停幷轉	7	동사	跑冒滴漏	6	동사
升級換代	5	동사	一平二調	6	동사
低迷	6	형용사	低俗	5	형용사
傷殘	6	형용사	僞劣	6	형용사
短平快	8	형용사	高精尖	5	형용사
小而全	5	형용사	臟亂差	6	형용사
長治久安	3	형용사	名優特新	3	형용사
适銷對路	6	형용사	高分低能	6	형용사

표 6-13 병렬구조 신조어

나. 수식구조 신조어

두 형태소 간에 수식과 피수식의 관계가 있는 조어 형식이다. 중국에서는 일반적으로 '偏正結構 piānzhèngjiégòu'라고 한다. 예로 몇가지를 들면 다음과 같다.

	사전 출현 횟수	품사		사전 출현 횟수	품사
代溝	9	명사	軟件	10	명사
硅谷	10	명사	硬件	10	명사
大氣候	10	명사	連鎖店	9	명사
發燒友	10	명사	軟科學	10	명사
閉路電視	9	명사	第二課堂	9	명사
買方市場	9	명사	星火計劃	10	명사
暗補	9	동사	彩擴	9	동사
評聘	9	동사	嚴打	9	동사
傳帮帶	7	동사	大包干	6	동사
負增長	6	동사	大動作	5	동사
等額選擧	6	동사	分灶吃飯	5	동사
風險投資	6	동사	激光照排	5	동사
爆滿	8	형용사	緊俏	7	형용사
緊缺	6	형용사	冒富	8	형용사
超一流	6	형용사	開門紅	3	형용사

표 6-14 수식구조 신조어

다. 동목구조 신조어

두 형태소 간 지배와 피지배관계가 있는 조어 형식이다. 중국에서는 '動賓結構 dòngbīnjiégòu'라고 한다. 몇가지 예는 다음과 같다.

	사전 출현 횟수	품사		사전 출현 횟수	품사
創意	7	명사	感冒	4	명사
衛冕	7	명사	寫眞	5	명사
到位	10	동사	扶貧	9	동사
減肥	9	동사	掃黃	10	동사
炒魷魚	10	동사	摻沙子	7	동사
侃大山	7	동사	爬格子	8	동사

표 6-15 동목구조 신조어

라. 보충구조 신조어

뒤 형태소가 앞 형태소를 보충, 해설하는 구조이다. 낱말의 전체적 의미 구성은 앞 형태소가 중심이 된다. 보충구조 낱말의 품사는 대부분이 동사이다. 중국에서는 '補充結構 bǔchōngjiégòu'라고 한다. 예로 몇가지를 들어보겠다.

	사전 출현 횟수	품사		사전 출현 횟수	품사
編內	3	명사	編外	7	명사
曝光	9	동사	滯后	9	동사
滯脹	8	동사	走俏	9	동사
飛過海	6	동사	挂起來	5	동사
拉下水	4	동사	剃光頭	5	동사
包産到戶	5	동사	包干到戶	4	동사
聯産到勞	6	동사	聯山計酬	5	동사
搶手	7	형용사	走紅	3	형용사

표 6-16 보충구조 신조어

마. 주술구조 신조어

두 형태소 간에 피진술과 진술의 관계가 있는 형식으로 중국에서는 '主謂結構 zhǔwèijiégòu'라고 한다. 몇가지 예를 살펴 보겠다.

	사전 출현 횟수	품사		사전 출현 횟수	품사
南雙	4	명사	能耗	6	명사
腸梗阻	5	명사	二哥大	5	명사
官倒爺	6	명사	農輕重	5	명사
官倒	6	동사	民品	7	동사

臺獨	6	동사	自銷	6	동사
軍轉民	5	동사	農轉非	9	동사
妻管嚴	7	동사	外轉內	5	동사
勞務出口	6	동사	兩戶一體	7	동사
兩頭在外	8	동사	腦體倒挂	6	동사
資深	6	형용사	一頭沈	3	형용사

표 6-17 주술구조 신조어

바. 중첩구조 신조어

두 형태소가 같은 글자로 중첩된 형태이다. 중첩구조는 언어 내적으로 소리 중첩을 이용하여 듣기에 편안하고, 아름다운 느낌을 조성한다. 다음 예가 있다.

	사전 출현 횟수	품사		사전 출현 횟수	품사
杠杠	5	명사	套套	3	명사
塊塊	5	명사	條條	6	명사
頭頭腦腦	4	명사	拜拜	8	명사
方方面面	5	명사	搗搗索索	3	동사
框框條條	3	명사	松松垮垮	5	형용사

표 6-18 중첩구조 신조어

필자가 조사한 5,490개의 신조어 가운데 비한자어를 제외한 단순어와 합성어의 합은 5,460개이다. 이 중 복합어는 5,344개이다. 5,344개의 구조를 병렬구조, 수식구조, 동목구조, 보충구조, 주술구조, 중첩구조로 분류한 개수와 이것의 합성어 내에서의 비율, 그리고 복합어 내에서의 비율은 다음과 같다.

	병렬구조	수식구조	보충구조	동목구조	주술구조	중첩구조	비고
개수	583	3,713	110	855	73	10	5,344
합성어에서의 비율(%)	10.68	68.00	2.01	15.66	1.34	0.18	97.87
복합어에서의 비율(%)	10.91	69.48	2.06	16.00	1.37	0.18	100

표 6-19 복합어의 구조 통계

	단순어		합성어			비고
	단음절어	다음절어	복합어	파생어	종합구조	
개수	18	43	5,344	26	29	5,460
비율(%)	0.33	0.79	97.87	0.48	0.53	100
개수	61		5,399			5,460
비율(%)	1.12		98.88			100

표 6-20 단순어와 합성어의 구조 통계

2) 파생어

어근과 접사과 결합된 낱말을 파생어라고 한다. 파생어는 의미론적 관점에서 볼 때 부가된 접사는 어감의 차이를 지니고 있으며, 그것이 어느 정도 비독립적 요소인지에 따라 파생어 여부가 가려진다. 접사는 비교적 추상적이고 개괄적이며 경우에 따라 미세한 어법적 의미를 표시한다. 파생어는 어근과 접사의 위치에 따라서 다음의 두 가지로 나누어진다.

가. 접두어가 어근에 붙은 형태

5,490개의 신조어 가운데 이와 같은 형식의 신조어는 아래의 12개가 있다.

	사전 출현 횟수	품사			사전 출현 횟수	품사
阿混	7	명사	阿響	3	명사
老包	3	명사	老虎	5	명사
老挿	4	명사	老記	3	명사
老大	3	명사	老九	5	명사
老公	5	동사	老私	3	명사
老國	3	동사	老摳	3	형용사

표 6-21 접두어가 어근에 붙은 파생어의 종류

'阿 ā'가 접두어로 사용되는 경우는 어떤 대상에 대한 친숙한 감성적 색채를 보여준다. 王力(1980b:221)은 접두어 '阿'는 처음에 의문대명사 '誰 shuí' 앞에 붙던 접두어로써, '阿誰 āshuí'의 형태로 사용된 것이 시초라고 한다. '阿誰'는 『시경詩經』에서 찾아볼 수 있는 '伊誰 yīshuí'가 변한 말이다3). '阿'가 접두어로 사용된 '阿誰 āshuí(누구)', '阿你 ānǐ(당신)', '阿儂 ānóng(나)'의 용례 흔적은 현대 寧波 방언에도 아직 남아 있다(趙元任 1928:95). 한대漢代 이후 '阿'의 사용 범위는 점차 넓어지게 되었으며, 현재는 남부 방언에서 친족 호칭과 인명에 널리 쓰이고 있다. 신시기 신조어 '阿混 āhùn'과 '阿響 āxiǎng' 역시 방언의 영향이라고 보여진다.

'老 lǎo'가 접두어로 사용되는 예는 10개가 있다. '老' 역시 친밀감을 표시하는 접두어로 사용되는데, 그 사용의 시작은 '阿'에 비해서 시기적으로 다소 늦은 것 같다.

---

3) 有皇上帝 伊誰云憎 『詩經・小雅・正月』, 伊誰云從 惟暴之云 『詩經・小雅・何人斯』

나. 어근에 접미사가 결합된 형태

어근에 접미사가 결합된 신조어의 예는 14개가 있다.

	사전 출현 횟수	품사		사전 출현 횟수	품사
檔子	3	명사	流子	3	명사
棍子	4	명사	落子	3	명사
口子	4	명사	美子	3	명사
框子	3	명사	條子	3	명사
腕兒	3	명사	尾巴	6	명사
活化	4	동사	老化	6	동사
城市化	5	동사	老齡化	4	동사

표 6-22 어근에 접미사가 결합된 파생어의 종류

접사는 추상적이고 개괄적인 어휘적 의미를 갖거나 혹은 어법적 기능
만을 나타내기 때문에 조어법상 동화의 기능을 한다. 이를 테면 접미사
'子 zi'[4]와 '兒 er'을 수반하는 낱말은 명사, '化 huà'를 수반하는 낱말은
동사의 경향을 보인다. 접미사 '子'와 '兒'은 당대唐代 운문에도 사용된 예
가 보이며, 이것들의 성조와 음절이 있었던 기록을 보아 그 당시에는 완전
한 하나의 음절의 운각韻脚이었던 것 같다. 현대에는 '子'가 접미어로 사
용되는 경우는 경성으로 발음되며, '兒'이 접미어로 사용되는 경우는 경성
일 뿐 아니라 음절성도 상실하게 된다.

---

4) '子'가 접미사로 사용되기 시작한 때는 한대漢代부터로 추정된다. 한대에 이르러
서 동물 이름 뒤에 '子'를 붙이는 예가 보이기 시작한다.『한서漢書 · 서역전西域
傳』에는 '有桃拔 · 師子 · 犀牛(桃拔 · 獅子 · 犀牛가 있다)'라는 말이 있는데,
여기서 '師子(獅子)'를 제외한 다른 예는 사실상 순수한 의미의 어미라고 볼 수
는 없는 것 같다(周法高 1989:190-191).

필자가 조사한 5,490개의 신조어 가운데 합성어는 5,399개이며, 이 중 파생어는 26개이다. 26개의 파생어 구조를 접두어 구조와 접미어 구조로 분류한 개수와 이것의 합성어 내에서의 비율, 그리고 파생어 내에서의 비율은 다음과 같다.

	접두어 구조	접미어 구조	비고
개수	12	14	26
합성어에서의 비율(%)	0.22	0.26	0.48
파생어에서의 비율(%)	46.15	53.85	100

표 6-23 파생어 구조 통계

3) 종합구조

신시기 신조어를 분석해 보면 지금까지 살펴본 구조가 복합적으로 혼재하고 있는 경우가 있다. 단순어이면서 합성어에 속하는 낱말이 있는가 하면, 복합어 구조인 병렬구조, 수식구조, 동목구조, 보충구조, 주술구조, 중첩구조의 형식이 중복되는 낱말도 있다. 하나의 낱말이 반드시 하나의 구조에만 속한다고 볼 수는 없다.

가. 단순어이면서 합성어인 신조어

신시기 신조어에는 음역어가 많이 보인다. 순음역어인 경우라면 단순어이지만, 음역을 하면서도 외국어의 원래 뜻과 비슷하거나 그것을 대표할 만한 어떤 특징을 나타내는 의미가 내포되는 외래어의 경우는 단순어이자 합성어의 구조를 지니게 된다. 이것은 중국어 어휘체계를 통시적으로 관찰했을 때 신시기 신조어가 갖는 큰 특징이다. 물론 한국어에서는 찾아볼 수 없는 재미있는 구성이다.

	사전출현 횟수	조어법	품사
買單	7	단일+동목	동사
拍拖	4	단일+병렬	동사
可樂	5	단일+보충	명사
衛哥	4	단일+수식	명사
黑客	4	단일+수식	명사
可口可樂	3	단일+병렬	명사

표 6-24 단순어이면서 합성어인 신조어

나. 복합어 조어법이 중복되는 신조어

어떤 신조어는 병렬, 수식, 동목, 보충, 주술, 중첩구조의 내부관계가
중복되어 나타나는 경우가 있다. 그 예는 다음과 같다.

㉮ 병렬구조이면서 수식구조인 신조어

	사전 출현 횟수	품사		사전 출현 횟수	품사
借調	7	동사	選購	5	동사
借讀	5	동사	選留	3	동사
借聘	3	동사	選配	3	동사
選編	3	동사	選聘	7	동사
標貼	4	명사(수식구조) 동사(병렬구조)	布貼	4	명사(수식구조) 동사(병렬구조)
强暴	3	동사(병렬구조)형용사 (수식구조)			

표 6-25 병렬구조면서 수식구조인 신조어

병렬이면서 수식구조 신조어는 동사가 많다. 그런데 '標貼 biāotiē'와

'布貼 bùtiē'는 병렬구조일 때는 동사이지만, 수식구조일 때는 명사의 역할을 하며, '强暴 qiángbào'는 병렬구조일 때는 동사이지만 수식구조일 때는 형용사의 역할을 한다.

㉯ 병렬구조이면서 동목구조인 신조어

	사전 출현 횟수	품사
品味	4	명사(병렬구조) 동사(동목구조)

표 6-26 병렬구조면서 동목구조인 신조어

병렬구조면서 동목구조인 신조어 '品味 pǐnwèi'는 병렬구조일 때는 명사이지만, 동목구조일 때는 동사의 역할을 한다.

㉰ 수식구조이면서 동목구조인 신조어

	사전 출현 횟수	품사
備份	4	명사(수식구조) 동사(동목구조)
對話	5	
合資	5	

표 6-27 수식구조면서 동목구조인 신조어

수식구조면서 동목구조 신조어 '備份 bèifèn', '對話 duìhuà', '合資 hézī'는 수식구조일 때는 명사의 역할을 하고, 동목구조일 때는 동사의 역할을 한다.

㉣ 수식구조이면서 주술구조인 신조어

	사전 출현 횟수	품사
癌變	3	
婚變	4	
信息爆炸	3	명사(수식구조)
知識爆炸	4	동사(주술구조)
勞務輸出	4	
群衆專政	3	

표 6-28 수식구조면서 주술구조인 신조어

수식구조이면서 주술구조인 신조어 '癌變 áibiàn', '婚變 hūnbiàn', '信息爆炸 xìnxībàozhà', '知識爆炸 zhīshibàozhà', '勞務輸出 láowùshūchū', '群衆專政 qúnzhòngzhuānzhèng'은 수식구조일 때는 명사, 주술구조일 때는 동사의 역할을 한다.

㉤ 동목구조이면서 보충구조인 신조어

	사전 출현 횟수	품사
撈一把	4	동사

표 6-29 동목구조이면서 보충구조인 신조어

㉥ 병렬구조, 수식구조, 동목구조 신조어

	사전 출현 횟수	품사
選刊	4	동사

표 6-30 병렬구조면서 수식구조, 동목구조인 신조어

지금까지 살펴본 종합구조 구성에 대한 통계는 다음과 같다.

	단순어 수식	단순어 병렬	단순어 보충	단순어 동목	병렬 수식	동목 병렬	동목 수식	수식 주술	보충 동목	동목 병렬 수식	비고
개수	2	2	1	1	11	1	3	6	1	1	29
전체신조어에서의 비율%	0.04	0.04	0.02	0.02	0.19	0.02	0.05	0.11	0.02	0.02	0.53
종합구조에서의 비율%	6.90	6.90	3.45	3.45	37.93	3.45	10.34	20.68	3.45	3.45	100

표 6-31 종합구조의 구성 통계

제4절 품사에 의한 분류

낱말은 문장 내에서 문법 기능을 하는데, 그것이 어떤 기능을 하는가에 따라서 실질어인 명사, 동사, 형용사, 수사, 양사, 부사와 형식어인 대사, 접속사, 개사, 전치사, 어기사, 감탄사 등으로 나뉜다. 전자를 '실사實詞'라고 하고, 후자를 '허사虛詞'라고 한다.

5,490개의 신시기 신조어 품사를 보면, 실사에 속하는 것으로는 명사, 동사, 형용사, 양사만 발견되며, 중복적으로 문법기능을 수행하는 겸류어兼類語도 존재한다. 일반적으로 낱말 내부구조의 차이에 따라 품사가 달라지기도 한다. 신시기 신조어의 품사 통계는 다음과 같다.

	명사	동사	형용사	양사	겸류어	비고
개수	3,293	1,934	83	8	172	5,490
비율(%)	59.98	35.23	1.51	0.15	3.13	100

표 6-32 신시기 신조어 품사 통계

신시기 신조어에서 보이는 겸류어는 총 5,490개의 어휘 중 172개로써 3.13%의 비율을 보인다. 겸류어에는 명사이면서 동사인 신조어, 명사이면서 형용사인 신조어, 명사이면서 양사인 신조어, 동사이면서 형용사인 신조어의 네가지가 있다.

(1) 명사이면서 동사인 신조어

	사전 출현횟수	조어법		사전 출현횟수	조어법
督査	3		導醫	4	
督導	3		導游	9	
關愛	5		導診	3	
關顧	3		錄像	5	동목 구조
匯映	5		平米	3	
擧報	8	병렬 구조	跳水	3	
考査	3		文胸	4	
料理	5		選題	5	
霉變	5		廣而告之	3	보충 구조
視聽	3		地震	3	
安檢	3		自測	5	
邊檢	4	수식 구조	東西對話	3	주술 구조
磁療	5		南北對話	7	
單戀	3		南北合作	3	

冬儲	3	수식 구조	市場調節	3	주술 구조
冬鍛	3		南南合作	8	
冬訓	3		聲控	5	수식 구조
冬泳	3		食療	7	
放療	7		手扶	3	
輻射	3		首播	4	
橫比	4		數控	5	
環保	7		雙打	4	
回潮	6		陶雕	3	
匯展	6		套改	6	
會診	5		套構	3	
紀檢	8		套拍	3	
价改	4		特護	5	
教改	6		體療	4	
經援	5		外戰	3	
科考	3		晚戀	5	
冷銷	5		微雕	4	
粮改	3		微調	7	
掠影	4		委培	4	
滿勤	3		文保	3	
漫評	3		武衛	3	
漫議	3		務工	3	
貓論	3		物耗	6	
美育	6		物流	5	
密商	3		戲改	3	
密貼	3		星探	4	
年檢	5		星戰	7	
秋游	3		藥檢	5	
人治	6		油耗	5	
沙療	3		早戀	5	
山產	3		針麻	3	

		수식 구조			수식 구조
商檢	6		政改	3	
商借	3		値乘	3	
商演	4		重奬	3	
核軍備	4		主叫	3	
核擴散	4		助編	3	
核壟斷	5		縱比	4	
核試驗	5		軟投入	4	
核威懾	3		軟着陸	8	
核威脅	4		上管改	4	
熱汚染	5		太空葬	3	
軟開業	3		性解放	6	
超前消費	9		性騷擾	8	
公費旅游	7		硬通貨	3	
公款旅游	3		硬投入	3	
公文旅行	6		市場豫測	4	
公章旅行	3		雙向選擇	6	
橫向聯合	6		文化消費	3	
環境保護	3		文明生産	3	
換位思考	3		信息處理	3	
技術引進	3		信息革命	3	
精神賄賂	3		養成敎育	3	
門前三包	6		有奬銷售	5	
商展	3		有氧運動	3	
商戰	4		可持續發展	4	
少管	4				

표 6-33 명사이면서 동사인 신조어

(2) 명사이면서 형용사인 신조어

	사전 출현 횟수	조어법		사전 출현 횟수	조어법
病殘	5		殊榮	3	
老弱	3		雙緊	4	
安定團結	3	병렬구조	特快	4	
老弱病殘	5		特困	6	수식구조
老少邊窮	6		特優	4	
恒濕	3		心靈美	4	
老齡	4	수식구조	行爲美	4	
痞氣	3		語言美	3	
三好	4				

표 6-34 명사이면서 형용사인 신조어

(3) 명사이면서 양사인 신조어

	사전 출현 횟수	조어법
大片	4	수식구조
樓層	3	

표 6-35 명사이면서 양사인 신조어

(4) 동사이면서 형용사인 신조어

	사전 출현 횟수	조어법
傾斜	8	병렬구조
堅挺	3	수식구조

표 6-36 동사이면서 형용사인 신조어

겸류어의 품사를 분류한 통계는 다음과 같다.

	명사, 동사	명사, 형용사	명사, 양사	동사, 형용사	비고
개수	150	17	2	3	172
겸류어 내에서의 비율(%)	2.73	0.31	0.04	0.05	3.13
전체 품사 중의 비율(%)	87.21	9.88	1.16	1.74	100

표 6-37 겸류어의 품사 통계

제2장
신조어사전의 시간 범위

신조어사전에는 신어와 신의가 수록되어 있으며, 일반적으로 신조어의 시간 범위를 명시하고 있다. 이것은 사전 편찬자가 임의로 신조어와 비신조어를 구별지어서는 안되기 때문이다. 사람의 느낌은 주관적이므로 사람마다 느끼는 신조어의 시간적 범위 역시 차이가 있다. 예를 들어서 1979년에 세상에 태어난 아이가 있다고 하자. 이 아이는 현재 2009년의 선상에서 보면 이미 31살의 청년이 되었다. 이 청년이 말을 배우기 시작할 때 사용한 낱말 중에는 신조어사전에 실린 단어가 존재할 가능성도 전혀 배제할 수는 없다. 하지만 그 낱말을 보고 이 청년은 신조어라고 느낄 수는 없을 것이다. 다시 말하면 신조어에 대한 개인 각자가 느끼는 느낌은 모두 다르다. 이것은 신조어라는 개념에 들어 있는 새롭다라는 뜻의 모호성 때문이다. 그러므로 신조어 연구나 신조어사전의 출판에 있어서는 반드시 어느 한 시점을 기준으로 신조어 여부를 판단하게 된다.

근래에 출판된 신조어사전의 시간적 경계는 어떠한가. 일반적으로 다음의 세 가지로 나누어 볼 수 있다. 첫째는 시간적 범위가 가장 긴 경우로서 1949년 중화인민공화국 건국 이후이며, 둘째는 1978년 개혁개방 이후이고, 셋째는 짧게는 1년 혹은 2년을 단위로 그 해의 신조어를 수록하는 경우이다.

(1) 1949년 건국이래 신조어를 수록한 신조어 사전

李振杰・凌志韞(2000), 『漢語新詞語詞典』, 新詞典出版社
王均熙(1997), 『簡明漢語新詞詞典』, 上海世界圖書出版公司
王均熙(1993), 『漢語新詞詞典』, 漢語大詞典出版社
李行健・曹聰孫・雲景魁(1993),
　　　　『漢語最新詞語8000條新詞新語詞典』, 語文出版社

(2) 1978년 개혁개방이래 신조어를 수록한 신조어 사전

佟學(2001), 『最新使用新語詞素詞典』, 中國國際廣播出版社
姚漢銘(2000), 『新詞新語詞典』, 未來出版社
金丸邦三(2000), 『中國語新語詞典』, 同學社
林倫倫・朱永鍇・顧向欣(2000),
　　　　『現代漢語新詞語詞典1978-2000』, 花城出版社
歐陽因(2000), 『朗文中國流行新詞語』, 中國人民出版社
周洪波(1997), 『精選漢語新詞語詞典』, 四川人民出版社

(3) 1-2년의 단기간 신조어를 수록한 신조어 사전

宋子然(1997), 『漢語新詞新語年編(1995-1996)』, 四川人民出版社
劉一玲(1996), 『1994漢語新詞語』, 北京語言學院出版社

劉一玲(1994), 『1993漢語新詞語』, 北京語言學院出版社
于根元(1993), 『1992 漢語新詞語-355條』, 北京語言學院出版社
于根元(1992), 『1991 漢語新詞語-355條』, 北京語言學院出版社

현대 중국어의 시작에 대해서는 학자마다 조금씩 다른 의견을 제시하고 있지만 일반적으로는 1919년 5·4운동 이후부터라고 정의내리고 있다. 현대 중국어의 시기는 사회적으로 큰 변화가 있었던 기점을 기준으로 5·4운동에서부터 1949년 건국까지, 1949년 건국 이후부터 1978년 개혁개방 이전까지, 그리고 1978년 개혁개방 이후부터 지금까지의 세 단계로 구분지어 볼 수 있다.

초기 현대중국어 단계: 1919년 5·4운동에서 1949년 건국 전까지
중기 현대중국어 단계: 1949년 건국 전에서 1978년 개혁개방 전까지
후기 현대중국어 단계: 1978년 개혁개방에서 현재까지

현재 출판된 신조어사전은 그 시간적 범위를 1949년 건국이래 혹은 1978년 개혁개방 이후 등 시간적으로 60년 혹은 30년 이전의 낱말을 신조어라는 이름 하에서 편찬하고 있다. 이것은 단어의 변화가 빠르게 진행되고 있는 현시점에서 보자면 시간 범위를 조금 더 줄여야 하지 않을까 하는 생각을 가지게 할 수도 있다. 어휘의 빠른 변화로 인해서 어휘의 세대 교체 역시 빠르게 진행되고 있기 때문이다. 그런데도 불구하고 30년 전 혹은 60년 전의 낱말을 신조어로서 사전 수록 대상으로 삼는 이유는 신조어의 공인성 문제가 있기 때문이다.

언어는 사회 구성원 모두가 공유하는 사회적 약정체계이다. 새로운 낱말이 만들어졌지만 그것이 단지 개인적 발화행위에 그치게 된다면 전체의

공통된 약속을 얻지 못한 것이므로 신조어라는 체계에 속할 수 없다. 신조어로서의 구체적 실현은 체계에 속할 수 있는 자격을 부여받았는지 않았는지 하는 것에 달려 있다. 이러한 언어규칙이자 사회의 약속을 하나의 신조어가 획득하는데 걸리는 시간은 각 낱말마다 다르다. 새로운 병명이나 경제용어, 혹은 기관명 같이 어떤 기관에서 공식적으로 발표하여 명명되는 경우라면 시간적으로 짧지만 신조어로 인정된다. 그런데 대중들 사이에 돌고 돌면서 점차 신조어의 지위를 부여받게 되는 신조어는 경우에 따라 꽤 오랜 기간이 소요된 후 신조어로서 인정받게 된다. 하나의 신조어가 신조어로서 나름의 의미를 지니게 되는 것은 그것이 체계에 속할 때이며 따라서 언어학자들은 1949년 건국 후 혹은 1978년 개혁개방 후와 같이 어느 정도 시간적 간격을 두면서 신조어사전을 편찬하게 된다.

제3장
신시기 신조어사전의 문제점

제1절 옛말의 문제

　문화혁명 시기에 새로 나왔던 혁명성이 짙은 낱말 혹은 개혁개방 당시 사용되다가 지금은 전혀 사용되지 않는 단어가 있다고 하자. 우리는 이러한 낱말들을 신조어라고 할 수 있는가. 물론 아닐 것이다. 그런데 최근 출판된 신조어사전에는 이러한 옛 어휘들이 수록되어 있는 경우가 있다. 사전편찬자들은 왜 이러한 단어를 신조어로 판단하여 사전에 수록하고 있을까? 그 해답으로는 다음과 같은 가설이 있을 수 있다. 첫째, 사전편찬자가 설정하고 있는 어떤 한 시점 이후에 출현한 모든 신조어를 수록하였다. 즉, 비록 짧은 시기라고 하더라도 그것이 신조어로서 한 시기에 공인성을 인정받았다면 사전에 대상 어휘로 싣고 있다. 둘째, 사전이 편찬될 당시에는 아직까지 신조어로 사용되고 있었다. 셋째, 사전 편찬 과정에 있어서의 실수이다. 두 번째 가설이 그 이유라면 사전 본래가 가지는 한계성이므로 어쩔 수 없는 상황이고, 세 번째 가설의 경우는 책임감 있는 사전 편찬을 요구할 수 있다. 그런데 첫 번째의 경우라면 사전편찬자는 지금도 사용되는 낱말과 사용되고 있지 않는 낱말을 사전에 명확히 구분했어야 한다. 신조어라고 하면 일반적으로 현재도 사용되는 어휘를 대상으로 하기 때문이다. 사전은 정확성을 생명으로 한다. 작은 표기 하나에 의해서도 사전의 가치가 더해질 수도 있으며 외면을 당할 수도 있다.

실제로 신조어사전에 실려 있는 옛말의 비율은 어느 정도일까. 이것을 알아보기 위해서 1990년 이후 출판된 11권의 신조어사전을 조사해 보았다. 다음을 보자.

	신조어사전	표제어	옛말	비율
1949 이후 신조어	李振杰·凌志韞(2000), 『漢語新詞語詞典』	7,514	131	1.74
	王均熙(1997), 『簡明漢語新詞詞典』	13,243	11	0.08
	王均熙(1993), 『漢語新詞詞典』	9,741	25	0.26
	李行健·曹聰孫·雲景魁(1993), 『漢語最新詞語8000條新詞新語詞典』	8,405	68	0.81
1979 이후 신사	佟學(2001), 『最新使用新語詞素詞典』	1,238	0	0.00
	姚漢銘(2000), 『新詞新語詞典』	4,635	3	0.06
	金丸邦三(2000), 『中國語新語詞典』	6,021	8	0.13
	林倫倫·朱永鍇·顧向欣(2000), 『現代漢語新詞語詞典1978-2000』	1,773	22	1.24
	歐陽因(2000), 『朗文中國流行新詞語』	2,100	3	0.14
	周洪波(1997), 『精選漢語新詞語詞典』	2,455	2	0.08
	宋子然(1997), 『漢語新詞新語年編(1995-1996)』	419	1	0.24

표 6-38 신조어 사전에 실린 옛말 통계 수치

필자는 위의 조사를 시작하면서 두 가지의 결론을 예상하였다. 첫째, 1949년 이후 신조어를 수록한 사전이 1979년 이후 신조어를 수록하고 있는 사전에 비해서 옛말의 비율이 높게 나타날 것이다. 둘째, 시간적으로 오래 전에 출판된 사전이 최근의 것에 비해서 옛말의 비율이 높게 나타날 것이라는 예상이다. 하지만 조사 결과 반드시 그런 것은 아니었다. 1949년 이후의 낱말을 수록한 사전이라도 王均熙(1997)의 『簡明漢語新詞詞典』은 옛말 비율이 0.08%로써 11권 사전 가운데 옛말 비율이 적은 순서로 세 번째이지만, 1979년 이후의 낱말을 수록하고 있는 林倫倫・朱永鍇・顧向欣(2000)의 『現代漢語新詞語詞典1978-2000』은 옛말 비율이 1.24%로써 옛말 비율이 두 번째로 높기 때문이다. 출판연도에 있어서도 비교적 최근인 2000년에 출판된 李振杰・凌志韞의 『漢語新詞語詞典』은 옛말 비율이 1.74%로서 가장 높다는 것을 확인할 수 있다. 결론적으로, 신조어사전의 시간적 기준이나 출판 연도보다 실제적으로는 신조어 선별에 관한 공정 작업이 더 중요하다는 것을 알 수 있다.

제2절 파롤(parole)의 문제

랑그(langue)는 사회 전체 성원이 파롤의 실천을 통해 얻어 낸 보고寶庫이다. 랑그 어휘는 사회적 약속에 의한 것으로 개인의 머릿속 혹은 대중의 머릿속에 존재한다. 파롤은 개개인이 사용하는 언어를 말하며, 랑그 지위를 얻지 못한 낱말도 포함된다. 파롤 신조어 중에는 랑그 신조어로서의 지위를 획득하지 못했지만 신조어사전에 잘못 수록된 경우가 발견된다. 그 수치는 얼마나 될까? 필자가 11권의 신조어사전을 대상으로 조사한 파롤 어휘의 통계는 다음과 같다.

	신조어사전	표제어	파롤	비율
1949 이후 신조어	李振杰·凌志韞(2000), 『漢語新詞語詞典』	7,514	53	0.71
	王均熙(1997), 『簡明漢語新詞詞典』	13,243	11	0.08
	王均熙(1993), 『漢語新詞詞典』	9,741	13	0.13
	李行健·曹聰孫·雲景魁(1993), 『漢語最新詞語8000條新詞新語詞典』	8,405	224	2.67
1979 이후 신조어	佟學(2001), 『最新使用新語詞素詞典』	1,238	1	0.08
	姚漢銘(2000), 『新詞新語詞典』	4,635	12	0.26
	金丸邦三(2000), 『中國語新語詞典』	6,021	39	0.65
	林倫倫·朱永鍇·顧向欣(2000), 『現代漢語新詞語詞典1978-2000』	1,773	5	0.28
	歐陽因(2000), 『朗文中國流行新詞語』	2,100	2	0.10
	周洪波(1997), 『精選漢語新詞語詞典』	2,455	16	0.65
	宋子然(1997), 『漢語新詞新語年編(1995-1996)』	419	0	0.00

표 6-39 신조어 사전에 실린 파롤 어휘의 통계 수치

사회적 약속에 의해서 대중적으로 사용되는 신조어만 수록하고 있는 사전으로는 宋子然(1997)의 『漢語新詞新語年編(1995-1996)』이 있다. 대중의 승인을 받지 못한 낱말을 수록한 신조어사전도 있는데, 필자가 조사한 11권의 신조어사전 중에는 李行健·曹聰孫·雲景魁(1993)의 『漢語最新詞語8000條新詞新語詞典』이 2.67%로 가장 높은 비율을 보이고 있다.

신조어사전은 현재 사회적 약정에 의해 사용되는 신조어를 대상으로 한다는 점에서 공시적이어야 한다. 또한 이것이 지금 현재 사용되고 있는가 하는 판별을 위해서는 그 의미를 통시적으로 보아야 한다. 신조어사전

에는 그 편찬 목적에 맞게 형식적으로나 의미적으로 새말이면서 대중의 지지에 의해 현재도 사용되는 낱말을 수록해야 한다.

제3절 구(句)의 문제

신조어사전에는 실제로 상당량의 구가 포함되어 있다. 필자는 11권의 신조어사전에 실려 있는 구를 모두 조사해 보았다. 그 결과는 다음과 같다.

	신조어사전	표제어	구	비율
1949 이후 신조어	李振杰 · 凌志韞(2000), 『漢語新詞語詞典』	7,514	1,310	17.43
	王均熙(1997), 『簡明漢語新詞詞典』	13,243	918	6.93
	王均熙(1993), 『漢語新詞詞典』	9,741	819	8.41
	李行健 · 曹聰孫 · 雲景魁(1993), 『漢語最新詞語8000條新詞新語詞典』	8,405	1,918	22.82
1979 이후 신사	佟學(2001), 『最新使用新語詞素詞典』	1,238	467	37.72
	姚漢銘(2000), 『新詞新語詞典』	4,635	1,089	23.50
	金丸邦三(2000), 『中國語新語詞典』	6,021	711	11.81
	林倫倫 · 朱永鍇 · 顧向欣(2000), 『現代漢語新詞語詞典1978-2000』	1,773	197	11.11
	歐陽因(2000), 『朗文中國流行新詞語』	2,100	469	22.33
	周洪波(1997), 『精選漢語新詞語詞典』	2,455	376	15.32
	宋子然(1997), 『漢語新詞新語年編(1995-1996)』	419	212	50.60

표 6-40 신조어 사전에 실린 구의 통계 수치

위의 통계는 각 사전에 수록된 구의 통계 수치로서, 여기에는 구라 하

더라도 고유명사인 경우는 포함시키고 있지 않다. 만일 이것까지 포함시 킨다면 사실상 그 수치는 더 높게 나타날 것이다. 필자가 조사한 11개 신 조어사전에는 위의 표에서 알 수 있듯이 어휘뿐 아니라 구도 수록하고 있 으므로, 실제적으로 사전명을 붙일 때도 '新詞新語詞典', '新語詞典', 혹 은 '新詞語詞典' 등을 선호했을 것이다. '新詞'는 어휘로 한정되며, '新語' 나 '新詞語'는 구를 포함하기 때문이다.

王均熙가 주편한 사전을 보자. 『簡明漢語新詞詞典(1997)』과 『漢語 新詞詞典(1993)』은 유독 '新詞詞典'이라고 이름하고 있다. 실제로 구의 비율이 각각 6.93%, 8.41%로서 가장 낮은 수치를 보이고 있다. 정확하게 하자면 '新詞詞典'은 새로운 낱말을 수록한 사전이라는 의미이므로 구를 포함해서는 안된다. 구까지 포함하고자 한다면 사전 명칭을 수정하는 것 이 좋을 것이다.

신조어사전에 새로 생긴 어휘뿐 아니라 새로 생긴 구까지 표제어로 수 록한다면 독자들은 실제로 신조어에 대한 많은 정보를 제공받을 수 있다. 그런데 이런 경우라면 사전에 어휘와 구를 구별하는 표지를 표시해 주는 세심함이 요구된다.

소결 :

지금까지 신조어사전에 대해서 전면적인 설명을 하였다. 구체적으로 신조어사전에 수록된 표제어의 유형을 분석하였고, 사전에서 발견되는 옛 말과 대중성이 결여된 파롤, 그리고 구의 비율을 통해서 현재 출판된 신조 어사전의 문제점을 고찰해 보았다. 필자가 시도한 이러한 조사는 기존의 신조어사전을 비판하는데 목적이 있는 것이 아니라 앞으로 출간될 신조어 사전에 참고자료가 되었으면 하는 바람에서이다.

　사실 사전을 편찬하는 작업은 여간 힘든 노동이 아니다. 사무엘 존슨 (Samuel Johnson)이 그가 편찬한 사전에서 사전 편찬인을 두고 한 말이 생각난다. "어휘의 기원을 추적하고 그 의미를 상술하는데 몰두하는, 단조롭고 지루한 일을 꾸준히 수행하는 무해한 일벌레"라고 사전편찬자를 정의한 것처럼 실제로 그들은 재미없는 일에 매달려 개미같이 일한 결실로 사회에 큰 공헌을 하는 셈이다.

참고문헌

사전류
歐陽因(2000), 『郎文中國流行新詞語』, 中國人民出版社
邱質朴(1990), 『大陸和臺灣詞語差別詞典』, 南京大學出版社
金丸邦三감수; 吳侃편저(2000), 『中國語新語辭典』, 同學社[日]
唐超群(1990), 『新詞新義詞典』, 武漢工業大學出版社
佟　學(2001), 『最新使用新語詞小辭典』, 中國國際廣播出版社
閔家驥・范曉・朱川・張嵩岳(1986), 『簡明吳方言詞典』, 上海辭書出版社
閔家驥(1991), 『漢語新詞新義詞典』, 中國社科出版社
北京大學中國語言文學系語言學敎硏究編(1989), 『漢語方音字彙』, 文字改革
　　　　　　出版社
北京語言學會本書編寫組(1993), 『新詞語詞典』, 人民郵電出版社
宋子然(1997), 『漢語新詞新語年編(1995-1996)』, 四川人民出版社
王均熙(1993), 『漢語新詞詞典』, 漢語大詞典出版社
王均熙(1997), 『簡明漢語新詞詞典』, 上海世界圖書出版公司
饒秉才・區陽覺亞・周無忌(1981), 『廣州話方言詞典』, 商務印書館
姚漢銘(2000), 『新詞新語詞典』, 未來出版社
于根元(1992), 『1991漢語新詞語』, 北京語言學院出版社
于根元(1993), 『1992漢語新詞語』, 北京語言學院出版社
熊忠武(1992), 『當代中國流行語詞典』, 吉林文史出版社
劉繼超等(1990), 『當代漢語新詞詞典』, 陝西人民出版社
劉配書(1991), 『漢語新詞新義』, 遼寧大學出版社
劉一玲(1994), 『1993漢語新詞語』, 北京語言學院出版社
劉一玲(1996), 『1994漢語新詞語』, 北京語言學院出版社
魏勵・盛玉麒(2000), 『大陸及港澳臺常用詞對比詞典』, 北京工業大學出版社
李達仁・劉士勤(1993), 『漢語新詞語詞典-上海方言詞典』, 商務印書館
李榮(1997), 『現代漢語方言大詞典』, 江蘇敎育出版社
李榮(1998/2000), 『現代漢語方言大詞典-廣州方言詞典』, 江蘇敎育出版社

李振杰(1990),『韓英新詞語彙編』, 北京語言學院出版社
李振杰·凌志韞(2000),『漢語新詞語詞典』, 新詞典出版社
李行健·曹聰孫·雲景魁(1993),『漢語最新詞語8000條新詞新語詞典』, 語文出
　　　　版社
林倫倫·朱永鍇·顧向欣(2000),『現代漢語新詞語詞典1978-2000』, 花城出版社
張壽康(1991),『常用新詞語詞典』, 經濟日報
張首吉(1992),『新名詞述語詞典』, 濟南出版社
張品興(1992),『新時期新名詞大詞典』, 廣播電視出版社
主廣祁(2000),『港臺用語與普通話新詞手冊』, 上海辭書出版社
周洪波(1997),『精選漢語新詞語詞典』, 四川人民出版社
韓明安(1992),『新詞語大詞典』, 黑龍江人民出版社

논문 및 단행본
김운찬(2005),『현대기호학과 문화분석』, 열린책들
김일녀(2000), 「중국어 신조어와 컴퓨터 용어 연구」, 강원대학교대학원 석사논문
맹주억(1984), 「현대 중국어의 외래 신어 소고」,『중국학연구』1
박은숙(2003), 「현대 중국어의 신조어 연구」, 성균관대학교교육대학원, 석사논문
방미애(2007), 「현대 중국어 신어의 문화적 배경에 관한 연구」, 전남대학교대학원
　　　　석사논문
소두영(1991),『기호학』, 인간사랑
손경옥(1997), 「현대중국어의 외래어 연구」,『중국어문논총』12, 중국어문연구회
송지현(2002), 「현대중국어 신조어와 유행어 유형 분석」,『중국어문학논집』21
宋眞喜(2006), 「現代漢語新詞研究」,『중국인문과학』34
안준표(1999), 「신시기 한어의 신어 연구」, 고려대학교대학원 석사논문
오월석(2005), 「현대중국어의 신조어 연구-개혁개방 이후 신조어의 생성방식을 중심
　　　　으로」, 공주대학교교육대학원 석사논문
유성준(1990), 「중국어의 어휘 사용과 그 시대 사회상의 표출」,『언어와 언어학』16
이민정(2003), 「1990년대 이후 중국 신조어와 사회문화의 반영」, 한국외국어대학교
　　　　교육대학원 석사논문
이정희(2005), 「신시기 중국어 신어의 특성」,『중국문학』44
이희진(2004), 「한어 신어 연구:1978년 이후 출현한 신어를 중심으로」한국외국어대
　　　　학교교육대학원 석사논문
임지룡(1997/1999),『인지의미론』, 탑출판사

장효민(2007), 「중국 사회상을 반영한 신조어에 관한 연구」, 단국대학교대학원 석사
　　　　논문
전성자(1997), 「현대 중국어의 신조어에 대한 연구」, 경희대학교대학원 석사논문
정미란(2005), 「현대중국어의 신조어 연구」, 원광대학교교육대학원 석사논문
조은애(2005), 「현대한어 신조어 연구-일간신문 정치·경제·사회면 신조어를 중심
　　　　으로」, 명지대학교교육대학원 석사논문
중국언어연구회(1993), 「중국어 문법용어 통일 시안」, 『중국언어연구』1
최　환(1997), 「현대 한어 중의 신조어 양상」, 『중국어문학논총』6
최　환(2004), 「중국의 체제 전환과 신조어 양상-인물지칭어를 조사 대상으로」, 『중
　　　　국어문논역총간』12
최미숙(2008), 「중국 인터넷 신조어 연구」, 경희대학교교육대학원 석사논문
허　벽(1993), 『중국어법학사』, 삼연서점

葛本儀(1997), 『漢語詞彙論』, 山東大學出版社
葛本儀(2001), 『現代漢語詞彙學』, 山東人民出版社
高健平(1992), 「從北京流行的新語彙說到'肌肉感覺+心理感覺'構詞法」, 『中國
　　　　人民大學學報』5
高增良(1994), 「語言借貸與文化交流:兼述絲綢之路的影響與貢獻」, 『中國文化
　　　　研究』冬
郭良夫(1985), 「辭典編纂的描寫原則和力史原則」, 『辭書研究』2
郭良夫(1988), 「詞彙學與辭典編纂」, 『語文建設』5
唐鈺明(1986), 「金文複音詞簡論-兼論複音化的起源」, 『人類學論文選集』, 中山
　　　　大學出版社
董同龢(1954), 『中國語音史』, 中國文化出版事業社
羅常培(1950/1989), 『語言與文化』, 語文出版社
孟　華(1992), 「譯名和譯名方式的文化透視」, 『語文建設』1
武占坤·王勤·程垂成(1959), 「十年來漢語詞彙的發展和變遷-迎接偉大的中
　　　　華人民共和國建國十週年」, 『中國語文』7
符准靑(1985), 『現代漢語詞彙』, 北京大學出版社
符准靑(1996), 『漢語詞彙學史』, 安徽教育出版社
北京大學中國語言文學系語言學敎硏室(1989), 『漢語方音字匯』, 文字改革出
　　　　版社
北京大學中文系現代漢語敎硏室(1993), 『現代漢語』, 商務印書館

北京師範學院中文系漢語教研組(1959),「五四以來漢語書面語言的變遷和發展 -記念五四運動四十週年」,『中國語文』4

謝光璟、周永惠(1995),『古語詞今用詞典』, 四川辭書出版社

謝米納斯(1997),「臺灣地區新詞語構成齟說」,『中國語文』3

史錫堯・楊慶惠(1993),『現代漢語』, 北京師範大學出版社, 北京

史有爲(1991),『異文化的使者外來詞』, 吉林敎育出版社

史有爲(1991a),「外來詞研究的十個方面」,『語文研究』1

史有爲(1991b),「外來詞研究之回顧與思考」,『語文建設』11

史有爲(1991c),「異文化的使者外來詞」,『吉林敎育出版社』4

徐幼軍(1988),「新詞語新用法與社會心理」,『語文建設』3

徐幼軍(1989),「臺港與大陸的詞語理解」,『語文建設』3

肖正方(1992),「從新外來概念語詞到詞庫建設」,『語言敎學與研究』4

孫常叙(1957),『漢語詞彙』, 吉林人民出版社

蕭　雁(1991),「新時期漢語新詞的出現與新時期社會心態」,『徐州敎育學院學報』4

沈孟瓔(1986a),「新詞語詞義之概貌」,『文史哲』4

沈孟瓔(1986b),「漢語新的詞綴化傾向」,『南京師大學報』, 4

沈孟瓔(1988),「新詞語構成特點縱覽」,『南京師大學報』4

岳長順(1993),「論類推創造新詞」,『世界漢語敎學』2

楊煥典(1982),「桂林方言詞彙」,『方言』2

楊曉黎(1993),「仿擬型新詞語試析」,『修辭學習』5

梁曉虹(1992),「佛經飜譯對現代漢語吸收外來詞的啓迪」,『語文建設』3

嚴奉強(1992),「臺灣國語詞彙與大陸普通話詞彙的比較」,『暨南學報』2

呂叔湘(1979),『漢語語法分析問題』, 商務印書館

呂叔湘(1984),「大家來關心新詞新義」,『辭書研究』4

呂叔湘(1989),「現代漢語單雙音節問題初探」,『呂叔湘自選集』, 上海敎育出版社, 上海

伍　民(1959),「五四以來漢語詞彙的一些變化」,『中國語文』4

吳禮權(1993),「漢語外來詞音譯藝術初探」,『修辭學習』5

吳禮權(1994),「漢語外來詞音譯的特點及其文化心態探究」,『復旦學報』3

吳宗濟(1992),『現代漢語語音概要』, 華語敎學出版社

王健倫(1992),「穗港新詞試析」,『中國語文』2

王德春(1988),「新詞新語新義簡評」,『辭書研究』6

王德春(1990), 「漢語新詞語的社會文化背景」, 『世界漢語敎學』3

王立達(1958), 「現代漢語中從日語借來的詞彙」, 『中國語文』2

王　珏(1993), 「漢語對外來詞的詞義馴化」, 『解放軍外語學院學報』2

王　力(1943-4), 『中國現代語法』上(1943)·下冊(1944), 商務印書館

王　力(1954), 『論漢族標準語』, 『中國語文』6

王　力(1958), 『漢語史稿』下冊, 科學出版社

王　力(1980a), 『中國語言學史』, 中國圖書刊行史

王　力(1980b), 『漢語史稿』(上中下冊), 中華書局

王　力(1991), 「論漢族標準語」, 『王力文集』20, 山東敎育出版社, 山東

王鐵昆(1987), 「從"反思"看新詞新義的產生和發展」, 『天津師大學報』2

王鐵昆(1988), 「新詞語的規範與社會心理」, 『語文建設』1

王鐵昆(1989), 「新詞新語的規範問題」, 『天津師大學報』2

王鐵昆(1991), 「10年來的漢語新詞語研究」, 『語文建設』4

王鐵昆(1993a), 「整理漢語新詞語的若干思考」, 『語言文字應用』3

王鐵昆(1993b), 「漢語新外來語的文化心理透視」, 『漢語學習』1

王海棻(1990), 「漢語新詞結構方式試析」, 『語言敎學與研究』4

王輝楠(1988), 「時代生活的一面鏡子」, 『辭書研究』6

王希杰(1991), 「從新詞語看語言與社會的關係」, 『世界漢語敎學』3

王希杰(1992), 「十年新詞語衝擊波」, 『這就是漢語』, 北京語言學院出版社

姚漢銘(1990), 「新詞語的文化分布產生途徑及成因」, 『語言文字學』3

姚漢銘(1992), 「新稱說語中的表情色彩」, 『語文研究』3

于夏龍(1992), 「從方言吸取營養-普通話新詞語產生的重要途經」, 『語言文字應
　　　　　用』2

熊正輝(1982), 「南昌方言詞彙(一)」, 『方言』4

熊正輝(1983), 「南昌方言詞彙(二)」, 『方言』1

袁家驊(1958), 「略談漢語方言研究」, 『語言學論叢』2

袁家驊(1989), 『漢語方言槪要』, 文字改革出版社

魏建功(1959), 「從國語運動到漢語規範化」, 『中國語文』4

劉叔新(1984), 『詞彙學和詞典學問題研究』, 天津人民出版社

劉叔新(1995), 『漢語描寫詞彙學』, 商務印書館

劉一玲(1993), 「尋求新的色彩, 尋求新的風格-新詞語產生的重要途經」, 『語言
　　　　　文字應用』1

劉正埮, 高名凱(1958), 『漢語外來詞詞典』, 商務印書館

劉向君(1984), 「新詞新義與語文詞典的修辭」, 『辭書研究』6

陸志韋(1965), 『漢語的構詞法』, 科學出版社

李　明(1992), 「港臺詞語在大陸的使用情況」, 『漢語學習』3

李　榮(1990), 「普通化與方言」, 『中國語文』5

李振杰(1987), 「近十年漢語中新詞新義的産生」, 『語言教學與研究』2

李振杰(1990), 「臺灣新語詞管窺」, 『語言教學與研究』1

李恒銓(1989), 「試論新時期的新詞語」, 『語文研究』4

李行健(1989), 「從語言的發展和社會心理看某些詞語的規範問題」, 『語文建設』5

李行健(1994), 「詞義演變謾議」, 『語文建設』7

林文金(1992), 「臺灣漢語變異漫談」, 『修辭學習』3

林　燾(1989), 「現代漢語詞彙規範問題」, 『詞彙學論文匯編』, 商務印書館, 北京

張家太(1988), 「漢語新詞語鎖議」, 『瀋陽師範學院學報』2

張德鑫(1993), 「第三次浪潮－外來詞引進和規範芻議」, 『語言文字應用』3

張德鑫(1994), 「漢語取字用詞漫品」, 『語言教學與研究』2

張德鑫(1996), 「第三次浪潮」, 『中外語言文化漫議』, 商務印書館, 北京

張永言(1982), 『詞彙學簡論』, 華中工學院出版社

張清常(1991), 「一種誤解被借的詞原義的現象兼論胡同與蒙語水井的關係」, 『語言教學與研究』4

張清常(1994), 「胡同借自蒙古語水井答疑」, 『語言教學與研究』3

張清源(1957), 「從現代漢語外來語初步分析中得到的幾點認識」, 『語言學論叢』2

錢乃營(1995), 『漢語語言學』, 北京語言學院出版社

田小琳(1990), 「香港詞語面面觀」, 『語文研究』2

錢宗武(1991), 「社會新發展的眞實鏡相-評新詞新義詞典」, 『漢子文化』2

錢曾怡(1985), 「漢語方言學方法論初探」, 『中國語文』4

諸宰亮(1991), 「簡析現代漢語詞語新義形成的規律和趨勢」, 『辭書研究』1

趙　杰(1993), 「北京話中的滿漢融合詞探微」, 『中國語文』4

趙金銘(1985), 「新詞新義與社會情貌」, 『語文研究』4

趙世開(1988), 「當前漢語中的變異現象」, 『語文建設』1

趙元任(1928), 『新時歌集』, 商教印出書館

趙元任(1967), 「Contrastive Aspects of the Wu dialects」, 『Language』43 No.1

鐘隆林(1987), 「湖南省來陽方言記略」, 『方言』3

周法高(1962), 『中國古代語法:構詞篇』, 中央研究院歷史語言研究所

周法高/이병관 역(1989), 『중국 언어학 논총』, 탑출판사

周一民・朱建頌(1994),「關于北京話中的滿語詞(一)(二)」,『中國語文』3
周祖謨(1959),『漢語詞彙講話』, 人民敎育出版社
周祖謨(1988),「比喩義」,『中國大百科全書-語言・文字』, 中國大百科全書出版
　　　　　社, 北京
周　荐(1991),「漢語外來成分譯借方式之我見」,『語文敎育學院學報』7
周振鶴, 游汝杰(1987),『方言與中國文化』上海人民出版社
周洪波(1995),「漢語新詞語的結構與搭配」,『語法探索與研究』7, 商務印書館
周洪波(1996),「新詞語的豫測」,『語言文字應用』2
陳建民(1989),『語言文化社會新探』, 上海敎育出版社
陳建民(1991),「口語裏的新詞新語與社會生活」,『語文建設』9
陳　克(1993),『中國語言民俗』, 天津人民出版社
陳　榴(1990),「漢語外來語與漢民族文化心理」,『遼寧師範大學學報』5
陳　榴; 최인애 역(1998),「한어 외래어에 대한 회고와 전망」,『중국어문학』31집,
　　　　　영남중국어문학회
陳　原(1980),『語言與社會生活』, 三聯書店
陳　原(1983),『社會語言學』, 學林文庫
陳　原(1984),「關于新語條的出現及其社會意義」,『語言研究』2
陳　原(1987),「變異和規範化」,『語文建設』4
陳　原(1991),『在詞語的密林裏』, 三聯書店
陳　原(2000),『新語詞』, 語文出版社
彭澤潤(1990),「簡義新詞語詞典」,『辭書研究』3
韓　臻(1994),「近年來漢語'新詞爆炸'的特點及原因」,『邏輯與語言學習』1
許寶華(1997),「中古全濁聲母在現代方言裏的演變」,『現代方言論集』, 北京語
　　　　　言文化大學出版社, 北京
胡明揚・張瑩(1990),「70-80年代北京靑少年流行語」,『語文建設』1
胡士雲(1989),「大陸與港臺言語交際中的詞彙問題」,『丹東師專學報』1
黃志强・楊劍橋(1990),「論漢語詞彙雙音節化的原因」,『復旦學報』1
黃伯營・廖序東(1997),『現代漢語』, 高等敎育出版社
侯　敏(1988),「關于新詞和生造詞的判定標準問題」,『語文建設』2

Aitchison, J.(1987/1994). Words in the Mind: An Introduction to the Mental
　　　　　Lexicon. Oxford: Basil Blackwell. (임지룡・윤희수 역(1993)『심
　　　　　리언어학: 머리속 어휘 사전의 신비를 찾아서』경북대학교 출판부).

Aronoff, M.(1976), Word Formation in Generative Grammar. Cambridge, Mass.:
        MIT Press.
Bernard Karlgren/ 최영애 역(1985), 『고대 한어 음운학 개요』, 민음사
Forster, K.I.(1976), Accessing the mental lexicon. In Wales, R.J. & Walker, E.,
        New Approaches to Language Mechanisms. Amsterdam: North
        Holland.
Forster, K.I.(1976), Accessing the mental lexicon. In Wales, R.J & Walker, E.,
        New Approaches to Language Mechanisms
Johnson, M.(1989), Image-Schematic Bases of Meaning. Techerches Sémiotiques
        /Semiotic Inquiry 9
Lakoff, G. & Johnson, M.(1980), Metaphors We Live By. Chicago: University of
        Chicago Press
Lakoff, G.(1987), Women, fire, and dangerous things: What categories reveal
        about the mind. Chicago: University of Chicago
Lakoff G.(1990), The invariance hypothesis: is abstract reason based on
        image-schemas?, in Cognitive linguistics 1-1
Lakoff G.(1993), A Contemporary Theory of Metaphor, in A. Onony(ed.)
        Metaphor and Thought. Cambrige
McClelland, J.L. & Elman, J. E.(1986), The trace model of speech perception.
        Cognitive Psychologe 18
Norman, J.(1988), Chinese. Cambridge University Press. (전광진 역(1996)『중국
        언어학총론』, 동문선) / (張惠英 역(1995)『漢語概說』, 語文出版
        社)
Pinker, S.(1994), The language instinct. John Brockman Inc. (김한영·문미선·
        신효식 역(1998)『언어본능 : 정신은 어떻게 언어를 창조하는가), 그
        린비)
Swinney, D.A.(1979), Lexical access during sentence context effects. Journal of
        Verbal Learning and Verbal Behavior 18, 645-659.
Swinney. D.A.(1979), Lexical access during sentence comprehension:(Re)
        consideration of context effects. Journal of Verbal Learning and
        Verbal Behavior 18
Tanenhaus, M.K., Leiman, J.M. & Seidenberg, M.S.(1979), Evidence for
        multiple stages in the processing of ambiguous words in

syntactic contexts. Journal of Verbal Leatning and Verbal Behavior 18

Tanenhaus, M.K., Leiman, J.M. & Seidenberg, M.S.(1979), Evidence for multiple stages in the processing of ambiguous words in syntactic contexts. Journal of Verbal Learning and Verbal Behavior 18.

부 록 「개혁개방 이후 신시기 신조어 5,490」

110:3:비한자어:명사
211工程:3:비한자어:명사
863計劃:3:비한자어:명사
AA制:5:비한자어:명사
BB:3:비한자어:명사
BB機:7:비한자어:명사
BP機:5:비한자어:명사
B超:8:비한자어:명사
CD:3:비한자어:명사
CT:3:비한자어:명사
VJ:3:비한자어:명사
DVD:4:비한자어:명사
卡拉OK:9:비한자어:명사
卡拉OK機:3:비한자어:
　명사
HSK:4:비한자어:명사
IQ:3:비한자어:명사
KTV:4:비한자어:명사
MTV:3:비한자어:명사
OA:3:비한자어:명사
PP效應:3:비한자어:명사
三S:4:비한자어:명사
SOS兒童村:3:비한자어:
　명사
TVK:3:비한자어:명사
T型人才:3:비한자어:명사
T恤:6:비한자어:명사

T恤衫:6:비한자어:명사
UFO:5:비한자어:명사
VCD:3:비한자어:명사
WTO:3:비한자어:명사
形型人才:3:비한자어:
　명사
阿國:3:수식:명사
阿混:7:접두:명사
阿盟:4:수식:명사
阿鄕:3:접두:명사
癌變:3:수식/주술:동사/
　명사
癌魔:4:수식:명사
癌痛:3:수식:명사
癌性格:4:수식:명사
艾滋病:9:수식:명사
愛國衛生運動:3:수식:
　명사
愛人:3:수식:명사
愛衛會:5:수식:명사
愛眼日:3:수식:명사
愛滋病:5:수식:명사
安釘子:4:동목:동사
安定團結:3:병렬:명사/
　형용사
安檢:3:수식:동사/명사
安居工程:8:수식:명사

安老院:3:수식:명사
安樂死:9:수식:명사
安全系數:3:수식:명사
安全月:6:수식:명사
安慰官:3:수식:명사
岸吊:3:수식:동사
岸炮:3:수식:명사
按揭:7:병렬:동사
按摩襪:3:수식:명사
案底:3:수식:명사
案犯:3:수식:명사
案例:3:수식:명사
案證:3:수식:명사
案值:6:수식:명사
暗補:9:수식:동사
暗貼:5:수식:동사
昂奮:3:병렬:형용사
奧申委:3:수식:명사
奧斯卡金像獎:3:수식:
　명사
奧委會:5:수식:명사
奧校:3:수식:명사
澳屬:3:수식:명사
八寶山:5:수식:명사
八大員:3:수식:명사
八旗子弟:3:수식:명사
八字方針:4:수식:명사

八字憲法:4:수식:명사
巴解:3:수식:명사
巴解組織:4:수식:명사
巴士:10:단순어:명사
巴統:4:수식:명사
扒乘:3:병렬:동사
扒帶:4:병렬:동사
扒分:5:동목:동사
扒竊:6:병렬:동사
吧女:7:수식:명사
吧台:3:수식:명사
撥白旗:3:동목:동사
把場:3:수식:명사
把脈:3:동목:동사
白榜:3:수식:명사
白道:3:수식:명사
白金唱片:4:수식:명사
白殼子現象:3:수식:명사
白領:6:수식:명사
白領工人:6:수식:명사
白領階層:3:수식:명사
白馬王子:4:수식:명사
白牌:4:수식:명사
白旗:3:수식:명사
白色革命:5:수식:동사
白色垃圾:3:수식:명사
白色農業:4:수식:명사
白色收入:5:수식:명사
白色汚染:7:수식:명사
白色消費:4:수식:명사
白市:3:수식:명사
白條:6:수식:명사
白條子:5:수식:명사

白眼病:6:수식:명사
白衣敎練:4:수식:명사
白衣天使:3:수식:명사
白災:3:수식:명사
白專:3:수식:명사
白專道路:3:수식:명사
百分点:6:수식:명사
百花獎:3:수식:명사
百慕大三角:4:수식:명사
柏林墻:4:수식:명사
擺件:5:수식:명사
擺賣:4:병렬:동사
擺拍:4:병렬:동사
擺平:4:보충:동사
擺烏龍:4:동목:동사
擺桌:3:동목:동사
敗因:3:수식:명사
拜拜:8:중첩:동사
班會:4:수식:명사
班期:3:수식:명사
班組:6:병렬:명사
斑馬線:7:수식:명사
搬家公司:4:수식:명사
板材:3:수식:명사
板兒爺:4:수식:명사
板塊:4:병렬:명사
板爺:3:수식:명사
辦案:5:동목:동사
辦班:3:동목:동사
辦復:6:보충:동사
辦公會議:4:수식:명사
辦結:5:병렬:동사
半邊戶:3:수식:명사

半邊家庭:3:수식:명사
半邊天:3:수식:명사
半導體:4:수식:명사
半工半讀:5:병렬:동사
半拉子工程:4:수식:명사
半托:3:수식:동사
半脫産:3:수식:동사
半休:3:수식:동사
伴唱機:3:수식:명사
伴讀:3:수식:동사
伴侶動物:4:수식:명사
幫扶:5:병렬:동사
幫伙:5:병렬:명사
幫敎:7:병렬:동사
幫困:3:동목:동사
傍大款:6:동목:동사
棒針:4:수식:명사
棒針衫:6:수식:명사
包産到戶:5:보충:동사
包産到勞:3:보충:동사
包産到組:4:보충:동사
包乘:4:수식:동사
包袱企業:3:수식:명사
包干到戶:4:보충:동사
包機:3:동목:동사
包裝:5:병렬:동사
胞波:6:단순어:명사
褒譽:3:수식:명사
保淡:3:보충:동사
保底:7:동목:동사
保費:4:수식:명사
保戶:5:수식:명사
保護層:3:수식:명사

保護地:4:수식:명사
保護价:9:수식:명사
保護傘:6:수식:명사
保健粉筆:4:수식:명사
保健食品:4:수식:명사
保健箱:3:수식:명사
保健站:3:수식:명사
保教:7:동목:동사
保潔:6:동목:동사
保軍轉民:3:병렬:동사
保齡球:6:수식:명사
保留工資:3:수식:명사
保暖杯:3:수식:명사
保守療法:4:수식:명사
保稅區:7:수식:명사
保溫杯:7:수식:명사
保鮮:6:동목:동사
保險系數:3:수식:명사
保險箱:4:수식:명사
保修:5:동목:동사
保值:6:동목:동사
保值儲蓄:4:수식:명사
保值公債:3:수식:명사
保質:5:동목:동사
報告小說:3:수식:명사
報价:3:동목:동사
報禁:3:동목:동사
報礦:4:동목:동사
報齡:3:동목:동사
報領:3:병렬:동사
報批:6:병렬:동사
報審:3:병렬:동사
報授:3:병렬:동사

報送:4:병렬:동사
報修:4:병렬:동사
報驗:3:병렬:동사
報友:3:수식:명사
暴富:3:수식:동사
暴走族:3:수식:명사
爆出:3:보충:동사
爆冷:7:동목:동사
爆冷門:6:수식:동사
爆滿:8:수식:형용사
爆棚:8:동목:동사
爆燃:3:병렬:동사
爆炸:4:병렬:동사
杯鍋:3:수식:명사
杯賽:4:수식:명사
北大倉:3:수식:명사
北煤南運:3:주술:동사
北約:7:수식:명사
備份:4:동목/수식:동사/
　　명사
備勤:3:동목:동사
備選:4:동목:동사
備戰:3:동목:동사
背包袱:5:동목:동사
背黑鍋:3:동목:동사
背景音樂:6:수식:명사
背靠背:6:주술:동사
背簍商店:4:수식:명사
背銷:3:수식:동사
被動吸烟:6:수식:동사
被罩:3:수식:명사
本銷:3:수식:동사
逼供信:5:수식:명사

逼和:5:보충:동사
比基尼:8:단순어:명사
比薩餅:3:수식:명사
比學趕幫超:3:병렬:동사
筆會:3:수식:명사
筆記本電腦:3:수식:명사
閉鏡:3:동목:동사
閉卷:3:동목:동사
閉路電視:9:수식:명사
辟設:3:병렬:동사
壁掛:4:수식:명사
壁飾:4:수식:명사
壁紙:3:수식:명사
避風港:5:수식:명사
避峰:3:동목:동사
避孕手表:3:수식:명사
避孕套:3:수식:명사
避震:3:동목:동사
臂跑:3:수식:명사
邊檢:4:수식:동사/명사
邊警:3:수식:명사
邊貿:7:수식:동사
邊緣科學:3:수식:명사
編播:3:병렬:동사
編程:4:동목:동사
編發:4:동목:동사
編列:3:동목:동사
編齡:3:동목:명사
編內:3:보충:명사
編外:7:보충:명사
編委:3:수식:명사
蝙蝠衫:7:수식:명사
鞭炮夫妻:4:수식:명사

便當:4:단순어:명사
便民:6:동목:동사
便携式:7:수식:명사
變臉:3:동목:동사
變色鏡:5:수식:명사
變相漲价:3:수식:동사
變形金剛:5:수식:명사
變型:3:동목:동사
變性:3:동목:동사
變性人:3:수식:명사
變修:4:동목:동사
辯題:3:수식:명사
標步:3:수식:명사
標的:5:병렬:명사
標燈:3:수식:명사
標底:3:수식:명사
標徽:3:수식:명사
標書:4:수식:명사
標題新聞:4:수식:명사
標貼:4:병렬/수식:동사/
　명사
標志服:5:수식:명사
標准化考試:3:수식:명사
標准像:6:수식:명사
飆車:3:수식:명사
表報:3:수식:명사
表面文章:5:수식:명사
表演賽:4:수식:명사
憋屈:3:병렬:형용사
別勁:3:동목:형용사
冰崩:3:주술:명사
冰場:3:수식:명사
冰燈:5:수식:명사

冰雕:4:수식:명사
冰毒:4:수식:명사
冰櫃:4:수식:명사
冰上舞蹈:3:수식:명사
冰室:3:수식:명사
冰壇:3:수식:명사
冰舞:5:수식:명사
冰箱病:3:수식:명사
幷處:3:수식:동사
幷軌:6:동목:동사
幷網:4:동목:동사
幷轉:4:병렬:동사
病殘:5:병렬:명사/형용사
病車:3:수식:명사
病退:6:수식:동사
病休:4:수식:동사
撥發:4:병렬:동사
撥改貸:4:병렬:동사
撥亂反正:3:병렬:동사
波士:3:단순어:명사
波鞋:3:수식:명사
玻璃幕墙:4:수식:명사
玻璃小鞋:4:수식:명사
播報:4:병렬:동사
播唱:4:병렬:동사
播出:3:보충:동사
播講:6:병렬:동사
播散:3:병렬:동사
播映:6:병렬:동사
泊:3:단순어:동사
博導:5:수식:명사
博士后:9:수식:명사
博士后科研流動站:3:

　　수식:명사
博士后流動站:4:수식:
　명사
博士后硏究制度:3:수식:
　명사
搏殺:3:병렬:동사
補差:6:동목:동사
補償貿易:5:수식:명사
補淡:3:동목:동사
補虧:4:동목:동사
補農:4:동목:동사
補台:7:동목:동사
補休:4:수식:동사
補液:3:수식:명사
不發達國家:4:수식:명사
不發言權:3:수식:명사
不明飛行物:6:수식:명사
不信邪:4:동목:동사
不粘鍋:3:수식:동사
不正之風:7:수식:명사
布点:6:동목:동사
布控:5:병렬:동사
布票:3:수식:명사
布設:3:병렬:동사
布貼:4:병렬/수식:동사/
　명사
布展:3:수식:명사
步校:3:수식:명사
步行街:6:수식:명사
部頒:3:수식:동사
部標:6:수식:명사
部令專車:3:수식:명사
部委:4:수식:명사

部優:5:수식:형용사　　彩紙:3:수식:명사　　測查:4:병렬:동사
擦邊球:5:수식:명사　　踩点:4:동목:동사　　測控:4:병렬:동사
擦屁股:4:동목:동사　　菜霸:3:수식:명사　　測評:5:병렬:동사
猜獎:5:동목:동사　　菜鴿:3:수식:명사　　測試:4:병렬:동사
才路:3:수식:명사　　菜籃子:6:수식:명사　　測算:3:병렬:동사
才源:3:수식:명사　　菜籃子工程:8:수식:명사　　策劃:6:병렬:동사
材樹:4:수식:명사　　菜畜:3:수식:명사　　層面:6:병렬:명사
材質:3:수식:명사　　參股:5:동목:동사　　插播:4:수식:동사
財辦:3:수식:명사　　參評:5:동목:동사　　插檔:3:동목:동사
財會:6:수식:명사　　參賽:7:동목:동사　　插姐:3:수식:명사
財神爺:3:수식:명사　　參試:5:동목:동사　　插青:3:동목:동사
財稅:3:수식:명사　　參選:3:동목:동사　　插兄:3:수식:명사
財院:4:수식:명사　　參演:3:동목:동사　　查處:7:병렬:동사
財政包干:4:수식:동사　　參與意識:5:수식:명사　　查堵:4:병렬:동사
采編:3:병렬:동사　　參院:3:수식:명사　　查核:3:병렬:동사
采購員:3:수식:명사　　參展:7:동목:동사　　查獲:3:병렬:동사
采收:3:병렬:동사　　參照系:4:수식:명사　　查緝:4:병렬:동사
采寫:4:병렬:동사　　餐點:3:수식:명사　　查截:3:병렬:동사
采樣:4:동목:동사　　餐鴿:4:수식:명사　　查控:3:병렬:동사
彩車:3:수식:명사　　餐劇:3:수식:명사　　查扣:3:병렬:동사
彩電:8:수식:명사　　餐位:3:수식:명사　　查破:3:보충:동사
彩管:6:수식:명사　　餐飲:5:병렬:명사　　查實:4:보충:동사
彩卷:7:수식:명사　　殘奧會:3:수식:명사　　查體:5:동목:동사
彩擴:9:수식:동사　　殘次:7:병렬:형용사　　茶吧:3:수식:명사
彩民:3:수식:명사　　殘的:3:수식:형용사　　茶杯子工程:3:수식:명사
彩旗:4:수식:명사　　殘聯:3:수식:명사　　差額選擧:6:수식:명사
彩球:3:수식:명사　　殘障:4:수식:명사　　差旅費:4:수식:동사
彩色電視:3:수식:명사　　倉容:5:수식:명사　　差生:7:수식:명사
彩色蔬菜:3:수식:명사　　倉租:3:수식:명사　　拆建:4:병렬:동사
彩色音樂:3:수식:명사　　藏品:3:수식:명사　　拆零:4:보충:동사
彩印:4:수식:동사　　操辦:6:병렬:동사　　拆遷:6:병렬:동사
彩影:3:수식:동사　　草根工業:5:수식:명사　　拆遷戶:6:수식:명사
彩照:7:수식:명사　　草業:6:수식:명사　　拆運:3:병렬:동사

拆裝:5:병렬:동사
摻黃:3:동목:동사
摻沙子:7:동목:동사
産出:4:병렬:동사
産供銷:5:병렬:동사
産后:3:수식:명사
産品結構:3:수식:명사
産品開發:3:수식:동사
産品樹:3:수식:명사
産前:3:수식:명사
産銷:3:병렬:동사
産需:4:수식:명사
産學硏:3:병렬:동사
長城卡:4:수식:명사
長官意志:4:수식:명사
長航:3:수식:명사
長話:7:수식:명사
長考:3:수식:동사
長龍:5:수식:명사
長途:3:수식:명사
長線:5:수식:명사
長線産品:3:수식:명사
長項:6:수식:명사
長效:3:수식:명사
長休:3:수식:동사
長治久安:3:병렬:형용사
腸梗阻:5:주술:명사
常觀:5:수식:명사
常規能源:4:수식:명사
常任制:4:수식:명사
常智:4:수식:명사
廠標:3:수식:명사
廠長負責制:6:수식:명사

廠風:3:수식:명사
廠規:3:수식:명사
廠籍:5:수식:명사
廠紀:5:수식:명사
廠街:3:수식:명사
廠齡:3:수식:명사
廠內待業:4:수식:명사
廠慶:3:수식:명사
廠容:3:수식:명사
廠史:3:수식:명사
廠校掛鉤:3:주술:동사
廠休:5:수식:동사
暢旺:6:병렬:형용사
倡辦:3:동목:동사
唱標:3:수식:명사
唱碟:3:수식:명사
唱主角:5:동목:동사
抄肥:4:동목:동사
超編:7:동목:동사
超標:6:동목:동사
超常:7:동목:동사
超儲:7:동목:동사
超導體:3:수식:명사
超短裙:6:수식:명사
超負荷運轉:3:수식:동사
超供:3:동목:동사
超購:5:동목:동사
超豪華:3:수식:형용사
超耗:5:수식:명사
超級癌症:4:수식:명사
超級城市:3:수식:명사
超級市場:8:수식:명사
超級蔬菜:3:수식:명사

超假:3:동목:동사
超虧:3:수식:동사
超期:3:동목:동사
超前:6:동목:동사
超前消費:9:수식:동사/
　명사
超生:8:수식:동사
超生游擊隊:5:수식:명사
超市:9:수식:명사
超收:4:수식:동사
超一流:6:수식:형용사
超智:5:동목:동사
朝陽産業:5:수식:명사
朝陽工業:4:수식:명사
炒:8:단순어:동사
炒冰:3:수식:명사
炒風:3:동목:동사
炒更:7:동목:동사
炒股:6:동목:동사
炒匯:3:동목:동사
炒家:5:수식:명사
炒金:3:동목:동사
炒買:4:동목:동사
炒賣:5:동목:동사
炒魷魚:10:동목:동사
炒作:7:병렬:동사
車扒:3:수식:명사
車程:3:수식:명사
車盜:3:수식:명사
車公里:3:수식:명사
車況:5:수식:명사
車流:5:수식:명사
車位:3:수식:명사

車組:4:수식:명사　　乘警:6:수식:명사　　冲銷:3:병렬:동사
徹査:4:수식:동사　　程控:7:수식:동사　　寵物:8:수식:명사
撤編:3:동목:동사　　程控電話:3:수식:명사　　抽測:4:병렬:동사
撤幷:7:병렬:동사　　吃床腿:4:동목:동사　　抽肥補瘦:3:병렬:동사
晨練:6:수식:동사　　吃大戶:6:동목:동사　　抽檢:5:병렬:동사
晨跑:3:수식:동사　　吃官糧:3:동목:동사　　抽獎:4:동목:동사
晨運:4:수식:동사　　吃喝風:5:동목:동사　　抽選:3:병렬:동사
闖紅燈:3:동목:동사　　吃皇糧:3:동목:동사　　抽驗:6:병렬:동사
闖勁:3:수식:명사　　吃勞保:6:동목:동사　　抽樣:3:동목:동사
闖竊:3:병렬:동사　　吃老本:4:동목:동사　　抽樣調査:3:수식:동사
撐市面:4:동목:동사　　吃拿卡要:5:병렬:동사　　抽油烟機:4:수식:명사
成服:3:수식:명사　　吃派飯:3:동목:동사　　籌碼:3:수식:명사
成敎:3:수식:명사　　吃偏飯:5:동목:동사　　籌拍:5:동목:동사
成人高考:4:수식:명사　　吃偏食:4:동목:동사　　籌委會:3:수식:명사
成人敎育:5:수식:동사　　吃貧:3:동목:동사　　籌組:5:수식:동사
承包:5:병렬:동사　　吃商品糧:5:동목:동사　　酬賓:7:동목:동사
承保:3:병렬:동사　　吃素的:3:동목:명사　　丑聞:3:수식:명사
承付:5:병렬:동사　　吃透:6:보충:동사　　丑星:4:수식:명사
承購:3:병렬:동사　　吃小灶:5:동목:동사　　臭老九:6:수식:명사
承建:4:병렬:동사　　吃災:3:동목:동사　　出國熱:3:수식:명사
承銷:4:병렬:동사　　持幣待購:3:병렬:동사　　出鏡:5:동목:동사
承租:4:병렬:동사　　持平:7:보충:동사　　出欄:4:동목:동사
城雕:5:수식:명사　　持旺:3:보충:동사　　出糧:4:동목:동사
城管:3:수식:명사　　赤膊工資:4:수식:명사　　出情:3:동목:동사
城徽:3:수식:명사　　赤潮:7:수식:명사　　出賽:4:동목:동사
城建:6:수식:명사　　赤脚醫生:3:수식:명사　　出台:10:동목:동사
城郊:3:수식:명사　　充電:7:동목:동사　　出攤:5:동목:동사
城市病:7:수식:명사　　冲刺:3:병렬:동사　　出線:7:동목:동사
城市化:5:접미:동사　　冲擊:3:병렬:동사　　出線權:4:수식:명사
城市經濟學:3:수식:명사　　冲擊波:4:수식:명사　　出新:4:동목:동사
城市美容師:4:수식:명사　　冲勁:4:수식:명사　　出血:6:동목:동사
城市網絡:3:수식:명사　　冲擴:6:병렬:동사　　出展:3:동목:동사
城運會:4:수식:명사　　冲浪:5:동목:동사　　出陣:3:동목:동사

出證:3:동목·동사
出資:3:동목·동사
初級産品:4:수식·명사
初評:3:수식·명사
廚具:3:수식·명사
廚藝:3:수식·명사
儲幣:3:수식·명사
儲戶:4:수식·명사
儲源:3:수식·명사
儲種:3:수식·명사
觸電:8:동목·동사
觸法:3:동목·동사
穿小鞋:4:동목·동사
傳幫帶:7:수식·동사
傳播媒介:5:수식·명사
傳呼機:4:수식·명사
傳經:4:동목·동사
傳經送寶:4:병렬·동사
傳媒:9:수식·명사
傳銷:5:수식·명사
傳譯:3:수식·동사
傳眞:3:동목·명사
串崗:4:동목·동사
串味:5:동목·동사
窓口:8:수식·명사
窓口行業:7:수식·명사
床上戲:3:수식·명사
床頭櫃:4:수식·명사
床罩:4:수식·명사
創編:3:병렬·동사
創匯:9:동목·동사
創利:8:동목·동사
創牌子:3:동목·동사

創收:9:동목·동사
創先:3:동목·동사
創新:3:동목·동사
創意:7:동목·명사
創優:6:동목·동사
創造學:5:수식·명사
吹燈:3:동목·동사
吹風會:3:수식·명사
吹喇叭:4:동목·동사
垂直綠化:3:수식·동사
春交會:3:수식·명사
春秋衫:4:수식·명사
春游:3:수식·명사
春運:5:수식·명사
純女戶:3:수식·명사
唇紋:3:동목·명사
瓷飯碗:6:수식·명사
辭聘:3:병렬·동사
磁浮列車:3:수식·명사
磁化杯:3:수식·명사
磁化水:3:수식·명사
磁卡:7:수식·명사
磁卡電話:8:수식·명사
磁療:5:수식·동사/명사
磁懸浮列車:3:수식·명사
次劣:3:병렬·형용사
從影:3:동목·동사
從優:3:동목·동사
粗菜:3:수식·명사
粗放:3:병렬·형용사
粗放經營:3:수식·동사
粗嘎:3:병렬·형용사
促銷:8:동목·동사

竄升:3:수식·동사
催辦:3:동목·동사
催動:3:보충·동사
催批:3:동목·동사
村民委員會:3:수식·명사
存儲:4:병렬·동사
存休:3:동목·동사
存貯:4:병렬·동사
搓麻:4:동목·동사
撮:6:단순어·동사
錯時:3:동목·동사
錯位:6:동목·동사
錯休:3:동목·동사
搭車漲价:3:병렬·동사
搭蓋:3:병렬·동사
搭供:3:병렬·동사
搭建:4:병렬·동사
搭賣:5:병렬·동사
搭批:3:병렬·동사
搭橋:3:동목·동사
搭售:8:병렬·동사
搭載:5:병렬·동사
達標:7:동목·동사
答卷:4:수식·명사
打的:8:동목·동사
打点滴:4:동목·동사
打對台:3:동목·동사
打非:6:동목·동사
打工:8:동목·동사
打工妹:3:수식·명사
打工仔:5:수식·명사
打拐:7:동목·동사
打棍子:6:동목·동사

打黑:3:동목:동사　　大軍:3:수식:명사　　大碗茶:3:수식:명사
打橫炮:3:동목:동사　　大客:3:수식:명사　　大腕:6:수식:명사
打假:8:동목:동사　　大款:9:수식:명사　　大腕兒:3:수식:명사
打卡:4:동목:동사　　大老粗:5:수식:명사　　大文化:5:수식:명사
打老虎:3:동목:동사　　大禮拜:4:수식:명사　　大西北:3:수식:명사
打悶包:4:동목:동사　　大齡:6:수식:명사　　大興:3:수식:동사
打內戰:3:동목:동사　　大齡靑年:4:수식:명사　　大修:3:수식:동사
打派仗:4:동목:동사　　大陸:4:수식:명사　　大選賽:4:수식:명사
打私:7:동목:동사　　大陸橋:5:수식:명사　　大沿帽:4:수식:명사
打頭炮:4:동목:동사　　大陸熱:3:수식:명사　　大運會:4:수식:명사
打托:6:동목:동사　　大路:3:수식:명사　　大展:4:수식:명사
打印:3:병렬:동사　　大路菜:4:수식:명사　　大政方針:3:수식:명사
打砸搶:5:병렬:동사　　大路貨:3:수식:명사　　大中人:3:수식:명사
大巴:8:수식:명사　　大毛:3:수식:명사　　大專:4:수식:명사
大白邊:4:수식:명사　　大民主:3:수식:명사　　代溝:9:수식:명사
大包干:6:수식:동사　　大男:3:수식:명사　　代購:4:병렬:동사
大辯論:4:수식:명사　　大農業:7:수식:명사　　代管:3:병렬:동사
大部頭:3:수식:명사　　大女:3:수식:명사　　代際:7:수식:명사
大參考:3:수식:명사　　大排檔:6:수식:명사　　代金券:3:수식:명사
大潮:3:수식:명사　　大牌:3:수식:명사　　代碼:4:수식:명사
大動作:5:수식:동사　　大牌檔:3:수식:명사　　代培:7:병렬:동사
大耳朵:3:수식:명사　　大篷車:6:수식:명사　　代培生:3:수식:명사
大紡織:3:수식:명사　　大片:4:수식:양사/명사　　代生母:3:수식:명사
大蓋帽:6:수식:명사　　大氣候:10:수식:명사　　代郵:3:병렬:동사
大紅傘:3:수식:명사　　大墻:5:수식:명사　　代孕:4:병렬:동사
大戶:5:수식:명사　　大靑年:4:수식:명사　　代職:5:병렬:동사
大環境:3:수식:명사　　大球:5:수식:명사　　帶敎:4:동목:동사
大換血:3:수식:동사　　大撒把:3:수식:동사　　帶座:3:동목:동사
大集體:4:수식:명사　　大賽:4:수식:명사　　待崗:7:동목:동사
大件:7:수식:명사　　大三門:3:수식:명사　　待工:5:동목:동사
大獎賽:4:수식:명사　　大三線:4:수식:명사　　待購:3:동목:동사
大敎育:3:수식:명사　　大手術:3:수식:명사　　待建:4:동목:동사
大姐大:5:주술:명사　　大特寫:3:수식:명사　　待批:4:동목:동사

待聘:5:동목:동사	導:3:단순어:동사	的哥:7:수식:명사
待業:7:동목:동사	導播:4:병렬:동사	的姐:6:수식:명사
待業靑年:5:수식:명사	導讀:6:병렬:동사	的卡:6:병렬:명사
貸學金:5:수식:명사	導購:7:병렬:동사	的士:8:단순어:명사
貸學金制度:3:수식:명사	導購小姐:3:수식:명사	的士高:4:단순어:명사
袋裝:3:수식:명사	導買:4:병렬:동사	燈飾:5:수식:명사
袋裝菜:3:수식:명사	導向:6:동목:동사	登山服:3:수식:명사
單本劇:3:수식:명사	導醫:4:동목:동사/명사	登月艙:3:수식:명사
單放機:3:수식:명사	導游:9:동목:동사/명사	等額選擧:6:수식:동사
單軌制:6:수식:명사	導診:3:동목:동사/명사	等級賽:3:수식:명사
單戀:3:수식:동사/명사	倒錯:3:보충:동사	低毒:3:수식:명사
單列:5:수식:명사	倒風:3:동목:동사	低度酒:3:수식:명사
單親家庭:6:수식:명사	倒掛:8:수식:동사	低峰:3:수식:명사
單身貴族:4:수식:명사	倒匯:8:동목:동사	低谷:8:수식:명사
單瘦:3:병렬:형용사	倒進口:3:동목:동사	低耗:3:수식:명사
單細胞家庭:3:수식:명사	倒流:6:수식:동사	低齡:4:수식:명사
單向:3:수식:명사	倒賣:5:수식:동사	低迷:6:병렬:형용사
單元樓:3:수식:명사	倒牌:3:동목:동사	低聘:6:수식:동사
擔綱:5:동목:동사	倒票:4:동목:동사	低俗:5:병렬:형용사
彈跳:3:병렬:동사	倒休:5:병렬:동사	低幼:4:병렬:형용사
彈性工作制:5:수식:명사	倒爺:7:수식:명사	低質:3:수식:명사
淡化:7:수식:동사	倒業:3:동목:동사	低智:3:수식:명사
淡啤:3:수식:명사	到位:10:동목:동사	滴灌:4:수식:동사
蛋糕:3:수식:명사	盜版:7:수식:명사	迪斯科:9:단순어:명사
蛋鷄:5:수식:명사	盜伐:6:병렬:동사	迪斯尼:4:단순어:명사
當班:3:동목:동사	盜公:3:동목:동사	迪斯尼樂園:3:수식:명사
黨建:6:수식:명사	盜掘:3:병렬:동사	迪斯尼游樂場:3:수식: 명사
黨票:6:수식:명사	盜錄:5:병렬:동사	
黨群:3:병렬:명사	盜運:4:병렬:동사	迪斯尼游樂園:4:수식: 명사
黨日:6:수식:명사	道德法庭:6:수식:명사	
黨組:5:수식:명사	道瓊斯指數:3:수식:명사	迪廳:5:수식:명사
檔次:7:병렬:명사	得主:4:수식:명사	滌卡:3:단순어:명사
檔子:3:접미:명사	德智體美勞:3:병렬:명사	滌棉:4:수식:명사

底价:5:수식:명사
底碼:3:수식:명사
地板革:5:수식:명사
地産:5:수식:명사
地滾球:3:수식:명사
地籍:3:수식:명사
地塊:4:수식:명사
地礦:3:수식:명사
地漏:3:수식:명사
地面站:3:수식:명사
地膜:8:수식:명사
地陪:3:수식:명사
地情:3:수식:명사
地球村:6:수식:명사
地球日:4:수식:명사
地稅:3:수식:명사
地攤文學:3:수식:명사
地緣:3:수식:명사
地震:3:주술:동사/명사
地震棚:5:수식:명사
遞條子:3:동목:동사
第二産品:4:수식:명사
第二産業:4:수식:명사
第二課堂:9:수식:명사
第二線:3:수식:명사
第二性:4:수식:명사
第二職業:7:수식:명사
第二資源:3:수식:명사
第六感覺:3:수식:명사
第七營養素:3:수식:명사
第三産業:7:수식:명사
第三次浪潮:6:수식:명사
第三代能源:3:수식:명사

第三梯隊:8:수식:명사
第三線:3:수식:명사
第三醫學:4:수식:명사
第三者:8:수식:명사
第三狀態:3:수식:명사
第四産業:8:수식:명사
第四次浪潮:4:수식:명사
第四世界:4:수식:명사
第一産業:5:수식:명사
第一代能源:3:수식:명사
第一夫人:4:수식:명사
第一線:4:수식:명사
巔峰:3:병렬:명사
点發:3:병렬:동사
点歌:3:동목:동사
点名手術:3:수식:명사
点評:3:병렬:동사
点頭工程:3:수식:명사
点載:3:병렬:동사
点子公司:5:수식:명사
電霸:6:수식:명사
電傳:6:수식:동사
電磁爐:3:수식:명사
電磁灶:3:수식:명사
電大:8:수식:명사
電動剃須刀:4:수식:명사
電發:3:수식:동사
電飯煲:5:수식:명사
電飯鍋:8:수식:명사
電購:3:수식:동사
電掛:3:수식:동사
電話磁卡:4:수식:명사
電話會議:3:수식:명사

電話卡:3:수식:명사
電話銀行:4:수식:명사
電敎:6:수식:명사
電烤爐:3:수식:명사
電烤箱:5:수식:명사
電老虎:9:수식:명사
電老鼠:4:수식:명사
電貓:3:수식:명사
電腦:4:수식:명사
電腦病毒:7:수식:명사
電腦犯罪:3:수식:명사
電腦紅娘:6:수식:명사
電腦盲:4:수식:명사
電腦小說:3:수식:명사
電腦醫生:3:수식:명사
電熱杯:5:수식:명사
電熱褥:4:수식:명사
電熱毯:7:수식:명사
電視病:5:수식:명사
電視大學:5:수식:명사
電視會議:3:수식:명사
電視劇:7:수식:명사
電視連續劇:4:수식:명사
電視片:3:수식:명사
電視墻:3:수식:명사
電視文化:6:수식:명사
電視系列片:4:수식:명사
電視眼:3:수식:명사
電算機:4:수식:명사
電算器:3:수식:명사
電網:3:수식:명사
電須刀:3:수식:명사
電詢:3:수식:동사

電衙門:5:수식:명사
電影周:4:수식:명사
電子表:7:수식:명사
電子裁判:3:수식:명사
電子秤:3:수식:명사
電子出版物:3:수식:명사
電子貨幣:5:수식:명사
電子計算機:3:수식:명사
電子錢包:4:수식:명사
電子琴:7:수식:명사
電子商務:3:수식:명사
電子霧:3:수식:명사
電子信箱:4:수식:명사
電子烟霧:4:수식:명사
電子音樂:4:수식:명사
電子郵件:7:수식:명사
電子游戲機:4:수식:명사
電子游藝機:3:수식:명사
電子戰:3:수식:명사
店風:3:수식:명사
店貌:3:수식:명사
店容:4:수식:명사
墊支:3:수식:동사
吊扣:3:병렬:동사
釣魚工程:5:수식:명사
釣魚項目:3:수식:명사
調檔:6:동목:동사
調幅:3:동목:동사
調改:3:병렬:동사
調干生:4:수식:명사
調級:4:동목:동사
調价:5:동목:동사
調減:5:보충:동사

調控:7:병렬:동사
調頻:3:동목:동사
調遷:4:병렬:동사
調賽:4:동목:동사
調試:6:병렬:동사
調適:4:보충:동사
調休:5:동목:동사
調研:5:병렬:동사
調演:6:병렬:동사
調運:3:병렬:동사
調轉:4:병렬:동사
調資:7:동목:동사
跌份兒:3:동목:동사
跌幅:7:수식:명사
跌勢:5:수식:명사
跌眼鏡:3:동목:동사
碟:4:단순어:명사
丁克夫妻:5:수식:명사
釘子戶:6:수식:명사
頂班:5:동목:동사
頂風:3:동목:동사
頂崗:8:동목:동사
頂換:3:병렬:동사
頂价:4:수식:명사
頂尖:3:수식:형용사
頂抗:3:병렬:동사
頂職:4:동목:동사
定編:7:동목:동사
定産:3:동목:동사
定点:6:동목:동사
定調子:3:동목:동사
定崗:6:동목:동사
定格:3:동목:동사

定級:4:동목:동사
定勢:4:동목:동사
定損:3:수식:동사
定向:6:동목:동사
定向培養:3:수식:동사
定向生:3:수식:명사
定銷:3:동목:동사
定音:3:동목:동사
定責:4:동목:동사
丢份兒:4:동목:동사
東盟:6:수식:명사
東西對話:3:주술:동사/
　　명사
冬奧會:4:수식:명사
冬儲:3:수식:동사/명사
冬鍛:3:수식:동사/명사
冬令營:3:수식:명사
冬訓:3:수식:동사/명사
冬泳:3:수식:동사/명사
冬運會:3:수식:명사
動遷:8:병렬:동사
動遷戶:5:수식:명사
動手術:4:동목:동사
動銷:7:병렬:동사
動因:3:수식:명사
動眞格:4:보충:동사
動作片:4:수식:명사
凍災:3:수식:명사
恫言:3:수식:명사
棟號:3:수식:명사
胴體:3:수식:명사
抖露:3:보충:동사
豆腐渣工程:3:수식:명사

督査:3:병렬:동사/명사
督導:3:병렬:동사/명사
毒梟:3:수식:명사
毒資:4:수식:명사
讀書班:4:수식:명사
讀書無用論:3:수식:명사
獨單:3:병렬:명사
獨立國家병렬體:3:수식:
　명사
獨立王國:4:수식:명사
獨聯體:8:수식:명사
獨苗:4:수식:명사
獨女戶:4:수식:명사
獨生子女:4:수식:명사
獨生子女費:3:수식:명사
獨營:3:수식:동사
獨資:4:수식:동사
堵車:3:동목:동사
堵漏:3:동목:동사
賭風:4:수식:명사
賭攤:3:수식:명사
賭資:3:수식:명사
度假村:9:수식:명사
短程:3:수식:명사
短池:3:수식:명사
短導:4:수식:동사
短款:3:수식:명사
短平快:8:병렬:형용사
短期行爲:9:수식:명사
短線:7:수식:명사
斷層:6:수식:명사
斷代:4:수식:명사
斷檔:8:수식:명사

斷奶:4:동목:동사
斷線:5:동목:동사
斷想:4:수식:동사
對號入座:3:병렬:동사
對話:5:동목/수식:동사/
　명사
對講機:5:수식:명사
對接:8:수식:동사
對開:3:수식:동사
對口詞:3:수식:명사
對外開放:3:수식:동사
對着干:4:수식:동사
兌換券:5:수식:명사
囤糧田:3:수식:명사
多發病:4:수식:명사
多國公司:4:수식:명사
多角債:3:수식:명사
多款:3:수식:양사
多媒體:6:수식:명사
多米諾骨牌:4:수식:명사
多頭:4:수식:명사
多維:3:수식:명사
多元化:3:수식:동사
奪杯:3:동목:동사
奪標:4:동목:동사
奪冠:6:동목:동사
奪魁:5:동목:동사
奪權:3:동목:동사
躲峰:3:동목:동사
躲讓:3:병렬:동사
額度:4:수식:명사
厄爾尼諾:6:단순어:명사
厄爾尼諾現象:3:수식:

　명사
惡補:3:수식:동사
惡浪:3:수식:명사
兒童劇:3:수식:명사
兒童片:3:수식:명사
二把手:5:수식:명사
二部制:4:수식:명사
二傳手:7:수식:명사
二次能源:4:수식:명사
二道販子:7:수식:명사
二等殘廢:5:수식:명사
二等公民:4:수식:명사
二哥大:5:주술:명사
二鍋飯:3:수식:명사
二國營:3:수식:명사
二號文件:3:수식:명사
二混子:3:수식:명사
二進宮:8:수식:동사
二渠道:3:수식:명사
二十響:4:수식:명사
二手:4:수식:명사
二手烟:7:수식:명사
二爲:5:수식:명사
二線:7:수식:명사
發案:4:동목:동사
發標:4:동목:동사
發寄:3:병렬:동사
發廊:8:수식:명사
發乳:5:수식:명사
發燒:5:동목:동사
發燒友:10:수식:명사
發屋:7:수식:명사
發型:4:수식:명사

發型屋:3:수식:명사	返利:4:보충:동사	房修:4:수식:명사
發運:4:병렬:동사	返盲:4:보충:동사	房源:6:수식:명사
發展中國家:5:수식:명사	返貧:5:보충:동사	仿建:3:수식:동사
發仔:3:수식:명사	返聘:6:수식:동사	仿冒:7:병렬:동사
罰沒:7:병렬:동사	返銷:4:수식:동사	仿生:3:동목:동사
罰則:3:수식:명사	返銷糧:4:수식:명사	仿生學:3:수식:명사
法盲:8:수식:명사	泛化:3:수식:동사	仿眞:3:동목:동사
帆板:3:수식:명사	飯口:3:수식:명사	訪視:4:병렬:동사
翻改:3:병렬:동사	飯桌子:3:수식:명사	訪談:5:병렬:동사
翻跟斗:3:동목:동사	販毒:4:동목:동사	訪問學者:5:수식:명사
翻跟頭:3:동목:동사	販黃:6:동목:동사	訪銷:5:병렬:동사
翻建:3:병렬:동사	販假:3:동목:동사	放飛:3:보충:동사
翻筋斗:3:동목:동사	販私:7:동목:동사	放活:8:보충:동사
翻錄:7:수식:동사	販銷:3:병렬:동사	放開:6:보충:동사
翻牌公司:5:수식:명사	方便:3:수식:형용사	放空:4:보충:동사
翻制:3:수식:동사	方便米飯:3:수식:명사	放空炮:5:동목:동사
凡是派:4:수식:명사	方便面:7:수식:명사	放療:7:수식:동사/명사
反扒:3:동목:동사	方便面條:3:수식:명사	放權:7:동목:동사
反標:4:수식:명사	方便食品:7:수식:명사	放私:3:동목:동사
反差:7:수식:명사	方方面面:5:중첩:명사	放衛星:5:동목:동사
反潮流:5:동목:동사	防暴:5:동목:동사	放像:3:동목:동사
反彈:6:수식:동사	防盜門:4:수식:명사	放音:3:동목:동사
反腐倡廉:4:병렬:동사	防寒服:3:수식:명사	飛播:5:수식:동사
反饋:9:수식:동사	防特:3:동목:동사	飛碟:7:수식:명사
反面教材:3:수식:명사	防僞:4:동목:동사	飛鴿牌:5:수식:명사
反批評:3:동목:동사	防汚:3:동목:동사	飛過海:6:보충:동사
反思:8:수식:동사	房車:3:수식:명사	飛牌:3:수식:명사
反貪:4:동목:동사	房改:9:수식:명사	飛盤:3:수식:명사
反文化:3:동목:동사	房管:4:수식:명사	飛人:5:수식:명사
反殖:4:동목:동사	房荒:4:수식:명사	飛天獎:3:수식:명사
返城:4:보충:동사	房老虎:3:수식:명사	飛魚:4:수식:명사
返崗:3:보충:동사	房齡:3:수식:명사	非婚生子女:4:수식:명사
返關:3:보충:동사	房貼:5:수식:명사	非統:3:수식:명사

非智力因素:3:수식:명사　　封停:3:병렬:동사　　復印:6:수식:동사
非轉農:3:수식:동사　　峰會:8:수식:명사　　復印機:4:수식:명사
緋聞:3:수식:명사　　蜂王漿:3:수식:명사　　復映:3:수식:동사
肥皂劇:7:수식:명사　　扶殘:3:동목:동사　　復制食品:3:수식:명사
廢次:3:병렬:형용사　　扶貧:9:동목:동사　　復種:3:수식:동사
分:5:단순어:동사　　扶優:5:동목:동사　　復轉:3:수식:동사
分餐:6:동목:동사　　扶志:5:동목:동사　　副高:3:수식:명사
分成:5:동목:동사　　扶智:3:동목:동사　　副研:3:수식:명사
分檔:3:동목:동사　　浮動:6:병렬:동사　　富民:4:동목:동사
分管:5:병렬:동사　　浮動工資:4:수식:명사　　富民政策:3:수식:명사
分齡:3:동목:동사　　浮動价格:3:수식:명사　　覆蓋面:3:수식:명사
分流:9:동목:동사　　浮聘:4:수식:동사　　改産:4:동목:동사
分數掛帥:3:주술:동사　　輻射:3:수식:동사/명사　　改點:4:동목:동사
分數線:6:수식:명사　　輻照:4:수식:동사　　改刊:5:동목:동사
分稅制:3:수식:명사　　輔料:3:수식:명사　　改水:3:동목:동사
分灶吃飯:5:수식:동사　　婦代會:5:수식:명사　　改向:3:동목:동사
分子生物學:3:수식:명사　　婦女學:4:수식:명사　　改制:5:동목:동사
粉領:3:수식:명사　　負面:5:수식:명사　　蓋了:3:보충:동사
豊産方:3:수식:명사　　負效應:5:수식:명사　　蓋帽:4:동목:동사
豊乳:3:동목:동사　　負增長:6:수식:동사　　干花:4:수식:명사
風光片:3:수식:명사　　附捐郵票:3:수식:명사　　干籍:3:수식:명사
風能:5:수식:명사　　復産:3:수식:동사　　干警:7:수식:명사
風派:6:수식:명사　　復讀:7:수식:동사　　干群:5:수식:명사
風味小吃:3:수식:명사　　復讀班:4:수식:명사　　干擾素:5:수식:명사
風險企業:5:수식:명사　　復讀生:3:수식:명사　　干休所:4:수식:명사
風險投資:6:수식:동사　　復關:5:동목:동사　　干訓班:3:수식:명사
風雨衣:3:수식:명사　　復航:3:동목:동사　　干屬:3:수식:명사
風源:4:수식:명사　　復課:4:수식:동사　　趕潮:3:동목:동사
封筆:3:동목:동사　　復墾:4:수식:동사　　趕潮頭:3:동목:동사
封頂:7:동목:동사　　復錄:4:수식:동사　　感冒:4:동목:명사
封鏡:7:동목:동사　　復盲:5:동목:동사　　感情投資:5:수식:명사
封盤:4:동목:동사　　復盤:3:동목:동사　　橄欖綠:3:수식:명사
封殺:4:병렬:동사　　復式住宅:5:수식:명사　　剛性:4:수식:명사

崗位成才:4:수식:동사
崗位津貼:4:수식:명사
崗位培訓:4:수식:동사
崗位責任制:6:수식:명사
鋼領工人:5:수식:명사
鋼鐵長城:4:수식:명사
港澳:5:병렬:명사
港胞:5:수식:명사
港府:3:수식:명사
港化:3:수식:동사
港姐:6:수식:명사
港客:7:수식:명사
港褲:4:수식:명사
港人:6:수식:명사
港衫:5:수식:명사
港商:9:수식:명사
港式:5:수식:명사
港事:3:수식:명사
港台:5:병렬:명사
港星:4:수식:명사
港英當局:4:수식:명사
港紙:3:수식:명사
港屬:4:수식:명사
港資:5:수식:명사
槓槓:5:중첩:명사
高八度:3:수식:명사
高層:3:수식:명사
高層建筑:3:수식:명사
高發:3:수식:동사
高法:4:수식:명사
高分低能:6:병렬:형용사
高峰:3:수식:명사
高工:5:수식:명사

高估冒算:4:병렬:동사
高技術:8:수식:명사
高价姑娘:4:수식:명사
高价老頭:3:수식:명사
高价效應:3:수식:명사
高檢:3:수식:명사
高敎:5:수식:명사
高精尖:5:병렬:형용사
高考:6:수식:명사
高科技:4:수식:명사
高虧:3:수식:명사
高難:6:수식:형용사
高聘:4:수식:동사
高墙:3:수식:명사
高師:4:수식:명사
高速公路:6:수식:명사
高速鐵路:3:수식:명사
高危:3:병렬:형용사
高消費:5:수식:명사
高效:4:수식:형용사
高校:4:수식:명사
高新技術:4:수식:명사
高壓鍋:7:수식:명사
高硏:3:수식:명사
高優:3:수식:형용사
高知:7:수식:명사
高職:3:수식:명사
高職班:3:수식:명사
高姿態:5:수식:명사
搞掂:3:보충:동사
搞定:4:보충:동사
搞活:8:보충:동사
告敗:3:동목:동사

告負:3:동목:동사
告滿:3:동목:동사
割肉:3:동목:동사
歌帶:3:수식:명사
歌后:3:수식:명사
歌齡:3:수식:명사
歌迷:4:수식:명사
歌壇:4:수식:명사
歌星:5:수식:명사
蛤蟆鏡:5:수식:명사
隔離帶:3:수식:명사
隔三差五:3:병렬:동사
個案:6:수식:명사
個調稅:4:수식:명사
個股:3:수식:명사
個人收入調節稅:4:수식:명사
個人所得稅:3:수식:명사
個體戶:8:수식:명사
個展:4:수식:명사
根雕:6:수식:명사
根植:3:수식:동사
更年期:3:수식:명사
更新換代:5:병렬:동사
耕讀小學:3:수식:명사
工程:3:수식:명사
工程食品:4:수식:명사
工調:4:수식:동사
工讀敎育:5:수식:명사
工讀生:6:수식:명사
工讀學校:6:수식:명사
工交:6:수식:명사
工糾隊:5:수식:명사

工貿:6:수식:명사
工日:3:수식:명사
工商局:3:수식:명사
工商聯:3:수식:명사
工商所:3:수식:명사
工效掛鉤:3:주술:동사
工薪階層:3:수식:명사
工行:3:수식:명사
工休:3:수식:명사
工宣隊:6:수식:명사
工業券:4:수식:명사
工余:3:수식:명사
工運:4:수식:명사
工轉干:3:주술:동사
工作餐:7:수식:명사
工作午餐:4:수식:명사
工作組:4:수식:명사
公辦:3:수식:동사
公厠:5:수식:명사
公車:5:수식:명사
公吃:4:수식:동사
公倒:3:수식:동사
公費旅游:7:수식:동사/
　　명사
公共關系:6:수식:명사
公共關系學:3:수식:명사
公共課:3:수식:명사
公關:9:수식:명사
公關部:5:수식:명사
公關先生:4:수식:명사
公關小姐:7:수식:명사
公害:3:수식:명사
公話:3:수식:명사

公賄:3:수식:명사
公假:4:수식:명사
公檢法:6:수식:명사
公交:6:수식:명사
公筷:4:수식:명사
公款旅游:3:수식:동사/
　　명사
公了:3:수식:동사
公派:7:수식:동사
公平秤:5:수식:명사
公文旅行:6:수식:동사/
　　명사
公務員:3:수식:명사
公宴:3:수식:명사
公益廣告:3:수식:명사
公映:3:수식:동사
公章旅行:3:수식:
　　동사/명사
公衆人物:3:수식:명사
功夫:4:병렬:명사
功夫片:6:수식:명사
功模:4:수식:명사
功能食品:4:수식:명사
攻博:5:동목:동사
攻關:7:동목:동사
供樓:3:동목:동사
供需:4:병렬:동사
共建:5:수식:동사
共識:9:수식:명사
共育:3:수식:동사
共運:4:수식:동사
狗仔隊:3:수식:명사
構建:4:병렬:동사

構想:6:수식:동사
購物中心:3:수식:명사
估算:3:수식:동사
谷底:5:수식:명사
股份制:5:수식:명사
股盲:3:수식:명사
股民:8:수식:명사
股權:3:수식:명사
股市:5:수식:명사
股壇:3:수식:명사
股災:4:수식:명사
股指:4:수식:명사
瓜菜代:6:수식:명사
刮風:5:동목:동사
掛靠:8:병렬:동사
掛曆:6:수식:명사
掛拍:8:수식:동사
掛牌:5:동목:동사
掛起來:5:보충:동사
掛鞋:5:동목:동사
掛靴:5:동목:동사
掛職:4:동목:동사
掛裝:3:동목:동사
拐棍:4:수식:명사
怪圈:6:수식:명사
關愛:5:병렬:동사/명사
關顧:3:병렬:동사/명사
關貿總協定:3:수식:명사
關停:3:병렬:동사
關停幷轉:7:병렬:동사
關係:3:수식:명사
關係戶:7:수식:명사
關係網:8:수식:명사

關係學:8:수식:명사
觀潮派:5:수식:명사
觀賽:3:동목:동사
觀照:6:병렬:동사
官倒:6:주술:동사
官倒爺:6:주술:명사
官風:4:수식:명사
官了:3:수식:동사
官念:3:수식:명사
官批:3:수식:동사
官商:7:병렬:명사
冠名權:3:수식:명사
館藏:3:주술:동사
管道:3:수식:명사
管風:3:수식:명사
管護:4:병렬:동사
管敎:3:병렬:동사
管界:3:수식:명사
管卡壓:4:병렬:동사
管片:3:수식:명사
慣騙:3:수식:동사
灌錄:5:병렬:동사
灌制:4:병렬:동사
灌裝:3:병렬:동사
光導纖維:6:수식:명사
光卡:3:수식:명사
光控:4:수식:동사
光纜:3:수식:명사
光敏:3:수식:명사
光腦:4:수식:명사
光盤:5:수식:명사
光纖:6:수식:명사
光纖通信:4:수식:명사

廣而告之:3:보충:동사:
　명사:
廣告衫:4:수식:명사
廣告文學:5:수식:명사
廣交會:4:수식:명사
廣域網:3:수식:명사
歸大堆:3:보충:동사
歸建:3:수식:동사
歸口:4:수식:명사
規模經營:3:수식:동사
規模效益:3:수식:명사
硅谷:10:수식:명사
櫃組:4:수식:명사
貴族學校:4:수식:명사
滾打:3:병렬:동사
滾動:3:병렬:동사
滾梯:3:수식:명사
滾雪球:4:동목:동사
棍子:4:접미:명사
國辦:6:수식:동사
國撥:4:수식:동사
國撥价:5:수식:명사
國道:7:수식:명사
國防綠:3:수식:명사
國格:7:수식:명사
國際大循環:5:수식:명사
國際倒爺:3:수식:명사
國家隊:3:수식:명사
國脚:8:수식:명사
國庫券:6:수식:명사
國禮:3:수식:명사
國鳥:3:수식:명사
國棋:3:수식:명사

國企:5:수식:명사
國球:4:수식:명사
國手:3:수식:명사
國稅:4:수식:명사
國烟:3:수식:명사
國飮:3:수식:명사
國優:8:수식:형용사
果農:4:수식:명사
過得硬:3:보충:형용사
過電影:5:동목:동사
過街橋:3:수식:명사
過濾嘴:4:수식:명사
過篩子:3:동목:동사
過山車:3:수식:명사
海基會:7:수식:명사
海監:4:수식:명사
海姐:3:수식:명사
海模:3:수식:명사
海難:3:수식:명사
海派:3:수식:명사
海侵:3:수식:동사
海外關系:5:수식:명사
海外企業:3:수식:명사
海協會:6:수식:명사
海業:3:수식:명사
海政:3:수식:명사
含金量:5:수식:명사
函大:7:수식:명사
函調:4:수식:동사
函索:4:수식:동사
函詢:3:수식:동사
漢堡包:7:수식:명사
漢語熱:3:수식:명사

旱冰場:4:수식:명사
旱冰鞋:3:수식:명사
航班:5:수식:명사
航測:4:수식:명사
航姐:3:수식:명사
航進:3:보충:동사
航空港:5:수식:명사
航母:3:수식:명사
航拍:3:수식:동사
航攝:4:수식:동사
航時:3:수식:명사
航天飛機:7:수식:명사
航天器:4:수식:명사
航天站:8:수식:명사
航途:3:수식:명사
航委:3:수식:명사
豪華車:3:수식:명사
豪華型:5:수식:명사
好處費:6:수식:명사
號型:5:병렬:명사
耗能:5:동목:동사
耗資:4:동목:동사
喝墨水:3:동목:동사
合理錯誤:3:수식:명사
合拍:3:동목:동사
合同工:6:수식:명사
合同醫院:4:수식:명사
合同制:5:수식:명사
合纖:3:수식:명사
合資:5:동목/수식:동사/
　명사
合資企業:3:수식:명사
合作商店:3:수식:명사

合作醫療:5:수식:명사
和稀泥:3:동목:동사
核按鈕:3:수식:명사
核保護傘:3:수식:명사
核查:5:수식:명사
核塵:3:수식:명사
核大國:4:수식:명사
核彈:3:수식:명사
核電:6:수식:명사
核電站:5:수식:명사
核冬天:3:수식:명사
核動力:3:수식:명사
核訛詐:5:수식:동사
核發:5:수식:동사
核軍備:4:수식:동사/명사
核恐怖:4:수식:명사
核擴散:4:수식:동사/명사
核壟斷:5:수식:동사/명사
核試驗:5:수식:동사/명사
核威懾:3:수식:동사/명사
核威脇:4:수식:동사/명사
核武:3:수식:명사
核武庫:4:수식:명사
核心家庭:7:수식:명사
核心期刊:4:수식:명사
核戰爭:4:수식:명사
核資:3:수식:명사
盒帶:6:수식:명사
盒飯:7:수식:명사
盒式錄音機:3:수식:명사
賀卡:6:수식:명사
黑白:3:병렬:형용사
黑榜:3:수식:명사

黑材料:4:수식:명사
黑車:8:수식:명사
黑道:6:수식:명사
黑洞:5:수식:명사
黑風:3:수식:명사
黑干將:3:수식:명사
黑孩子:5:수식:명사
黑盒子:3:수식:명사
黑戶:7:수식:명사
黑戶口:4:수식:명사
黑會:3:수식:명사
黑貨:4:수식:명사
黑价:3:수식:명사
黑客:4:단순어/수식:명사
黑六論:3:수식:명사
黑龍:3:수식:명사
黑馬:8:수식:명사
黑牌:5:수식:명사
黑色食品:4:수식:명사
黑色收入:4:수식:명사
黑色幽默:5:수식:명사
黑哨:4:수식:명사
黑社會:4:수식:명사
黑手:3:수식:명사
黑手黨:3:수식:명사
黑條子:3:수식:명사
黑頭文件:4:수식:명사
黑文:3:수식:명사
黑戲:3:수식:명사
黑匣子:8:수식:명사
黑線:4:수식:명사
黑箱操作:3:수식:동사
黑修養:3:수식:명사

恒濕:3:수식:명사/형용사
橫比:4:수식:동사/명사
橫聯:4:수식:동사
橫向:4:수식:명사
橫向병렬:6:수식:동사/
　명사
轟動效應:6:수식:명사
弘揚:4:수식:동사
紅包:8:수식:명사
紅寶書:5:수식:명사
紅籌股:5:수식:명사
紅代會:3:수식:명사
紅道:6:수식:명사
紅燈:5:수식:명사
紅燈區:5:수식:명사
紅管家:4:수식:명사
紅海洋:5:수식:명사
紅會:4:수식:명사
紅帽子:7:수식:명사
紅牌:7:수식:명사
紅色保險箱:6:수식:명사
紅色消費:5:수식:명사
紅條子:3:수식:명사
紅線:4:수식:명사
紅學:3:수식:명사
紅眼病:8:수식:명사
宏觀調控:4:수식:동사
宏觀經濟:3:수식:명사
候鳥會:3:수식:명사
呼拉圈:5:수식:명사
胡編亂造:3:병렬:동사
胡子阿姨:3:수식:명사
胡子案:3:수식:명사

胡子工程:9:수식:명사
湖吃海喝:4:병렬:동사
互補:6:수식:동사
互酬:3:수식:동사
互動:4:수식:동사
互訪:3:수식:동사
互聯網:3:수식:명사
互助會:3:수식:명사
戶次:3:병렬:양사
戶均:6:수식:명사
戶頭:3:수식:명사
戶養:4:수식:동사
戶營:5:수식:동사
護髮:3:동목:동사
護髮素:3:수식:명사
護耕:3:동목:동사
護工:6:수식:명사
護航:3:동목:동사
護欄:3:수식:명사
護齡:4:수식:명사
護秋:3:동목:동사
護漁:3:동목:동사
花冰:3:수식:명사
花帶:3:수식:명사
花功:3:수식:명사
花架式:3:수식:명사
花架子:6:수식:명사
花俏:3:병렬:형용사
花心:3:수식:형용사
花樣游泳:5:수식:명사
花園工廠:3:수식:명사
華約:4:수식:명사
華資:4:수식:명사

滑草:6:동목:동사
滑落:3:보충:동사
滑坡:8:동목:동사
滑爽:3:병렬:형용사
滑水:4:동목:동사
滑雪衫:8:수식:명사
化解:3:보충:동사
化療:7:수식:동사/명사
劃句號:3:동목:동사
劃圈:4:동목:동사
劃線:3:동목:동사
劃轉:3:병렬:동사
畵圈:4:동목:동사
畵圈圈:3:동목:동사
畵壇:4:수식:명사
話路:3:수식:명사
話亭:6:수식:명사
壞賬:3:수식:명사
還本銷售:3:수식:동사
環保:7:수식:동사/명사
環發:4:수식:동사
環境保護:3:수식:동사/
　명사
環境美:3:주술:명사
環境難民:4:수식:명사
環路:4:동목:동사
環幕電影:6:수식:명사
環衛:6:병렬:명사
環線:5:수식:명사
緩建:5:수식:동사
緩解:6:병렬:동사
緩聘:4:수식:동사
換代:4:동목:동사

換購:4:병렬:동사　回流:3:수식:동사　婚育:3:병렬:동사
換匯:5:동목:동사　回爐:6:보충:동사　混崗:4:동목:동사
換屆:6:동목:동사　回聘:4:수식:동사　混雙:4:병렬:명사
換容:3:동목:동사　回遷:5:수식:동사　活靶子:5:수식:명사
換位思考:3:수식:동사/　回頭客:3:수식:명사　活動房:3:수식:명사
　명사　回頭票:3:수식:명사　活化:4:접미:동사
換心:3:동목:동사　悔愧:3:병렬:동사　活教材:4:수식:명사
換型:3:동목:동사　匯播:4:병렬:동사　活思想:5:수식:명사
換血:8:동목:동사　匯市:5:수식:명사　活源:5:수식:명사
荒水:3:수식:명사　匯映:5:병렬:동사/명사　火:5:단순어:형용사
黃潮:3:수식:명사　匯展:6:수식:동사/명사　火的:4:수식:명사
黃帶:7:수식:명사　會標:4:수식:명사　火電:3:수식:명사
黃道:5:수식:명사　會車:3:수식:명사　火花:4:수식:명사
黃毒:6:수식:명사　會倒:4:수식:동사　火箭干部:6:수식:명사
黃販:3:수식:명사　會道門:3:병렬:명사　火炬計劃:6:수식:명사
黃昏戀:9:수식:명사　會風:6:수식:명사　火線入黨:3:수식:동사
黃貨:7:수식:명사　會海:6:수식:명사　火藥味:5:수식:명사
黃金海岸:3:수식:명사　會荒:4:수식:명사　伙犯:3:수식:명사
黃金時間:5:수식:명사　會考:4:수식:명사　貨櫃:3:수식:명사
黃牌:7:수식:명사　會簽:4:수식:명사　貨機:3:수식:명사
黃皮:3:수식:명사　會診:5:수식:동사/명사　機揷:4:수식:명사
黃皮書:3:수식:명사　賄金:3:수식:명사　機耕路:3:수식:명사
黃源:6:수식:명사　賄買:3:병렬:동사　機灌:4:수식:동사
灰道:3:수식:명사　婚變:4:수식/주술:동사/　機輪:3:수식:명사
灰領工人:3:수식:명사　　명사　機煤:3:수식:명사
灰色收入:8:수식:명사　婚假:4:수식:명사　機器人:7:수식:명사
灰色消費:3:수식:명사　婚檢:3:수식:동사　機械人:3:수식:명사
灰市:3:수식:명사　婚戀:5:병렬:명사　機型:3:수식:명사
徽標:3:병렬:명사　婚齡:4:수식:명사　機修:3:수식:동사
回潮:6:수식:동사/명사　婚生子女:3:수식:명사　機綉:3:주술:동사
回訪:4:수식:동사　婚俗:4:수식:명사　機恤:3:수식:동사
回顧展:5:수식:명사　婚外戀:7:수식:명사　機制:5:수식:명사
回歸:6:수식:동사　婚姻介紹所:4:수식:명사　積代會:3:수식:명사

積澱:7:병렬:동사 計免:3:수식:동사 家電:8:수식:명사
基建:3:수식:명사 計生:8:수식:동사 家敎:6:수식:동사
基因:5:수식:명사 計算機病毒:5:수식:명사 家庭病床:7:수식:명사
績效:4:병렬:명사 計算機犯罪:3:수식:동사 家庭出身:3:수식:명사
績優股:3:수식:명사 計算中心:3:수식:명사 家庭服務員:4:수식:명사
緝毒:6:동목:동사 計委:5:수식:명사 家庭婦男:4:수식:명사
激光唱機:5:수식:명사 計征:4:수식:명사 家庭副業:3:수식:명사
激光唱片:3:수식:명사 記協:4:수식:명사 家庭聯産承包責任制:3:
激光嬰兒:4:수식:명사 紀檢:8:수식:동사/명사 　　수식:명사
激光照排:5:수식:동사 紀念幣:6:수식:명사 家庭影院:4:수식:명사
激活:4:보충:동사 紀念封:6:수식:명사 家庭主夫:4:수식:명사
吉祥物:7:수식:명사 紀實文學:4:수식:명사 家庭主男:3:수식:명사
卽食面:4:수식:명사 紀實小說:3:수식:명사 家委會:3:수식:명사
急缺:3:수식:동사 紀委:6:수식:명사 家用電器:4:수식:명사
集餐:4:동목:동사 技改:6:수식:동사 甲肝:5:수식:명사
集成電路:3:수식:명사 技工學校:3:수식:명사 甲亢:3:수식:명사
集貿:4:수식:명사 技術改造:3:수식:동사 价差:3:수식:명사
集群:3:병렬:명사 技術密集型:3:수식:명사 价改:4:수식:동사/명사
集市貿易:3:수식:동사 技術市場:7:수식:명사 价位:3:수식:명사
集宿:3:수식:동사 技術引進:3:수식:동사/ 駕校:6:수식:명사
集體:3:수식:명사 　　명사 駕照:3:수식:명사
集體戶:5:수식:명사 技校:5:수식:명사 架構:3:병렬:동사
集體婚禮:3:수식:명사 技戰術:3:수식:명사 假案:4:수식:명사
集約經營:3:수식:동사 繼續敎育:3:수식:동사 假唱:6:수식:동사
集智:3:동목:동사 寄銷:4:수식:동사 假劣:5:병렬:형용사
集裝箱:6:수식:명사 加幅:3:동목:동사 堅挺:3:수식:동사/형용사
集資:4:동목:동사 加盟:4:동목:동사 堅穩:3:병렬:형용사
擠提:4:병렬:동사 加試:3:동목:동사 監測:6:병렬:동사
擠牙膏:5:동목:동사 加溫:3:동목:동사 監督電話:3:수식:명사
擠占:6:병렬:동사 夾生飯:3:수식:명사 監管:3:병렬:동사
計程車:4:수식:명사 佳績:3:수식:명사 監控:7:병렬:동사
計劃單列市:7:수식:명사 家長學校:6:수식:명사 監理:5:병렬:동사
計劃生育:5:수식:동사 家長制:5:수식:명사 監聽:4:병렬:동사

監委:3:수식:명사	健美操:7:수식:명사	角色:3:병렬:명사
儉辦:3:수식:동사	健美褲:6:수식:명사	角逐:3:병렬:동사
柬邀:3:수식:동사	健身球:3:수식:명사	絞結:3:병렬:동사
減肥:9:동목:동사	健身圈:3:수식:명사	脚感:4:수식:명사
減幅:6:수식:명사	艦模:3:수식:명사	脚蹼:3:수식:명사
減負:3:동목:동사	毽球:3:수식:명사	叫板:3:동목:동사
減緩:3:보충:동사	鑒證:3:병렬:동사	轎的:3:수식:명사
減虧:7:동목:동사	箭壇:4:수식:명사	較技:3:동목:동사
減災:5:동목:동사	將軍肚:6:수식:명사	較勁:3:동목:동사
減政:3:동목:동사	講師團:4:수식:명사	教風:3:수식:명사
檢測:7:병렬:동사	講用:4:병렬:동사	教輔:4:병렬:동사
檢核:3:병렬:동사	獎金稅:6:수식:명사	教改:6:수식:동사/명사
檢斤:3:동목:동사	獎牌:3:수식:명사	教工:6:수식:명사
檢控:4:병렬:동사	獎售:4:수식:동사	教科文:3:수식:명사
檢索:3:병렬:동사	獎項:3:수식:명사	教齡:7:수식:명사
檢體:3:동목:동사	降幅:5:수식:명사	教師節:8:수식:명사
簡辦:4:수식:동사	降耗:5:동목:동사	教壇:3:수식:명사
簡介:5:수식:동사	降密:3:동목:동사	教頭:5:수식:명사
簡易房:4:수식:명사	降聘:3:수식:동사	教委:3:수식:명사
見工:3:동목:동사	降溫:6:동목:동사	教研:3:수식:명사
見馬克思:5:동목:동사	降息:3:동목:동사	教養:3:병렬:명사
見俏:5:보충:동사	交白卷:3:동목:동사	教職員工:3:수식:명사
見旺:4:보충:동사	交叉科學:5:수식:명사	接軌:5:동목:동사
建材:5:수식:명사	交件:4:동목:동사	接機:3:동목:동사
建檔:3:동목:동사	交警:3:수식:명사	接聽:3:병렬:동사
建構:6:병렬:동사	交售:6:병렬:동사	接站:4:동목:동사
建設性:4:수식:명사	交投:4:병렬:동사	揭擺:4:병렬:동사
建委:4:수식:명사	交學費:7:동목:동사	揭丑:6:동목:동사
建行:3:수식:명사	交易會:3:수식:명사	揭蓋子:5:동목:동사
建制鎭:3:수식:명사	交用:3:병렬:동사	揭老底:5:동목:동사
劍壇:4:수식:명사	郊縣:6:수식:명사	揭秘:4:동목:동사
健康食品:3:수식:명사	膠囊:3:수식:명사	揭密:3:동목:동사
健康襪:3:수식:명사	跤壇:3:수식:명사	揭批:5:병렬:동사

揭批查:3:병렬:동사　　借調:7:병렬/수식:동사　　經互會:4:수식:명사

節標:4:수식:명사　　借讀:5:병렬/수식:동사　　經濟槓杆:6:수식:명사

節電:4:동목:동사　　借聘:3:병렬/수식:동사　　經濟機制:3:수식:명사

節歌:3:수식:명사　　金唱片:4:수식:명사　　經濟技術開發區:5:수식:명사

節徽:3:수식:명사　　金点子:3:수식:명사

節匯:6:동목:동사　　金飯碗:4:수식:명사　　經濟開發區:4:수식:명사

節假日:6:수식:명사　　金鷄獎:4:수식:명사　　經濟聯合體:3:수식:명사

節目主持人:5:수식:명사　　金卡工程:3:수식:명사　　經濟强人:3:수식:명사

節能:7:동목:동사　　金領工人:3:수식:명사　　經濟區:5:수식:명사

節食:4:동목:동사　　金農:3:수식:명사　　經濟特區:8:수식:명사

節水:4:동목:동사　　金牌:3:수식:명사　　經濟體制:3:수식:명사

節油:5:동목:동사　　金曲:3:수식:명사　　經濟效益:7:수식:명사

節育環:3:수식:명사　　金三角:3:수식:명사　　經濟責任制:4:수식:명사

節支:5:동목:동사　　金鷹獎:3:수식:명사　　經貿:5:병렬:명사

節資:5:동목:동사　　金鑰匙:5:수식:명사　　經委:4:수식:명사

劫機:6:동목:동사　　緊迫感:3:수식:명사　　經營決策:3:수식:명사

潔具:3:수식:명사　　緊俏:7:수식:형용사　　經援:5:수식:동사/명사

結對子:4:보충:동사　　緊缺:6:수식:형용사　　精料:6:수식:명사

結構工資制:3:수식:명사　　勁舞:4:수식:명사　　精品:5:수식:명사

結匯:4:병렬:동사　　近親繁殖:5:수식:동사　　精品屋:3:수식:명사

截流:3:동목:동사　　進宮:4:보충:동사　　精神賄賂:3:수식:동사/명사

截留:6:병렬:동사　　進貢:6:동목:동사

解凍:5:동목:동사　　進銷:4:병렬:동사　　精神枷鎖:3:수식:명사

解讀:3:병렬:동사　　進駐:3:병렬:동사　　精神食糧:5:수식:명사

解放:3:병렬:동사　　禁毒:3:동목:동사　　精神文明:3:수식:명사

解敎:6:병렬:동사　　禁區:3:수식:명사　　精神汚染:4:수식:명사

解困:7:동목:동사　　禁賽:4:동목:동사　　精神鴉片:3:수식:명사

解密:5:동목:동사　　禁藥:3:수식:명사　　精養:3:수식:동사

解難排憂:3:병렬:동사　　禁運:3:동목:동사　　精英:5:병렬:명사

解剖麻雀:3:동목:동사　　經辦:3:동목:동사　　景点:7:수식:명사

解押:3:병렬:동사　　經打:6:동목:동사　　景觀:3:수식:명사

界別:3:수식:명사　　經改:7:동목:동사　　警匪片:5:수식:명사

界定:5:수식:명사　　經合組織:3:수식:명사　　警風:3:수식:명사

警服:3:수식:명사　拘傳:3:병렬:동사　軍售:4:주술:동사
警號:3:수식:명사　局麻:3:수식:명사　軍體:6:수식:명사
警徽:3:수식:명사　擧報:8:병렬:동사/명사　軍宣隊:4:수식:명사
警籍:3:수식:명사　擧壇:5:수식:명사　軍援:3:수식:동사
警紀:3:수식:명사　擧證:5:병렬:동사　軍運:3:수식:동사
警力:5:수식:명사　拒賄:3:동목:동사　軍轉:3:수식:동사
警齡:3:수식:명사　拒聘:4:동목:동사　軍轉干:3:주술:동사
警民:3:병렬:명사　拒載:4:동목:동사　軍轉民:5:주술:동사
警容:7:수식:명사　劇壇:3:수식:명사　軍姿:3:수식:명사
警嫂:4:수식:명사　劇協:4:수식:명사　俊男倩女:3:병렬:명사
警示:3:수식:동사　劇組:3:수식:명사　卡曲:3:단순어:명사
警鼠:3:수식:명사　卷門:4:수식:명사　卡爺:4:수식:명사
警威:3:수식:명사　絶收:3:수식:동사　開播:5:동목:동사
警銜:3:수식:명사　軍兵種:5:수식:명사　開頂風船:6:동목:동사
警營:3:수식:명사　軍博:3:수식:명사　開發:4:병렬:동사
警種:3:수식:명사　軍代表:3:수식:명사　開發區:6:수식:명사
淨菜:9:수식:명사　軍地:5:수식:명사　開放:4:병렬:동사
淨化:6:수식:동사　軍地兩用人才:5:수식:　開放大學:3:수식:명사
淨勝:3:수식:동사　　명사　開杆:3:동목:동사
淨水器:3:수식:명사　軍工:3:수식:명사　開關:3:병렬:동사
競標:5:동목:동사　軍管:4:수식:명사　開后門:5:동목:동사
競猜:6:수식:동사　軍管會:3:수식:명사　開機:4:동목:동사
競价:4:동목:동사　軍婚:6:수식:명사　開架:4:동목:동사
競買:3:수식:동사　軍控:5:수식:동사　開鏡:6:동목:동사
競投:4:수식:동사　軍列:5:수식:명사　開局:3:동목:동사
競銷:4:수식:동사　軍烈屬:3:수식:명사　開口子:5:동목:동사
競爭機制:3:수식:명사　軍綠:4:수식:명사　開路:3:동목:동사
靚女:3:수식:명사　軍貿:4:수식:명사　開綠燈:6:동목:동사
酒民:3:수식:명사　軍民共建:3:주술:동사　開鑼:3:동목:동사
居留證:3:수식:명사　軍民共建活動:3:수식:　開門紅:3:수식:형용사
居民身份證:5:수식:명사　　명사　開拍:4:동목:동사
居室:4:수식:명사　軍品:7:수식:명사　開排:3:동목:동사
居委會:5:수식:명사　軍嫂:7:수식:명사　開盤:5:동목:동사

開枰:3:동목:동사　　　抗稅:4:동목:동사　　　科研:5:수식:명사
開賽:4:동목:동사　　　抗訴:4:동목:동사　　　可持續發展:4:수식:동사/
開拓型:3:수식:명사　　　抗災:3:동목:동사　　　　　명사
開小差:3:동목:동사　　　考查:3:병렬:동사/명사　　可讀性:6:수식:명사
開小會:4:동목:동사　　　考点:6:수식:명사　　　可看性:4:수식:명사
開小灶:7:동목:동사　　　考分:5:수식:명사　　　可口可樂:3:단순어/병렬:
開洋葷:3:동목:동사　　　考績:4:수식:명사　　　　　명사
開印:3:동목:동사　　　考級:5:동목:동사　　　可樂:5:보충/단순어:명사
開營:3:동목:동사　　　考評:7:병렬:동사　　　可視電話:8:수식:명사
開展:4:병렬:동사　　　考區:4:수식:명사　　　可塑性:3:수식:명사
開診:3:동목:동사　　　考任:4:수식:동사　　　可行性:5:수식:명사
刊播:3:병렬:동사　　　考務:3:수식:명사　　　可行性研究:5:수식:명사
刊大:7:수식:명사　　　考學:3:동목:동사　　　克格勃:3:단순어:명사
刊授:6:병렬:동사　　　考研:4:동목:동사　　　克力架:4:단순어:명사
刊授大學:5:수식:명사　　拷:3:단순어:동사　　　克隆:7:단순어:명사
侃:6:단순어:동사　　　拷機:5:수식:명사　　　克星:3:수식:명사
侃大山:7:동목:동사　　　靠邊站:3:수식:동사　　　客戶:3:수식:명사
侃价:5:동목:동사　　　靠泊:3:병렬:동사　　　客水:4:수식:명사
侃山:3:동목:동사　　　科幻:4:수식:명사　　　客源:7:수식:명사
侃談:3:수식:동사　　　科幻小說:4:수식:명사　　客座:3:수식:명사
侃爺:8:수식:명사　　　科技戶:6:수식:명사　　　客座教授:3:수식:명사
砍:5:단순어:동사　　　科技示範戶:5:수식:명사　課本劇:3:수식:명사
砍大山:5:동목:동사　　　科敎:3:수식:명사　　　課間餐:5:수식:명사
砍价:5:동목:동사　　　科敎興國:3:수식:동사　　墾區:4:수식:명사
看跌:3:보충:동사　　　科考:3:수식:동사/명사　　啃老:4:동목:동사
看好:7:보충:동사　　　科盲:9:수식:명사　　　坑蒙:3:병렬:동사
看俏:3:보충:동사　　　科壇:6:수식:명사　　　坑農:3:동목:동사
看旺:5:보충:동사　　　科委:5:수식:명사　　　坑騙:4:병렬:동사
看漲:5:보충:동사　　　科協:5:수식:명사　　　空乘:3:수식:동사
康復醫學:3:수식:명사　　科星:4:수식:명사　　　空調:8:수식:명사
扛大梁:3:동목:동사　　　科學工業園區:3:수식:　　空調病:3:수식:명사
抗洪:5:동목:동사　　　　　명사　　　　　空調機:4:수식:명사
抗上:5:동목:동사　　　科學學:4:수식:명사　　　空調器:5:수식:명사

空對空:5:주술:동사
空港:5:수식:명사
空關:3:수식:명사
空間垃圾:3:수식:명사
空間站:5:수식:명사
空姐:9:수식:명사
空難:5:수식:명사
空氣浴:3:수식:명사
空嫂:8:수식:명사
空駛:4:수식:동사
空天飛機:5:수식:명사
空頭:3:수식:명사
空域:3:수식:명사
空政:3:수식:명사
空中巴士:4:수식:명사
空中大學:4:수식:명사
空中公共汽車:4:수식:
　명사
空中教育:5:수식:명사
空中客車:7:수식:명사
空中小姐:4:수식:명사
空中走廊:5:수식:명사
空轉:3:수식:동사
控辦:5:동목:동사
控編:3:동목:동사
控購:7:동목:동사
控股:4:동목:동사
控制論:3:수식:명사
摳摳索索:3:중첩:동사
口感:4:수식:명사
口子:4:접미:명사
扣發:4:동목:동사
扣繳:4:병렬:동사

扣帽子:5:동목:동사
苦勞:4:수식:명사
庫容:6:수식:명사
褲襪:4:수식:명사
酷:6:단순어:형용사
誇克:5:단순어:명사
跨國公司:7:수식:명사
塊塊:5:중첩:명사
快班:6:수식:명사
快餐:7:수식:명사
快車道:3:수식:명사
快遞:3:수식:명사
快貨:6:수식:명사
快克:3:단순어:명사
快牛:3:수식:명사
快速面:3:수식:명사
寬釋:3:수식:형용사
寬松:6:병렬:형용사
款姐:5:수식:명사
款爺:8:수식:명사
框架:4:병렬:명사
框框條條:3:중첩:명사
框子:3:접미:명사
虧産:4:동목:동사
虧噸:4:동목:동사
坤包:5:수식:명사
坤表:3:수식:명사
困谷:3:수식:명사
困退:4:보충:동사
擴版:5:동목:동사
擴股:5:동목:동사
擴權:6:동목:동사
擴容:3:동목:동사

擴銷:5:동목:동사
擴印:7:동목:동사
擴招:3:동목:동사
垃圾股:3:수식:명사
垃圾燃料:3:수식:명사
拉力賽:5:수식:명사
拉鏈工程:3:수식:명사
拉美:3:수식:명사
拉尼娜:3:단순어:명사
拉尼娜現象:3:수식:명사
拉三:3:동목:명사
拉山頭:4:동목:동사
拉下馬:4:보충:동사
拉下水:4:보충:동사
拉站:3:동목:동사
喇叭褲:6:수식:명사
藍籌股:4:수식:명사
藍道:3:수식:명사
藍領:5:수식:명사
藍領工人:6:수식:명사
藍色革命:3:수식:명사
藍色農業:3:수식:명사
藍印戶口:3:수식:명사
籃聯:3:수식:명사
籃壇:4:수식:명사
攬儲:3:병렬:동사
濫發:3:수식:동사
狼孩:3:수식:명사
撈世界:3:동목:동사
撈一把:4:보충/동목:동사
撈資本:3:동목:동사
勞動布:4:수식:명사
勞動合同制:3:수식:명사

勞動敎養:5:수식:동사
勞動密集型:6:수식:명사
勞防:3:수식:동사
勞敎:6:수식:동사
勞均:5:수식:명사
勞模:3:수식:명사
勞平:3:수식:명사
勞務:6:수식:명사
勞務出口:6:주술:동사
勞務費:4:수식:명사
勞務市場:5:수식:명사
勞務輸出:4:수식/주술:
　동사/명사
勞逸結合:5:주술:동사
勞資:5:수식:명사
老包:3:접두:명사
老保:4:수식:명사
老揷:4:접두:명사
老大:3:접두:명사
老公:5:접두:명사
老國:3:접두:명사
老虎:5:접두:명사
老虎機:3:수식:명사
老化:6:접미:동사
老記:3:접두:명사
老九:5:접두:명사
老摳:3:접두:형용사
老齡:4:수식:명사/형용사
老齡化:4:접미:동사
老齡問題:6:수식:명사
老慢支:4:수식:명사
老面孔:3:수식:명사
老年大學:3:수식:명사

老年迪斯科:4:수식:명사
老年社會學:3:수식:명사
老年型國家:3:수식:명사
老弱:3:병렬:명사/형용사
老弱病殘:5:병렬:명사/
　형용사
老三大件:5:수식:명사
老三件:4:수식:명사
老三論:4:수식:명사
老三篇:6:수식:명사
老三色:5:수식:명사
老少邊窮:6:병렬:명사/
　형용사
老少邊窮地區:3:수식:
　명사
老私:3:접두:명사
老四大件:3:수식:명사
老五篇:5:수식:명사
樂壇:3:수식:명사
雷區:3:수식:명사
雷射:3:단순어:명사
鐳射:4:단순어:명사
鐳射電影:5:수식:명사
累犯:4:수식:동사
冷巴:3:수식:명사
冷背:5:수식:명사
冷處理:5:수식:동사
冷点:4:수식:명사
冷櫃:3:수식:명사
冷和平:3:수식:명사
冷門:3:수식:명사
冷線:4:수식:명사
冷項:4:수식:명사

冷銷:5:수식:동사/명사
離崗待工制:3:수식:명사
離土:3:동목:동사
離退休:5:병렬:동사
離休:9:병렬:동사
禮儀電報:7:수식:명사
禮儀廣告:3:수식:명사
禮儀小姐:6:수식:명사
理賠:3:병렬:동사
理順:8:보충:동사
力挫:4:수식:동사
力度:8:수식:명사
力克:5:수식:동사
力邀:3:수식:동사
立交:5:병렬:동사
立交橋:7:수식:명사
立體盲:4:수식:명사
立體農業:4:수식:명사
立體戰爭:4:수식:명사
立項:6:동목:동사
利改稅:9:수식:명사
利好:3:병렬:명사
利潤留成:4:병렬:명사
利稅:7:수식:명사
連霸:3:수식:동사
連播:3:수식:동사
連冠:5:수식:동사
連鎖店:9:수식:명사
連體:3:수식:명사
連續劇:5:수식:명사
聯辦:4:수식:동사
聯産承包責任制:4:수식:
　명사

聯産到勞:6:보충:동사
聯産到組:3:보충:동사
聯産計酬:5:보충:동사
聯唱:3:수식:동사
聯大:3:수식:명사
聯動:3:수식:동사
병렬體:5:수식:명사
聯戶:5:수식:명사
聯婚:3:동목:동사
聯檢:4:수식:동사
聯手:5:동목:동사
聯體:4:수식:명사
聯網:4:동목:동사
聯銷:6:수식:동사
聯演:3:수식:동사
聯誼:4:동목:동사
聯姻:6:동목:동사
聯營:5:수식:동사
聯展:5:수식:동사
聯奏:3:수식:동사
廉宜:3:병렬:형용사
廉政:5:수식:명사
練攤:5:동목:동사
戀情:3:수식:명사
糧改:3:수식:동사/명사
糧農:3:수식:명사
糧食銀行:4:수식:명사
兩報一刊:5:병렬:명사
兩層皮:3:수식:명사
兩德:3:수식:명사
兩調:3:수식:명사
兩高:3:수식:명사
兩個估計:5:수식:명사

兩個基本点:6:수식:명사
兩個文明:9:수식:명사
兩戶:6:수식:명사
兩戶一體:7:주술:동사
兩會:5:수식:명사
兩禁:4:수식:명사
兩勞:4:수식:명사
兩片罐:3:수식:명사
兩權分離:8:주술:동사
兩山:4:수식:명사
兩手抓:3:수식:동사
兩頭在外:8:주술:동사
兩爲:3:수식:명사
兩野:3:수식:명사
兩伊:3:수식:명사
兩憶三査:4:병렬:명사
兩用人才:7:수식:명사
兩用衫:4:수식:명사
兩增兩節:3:병렬:명사
兩張皮:6:수식:명사
亮丑:7:동목:동사
亮底牌:3:동목:동사
亮点:3:수식:명사
亮短:4:동목:동사
亮富:4:동목:동사
亮麗:4:병렬:형용사
亮牌子:4:동목:동사
亮相:6:동목:동사
輛次:3:병렬:양사
量化:4:수식:동사
燎原計劃:3:수식:명사
料理:5:병렬:동사/명사
料源:4:수식:명사

劣品:6:수식:명사
劣生:5:수식:명사
劣展:5:수식:명사
劣質:5:수식:명사
獵頭:4:수식:명사
獵頭公司:5:수식:명사
獵裝:3:수식:명사
裂變:6:수식:동사
林權:3:수식:명사
林網:3:수식:명사
臨工:3:수식:명사
臨終關懷:4:수식:명사
拾得清:3:보충:동사
靈盒:3:수식:명사
凌災:3:수식:명사
零部件:5:수식:명사
零配件:3:수식:명사
零增長:5:수식:동사
領辦:5:병렬:동사
領導班子:6:수식:명사
溜崗:3:동목:동사
溜門撬鎖:3:병렬:동사
溜派:3:수식:명사
溜撬:3:병렬:동사
流腦:3:수식:명사
流生:7:수식:명사
流失:4:보충:동사
流失生:6:수식:명사
流師:5:수식:명사
流向:5:수식:명사
流行色:7:수식:명사
流行學:3:수식:명사
流子:3:접미:명사

留成:6:수식:명사　　留歸:4:병렬:동사　　留利:3:수식:명사　　留聘:3:병렬:동사　　留守男士:4:수식:명사　　留守女士:5:수식:명사　　留守子女:3:수식:명사　　六害:7:수식:명사　　龍頭:8:수식:명사　　籠民:3:수식:명사　　隆乳:3:동목:동사　　樓層:3:수식:양사/명사　　樓花:3:수식:명사　　樓群:6:수식:명사　　樓堂館所:6:병렬:명사　　樓宇:3:수식:명사　　漏斗戶:4:수식:명사　　露地:3:수식:명사　　錄播:3:병렬:동사　　錄灌:3:병렬:동사　　錄聘:3:병렬:동사　　錄相帶:3:수식:명사　　錄像:5:동목:동사/명사　　錄像帶:4:수식:명사　　錄像機:5:수식:명사　　錄影:3:동목:동사　　錄影帶:3:수식:명사　　錄制:6:병렬:동사　　路風:5:수식:명사　　路幅:3:수식:명사　　路紀:3:수식:명사　　路況:3:수식:명사　　路樹:3:수식:명사

路向:4:수식:명사　　路椅:4:수식:명사　　路障:4:수식:명사　　旅行車:3:수식:명사　　旅游車:5:수식:명사　　旅游鞋:7:수식:명사　　旅游業:4:수식:명사　　綠地:4:수식:명사　　綠卡:7:수식:명사　　綠領巾:3:수식:명사　　綠色長城:3:수식:명사　　綠色革命:4:수식:명사　　綠色食品:7:수식:명사　　綠色銀行:4:수식:명사　　綠色證書:3:수식:명사　　綠視率:4:수식:명사　　綠條:4:수식:명사　　綠文化:3:수식:명사　　綠衣使者:3:수식:명사　　綠茵:4:수식:명사　　綠茵場:5:수식:명사　　綠證:3:수식:명사　　亂砍濫伐:5:병렬:동사　　掠影:4:수식:동사/명사　　輪崗:3:수식:동사　　輪滑:3:병렬:명사　　裸戲:3:수식:명사　　落標:4:수식:명사　　落差:3:수식:명사　　落地燈:3:수식:명사　　落地扇:3:수식:명사　　落馬:3:동목:동사　　落幕:5:동목:동사

落聘:6:동목:동사　　落子:3:접미:명사　　媽咪:3:단순어:명사　　麻繩:3:수식:동사　　馬大嫂:5:수식:명사　　馬蜂窩:3:수식:명사　　馬海毛:5:수식:명사　　馬列:4:병렬:명사　　馬賽克:3:단순어:명사　　馬太效應:5:수식:명사　　馬桶包:5:수식:명사　　埋單:4:동목:동사　　買單:7:동목/단순어:동사　　買方市場:9:수식:명사　　麥飯石:4:수식:명사　　賣班:5:동목:동사　　賣大號:6:동목:동사　　賣大戶:6:동목:동사　　賣方市場:8:수식:명사　　瞞報:5:수식:동사　　滿点:3:수식:명사　　滿負荷工作法:5:수식:　　　명사　　滿勤:3:수식:동사/명사　　滿堂灌:6:수식:동사　　滿天飛:3:수식:동사　　慢班:5:수식:명사　　慢車道:3:수식:명사　　慢鏡頭:3:수식:명사　　慢支:3:수식:명사　　漫評:3:수식:동사/명사　　漫議:3:수식:동사/명사　　漫游:3:수식:동사

忙音:4:수식:명사
盲:3:단순어:명사
盲点:6:수식:명사
盲流:7:수식:명사
盲區:4:수식:명사
盲信:3:수식:동사
貓兒膩:3:수식:명사
貓論:3:수식:동사/명사
貓眼:6:수식:명사
毛孩:5:수식:명사
毛毛雨:6:수식:명사
毛片:4:수식:명사
毛選:5:수식:명사
毛著:5:수식:명사
矛盾上交:3:주술:동사
錨泊:3:수식:동사
冒富:8:수식:형용사
冒尖戶:6:수식:명사
冒傻氣:3:동목:동사
冒用:3:수식:동사
貿促會:5:수식:명사
貿發會議:3:수식:명사
貿工農:5:병렬:명사
帽子工廠:4:수식:명사
沒戲:8:동목:동사
梅花獎:3:수식:명사
媒體:8:수식:명사
煤餅:3:수식:명사
煤老虎:3:수식:명사
煤氣罐:6:수식:명사
霉變:5:병렬:동사/명사
美編:3:수식:명사
美餐:4:수식:명사

美發:5:동목:동사
美發廳:4:수식:명사
美容廳:3:수식:명사
美食:4:수식:명사
美食家:4:수식:명사
美食街:4:수식:명사
美育:6:수식:동사/명사
美院:3:수식:명사
美展:3:수식:명사
美子:3:접미:명사
門將:5:수식:명사
門鏡:5:수식:명사
門前三包:6:수식:동사/
　　명사
門球:5:수식:명사
朦朧詩:5:수식:명사
蒙坑:3:병렬:동사
迷彩:3:수식:명사
迷彩服:8:수식:명사
迷你:6:단순어:형용사
迷你裙:7:수식:명사
迷你型:3:수식:명사
謎團:3:수식:명사
米袋子:7:수식:명사
密級:3:수식:명사
密碼箱:5:수식:명사
密商:3:수식:동사/명사
密貼:3:수식:동사/명사
棉農:3:수식:명사
免試:3:동목:동사
免疫力:4:수식:명사
面包車:7:수식:명사
面的:6:수식:명사

面對面:4:주술:동사
面料:6:수식:명사
面面觀:4:수식:명사
面膜:5:수식:명사
面世:5:동목:동사
面市:5:동목:동사
面授:4:수식:동사
苗禽:5:수식:명사
苗情:4:수식:명사
苗猪:3:수식:명사
描敘:3:병렬:동사
瞄准:5:보충:동사
民辦:4:주술:동사
民代國儲:4:병렬:동사
民革:4:수식:명사
民工潮:4:수식:명사
民建:4:수식:명사
民建公助:3:병렬:동사
民貿:4:수식:명사
民品:7:주술:동사
民師:3:수식:명사
民庭:3:수식:명사
民委:5:수식:명사
民意測驗:5:수식:명사
民營:4:주술:동사
民約:3:주술:명사
民運會:3:수식:명사
民主生活:5:수식:명사
名模:8:수식:명사
名品:5:수식:명사
名特:4:병렬:형용사
名特優:4:병렬:형용사
名飲:3:수식:명사

名優:5:병렬:형용사　　內流:4:수식:명사　　腦體倒掛:6:주술:동사
名優特新:3:병렬:형용사　　內貿:8:수식:명사　　腦體正掛:3:주술:동사
明白人:7:수식:명사　　內企:3:수식:명사　　鬧將:3:수식:명사
明白紙:5:수식:명사　　內水:3:수식:명사　　能耗:6:주술:명사
明補:8:수식:동사　　內向:3:수식:동사　　能級:3:수식:명사
明虧:3:수식:동사　　內向型:5:수식:명사　　泥飯碗:8:수식:명사
明貼:4:수식:동사　　內需:5:수식:명사　　逆反:3:병렬:동사
鳴放:5:병렬:동사　　內招:7:수식:동사　　逆反心理:7:수식:명사
鳴槍:4:동목:동사　　內裝修:3:수식:동사　　逆向:3:수식:동사
鳴哨:4:동목:동사　　內資:7:수식:명사　　逆轉:3:병렬:동사
摸高:3:동목:동사　　納新:4:동목:동사　　溺棄:3:병렬:동사
摸論:3:동목:동사　　奶山羊:4:수식:명사　　年檢:5:수식:동사/명사
摸爬滾打:3:병렬:동사　　奶昔:3:수식:명사　　年均:5:수식:명사
模特法:3:수식:명사　　奶油小生:5:수식:명사　　年資:3:수식:명사
摩的:6:수식:명사　　男保姆:4:수식:명사　　捏弄:3:병렬:동사
摩絲:5:단순어:명사　　男單:4:주술:명사　　凝聚力:4:수식:명사
磨合:3:보충:동사　　男科:4:수식:명사　　牛鼻子:4:수식:명사
魔方:8:수식:명사　　男籃:5:수식:명사　　牛市:6:수식:명사
魔棍:4:수식:명사　　男模:3:수식:명사　　牛仔褲:6:수식:명사
末班車:6:수식:명사　　男排:5:수식:명사　　扭虧:4:동목:동사
謀私:4:동목:동사　　男士:6:수식:명사　　扭曲:5:보충:동사
母帶:6:수식:명사　　男雙:4:주술:명사　　扭送:6:수식:동사
牡丹卡:4:수식:명사　　男團:4:수식:명사　　農大:3:수식:명사
目標管理:5:수식:동사　　南北對話:7:주술:동사/　　農貸:4:수식:명사
拿牌:3:동목:동사　　　명사　　農工:7:병렬:명사
內賓:7:수식:명사　　南北合作:3:주술:동사/　　農話:3:수식:명사
內參:6:수식:명사　　　명사　　農機:3:수식:명사
內査:3:수식:동사　　南風窗:6:수식:명사　　農技:5:수식:명사
內盜:4:수식:동사　　南南合作:8:주술:동사/　　農科:5:수식:명사
內功:4:수식:명사　　　명사　　農墾:3:수식:명사
內耗:9:수식:명사　　南水北調:4:주술:동사　　農貿:5:수식:명사
內控:7:수식:동사　　腦庫:6:수식:명사　　農貿市場:6:수식:명사
內聯:8:수식:동사　　腦死亡:4:주술:동사　　農門:5:수식:명사

農民工:7:수식:명사
農民企業家:3:수식:명사
農膜:6:수식:명사
農輕重:5:주술:명사
農委:5:수식:명사
農校:4:수식:명사
農行:5:수식:명사
農業中學:3:수식:명사
農運會:3:수식:명사
農中:6:수식:명사
農轉非:9:주술:동사
農資:5:수식:명사
女單:4:주술:명사
女將:3:수식:명사
女籃:5:수식:명사
女壘:5:수식:명사
女里女氣:3:병렬:형용사
女能人:3:수식:명사
女排:5:수식:명사
女强人:6:수식:명사
女雙:4:주술:동사
女團:4:수식:명사
女足:4:수식:명사
歐安會:3:수식:명사
歐共體:6:수식:명사
歐盟:4:수식:명사
歐佩克:8:단순어:명사
歐元:6:수식:명사
趴窩:3:보충:동사
爬格子:8:동목:동사
爬坡:8:동목:동사
爬行主義:4:수식:명사
拍板:4:동목:동사

拍檔:3:수식:명사
拍竣:5:보충:동사
拍腦袋:3:동목:동사
拍腦瓜:4:동목:동사
拍腦門:3:동목:동사
拍讓:4:병렬:동사
拍拖:4:단순어/병렬:동사
排檔:3:수식:명사
排放:4:병렬:동사
排聯:3:수식:명사
排壇:4:수식:명사
排頭兵:5:수식:명사
排汚:7:동목:동사
排險:3:동목:동사
排行榜:4:수식:명사
牌齡:3:수식:명사
牌手:3:수식:명사
牌譽:3:수식:명사
牌證:5:수식:명사
派:5:단순어:명사
派對:6:단순어:명사
派飯:5:수식:명사
派購:7:수식:동사
派性:6:수식:명사
派仗:4:수식:명사
派駐:4:병렬:동사
攀比:7:병렬:동사
攀升:6:병렬:동사
攀岩:3:동목:동사
攀越:4:병렬:동사
盤菜:3:동목:동사
盤整:3:병렬:동사
判讀:5:병렬:동사

判罰:4:병렬:동사
盼求:3:병렬:동사
抛洒:3:병렬:동사
跑官:4:동목:동사
跑冒滴漏:6:병렬:동사
跑穴:3:동목:동사
泡吧:4:동목:동사
泡崗:3:동목:동사
泡會:4:동목:동사
泡沫經濟:5:수식:명사
泡妞:3:동목:동사
泡湯:3:동목:동사
陪餐:5:동목:동사
陪床:5:동목:동사
陪打:3:동목:동사
陪斗:5:동목:동사
陪讀:9:동목:동사
陪風:3:동목:명사
陪護:5:동목:동사
陪會:4:동목:동사
陪酒女:3:수식:명사
陪酒女郎:3:수식:명사
陪練:4:동목:동사
陪送:3:동목:동사
陪宿:3:동목:동사
陪舞:3:동목:동사
陪夜:3:동목:동사
陪影:3:동목:동사
陪住:3:동목:동사
賠付:4:병렬:동사
配比:3:수식:명사
配餐:5:동목:동사
配額:4:동목:동사

配發:4:병렬:동사　　　　皮包公司:8:수식:명사　　　貧宣隊:3:수식:명사
配歌:3:동목:동사　　　　皮包商:3:수식:명사　　　貧漁:3:수식:명사
配股:3:동목:동사　　　　皮具:3:수식:명사　　　　品牌:5:수식:명사
配合飼料:3:수식:명사　　疲弱:3:병렬:형용사　　　品位:5:병렬:명사
配演:3:수식:동사　　　　啤酒肚:3:수식:명사　　　品味:4:동목/병렬:동사/
噴灌:5:수식:동사　　　　痞氣:3:수식:명사/형용사　　　명사
噴氣式:5:수식:명사　　　片酬:6:수식:명사　　　　品相:3:동목:동사
盆地意識:3:수식:명사　　片兒警:3:수식:명사　　　聘期:4:수식:명사
棚友:3:수식:명사　　　　片荒:3:수식:명사　　　　聘任:3:병렬:동사
膨化:4:수식:동사　　　　片警:4:수식:명사　　　　聘選:4:병렬:동사
捧杯:7:동목:동사　　　　片商:3:수식:명사　　　　乒聯:4:수식:명사
捧獻:3:병렬:동사　　　　片源:3:수식:명사　　　　乒球:3:수식:명사
碰克:3:단순어:명사　　　片約:6:수식:명사　　　　乒賽:3:수식:명사
碰碰車:6:수식:명사　　　片追:3:수식:명사　　　　乒壇:4:수식:명사
碰碰船:6:수식:명사　　　偏科:4:동목:동사　　　　乒協:3:수식:명사
碰軟:4:동목:동사　　　　騙賣:3:수식:동사　　　　平暴:5:동목:동사
碰頭會:3:수식:명사　　　騙宿:3:수식:동사　　　　平調:7:수식:동사
碰硬:7:동목:동사　　　　飄塵:3:수식:명사　　　　平米:3:동목:동사/명사
批辦:3:병렬:동사　　　　票霸:3:수식:명사　　　　平疲:5:동목:동사
批撥:3:병렬:동사　　　　票販子:6:수식:명사　　　平銷:6:수식:동사
批捕:6:동목:동사　　　　票房价値:5:수식:명사　　平抑:3:동목:동사
批産:3:수식:동사　　　　票提:3:수식:명사　　　　平戰:4:동목:동사
批次:4:수식:양사　　　　票源:3:수식:명사　　　　平轉議:4:동목:동사
批件:6:병렬:양사　　　　票證:4:수식:명사　　　　評估:7:병렬:동사
批量:6:수식:명사　　　　嫖宿:3:병렬:동사　　　　評卷:4:동목:동사
批零:4:동목:동사　　　　拼搏:7:병렬:동사　　　　評劣:5:동목:동사
批售:4:수식:동사　　　　拼搶:4:병렬:동사　　　　評模:5:동목:동사
批銷:5:수식:동사　　　　拼殺:4:병렬:동사　　　　評聘:9:수식:동사
批轉:6:수식:동사　　　　拼爭:3:병렬:동사　　　　評審:6:병렬:동사
批租:5:수식:동사　　　　拼裝:4:병렬:동사　　　　評委:5:수식:명사
披肩發:3:수식:명사　　　貧牧:3:수식:명사　　　　評委會:3:수식:명사
披頭士:4:수식:명사　　　貧下中牧:3:수식:명사　　評析:3:병렬:동사
霹靂舞:5:수식:명사　　　貧協:4:수식:명사　　　　評銜:3:동목:동사

評銷:5:수식:동사
評優:5:동목:동사
評展:3:병렬:동사
憑准:3:병렬:동사
瓶頸:6:수식:명사
坡跟:4:수식:명사
迫降:5:수식:동사
破譯:5:수식:동사
撲票:3:수식:명사
鋪路:5:동목:동사
鋪路費:3:수식:명사
鋪路石:4:수식:명사
普調:6:동목:동사
普法:6:동목:동사
普高:3:수식:명사
普惠制:3:수식:명사
普敎:6:동목:동사
普九:3:동목:명사
普客:3:수식:명사
普通話:3:수식:명사
曝丑:3:동목:동사
曝光:9:보충:동사
七所八所:5:병렬:명사
七通一平:3:병렬:명사
七五:3:병렬:명사
妻管嚴:7:주술:동사
栖居:3:병렬:동사
期房:3:수식:명사
期市:3:수식:명사
期望値:5:수식:명사
奇缺:5:수식:동사
棋后:3:수식:명사
棋聖:3:수식:명사

棋壇:4:수식:명사
企改:3:수식:명사
企管:4:수식:명사
企業集團:7:수식:명사
企業群體:4:수식:명사
企業文化:4:수식:명사
企業自主權:3:수식:명사
啓動:5:보충:동사
起步:5:동목:동사
起飛:8:동목:동사
起貨:3:동목:동사
起獲:5:동목:동사
起土:3:동목:동사
起用:4:동목:동사
氣墊船:4:수식:명사
氣管炎:8:수식:명사
氣壓保溫瓶:3:수식:명사
氣壓暖瓶:3:수식:명사
氣壓水瓶:4:수식:명사
棄耕:3:동목:동사
汽車電影院:3:수식:명사
汽配:3:수식:명사
洽購:4:병렬:동사
洽談:3:병렬:동사
千年蟲:5:수식:명사
遷幷:5:병렬:동사
遷建:3:병렬:동사
遷裝:3:병렬:동사
牽頭:6:동목:동사
簽批:4:병렬:동사
簽約:6:동목:동사
前衛:5:수식:명사
潛存:3:수식:동사

潛返:3:수식:동사
潛科學:4:수식:명사
潛虧:6:수식:동사
潛能:4:수식:명사
潛因:3:수식:명사
潛質:4:수식:명사
淺析:3:수식:동사
强暴:3:병렬/수식:동사/
　　형용사
强化:3:수식:동사
强化食品:5:수식:명사
强勞:5:수식:명사
强人:5:수식:명사
强勢:4:수식:명사
强手:3:수식:명사
强項:5:수식:명사
墙布:3:수식:명사
搶点:3:동목:동사
搶拍:5:동목:동사
搶生:4:동목:동사
搶市:3:동목:동사
搶手:7:보충:형용사
搶灘:3:동목:동사
搶眼:3:동목:동사
敲定:7:보충:동사
僑辦:5:수식:명사
僑匯券:3:수식:명사
僑眷:6:수식:명사
僑聯:4:수식:명사
僑領:4:수식:명사
僑商:5:수식:명사
僑生:3:수식:명사
僑鄕:4:수식:명사

僑屬:4:수식:명사　　　　情商:3:수식:명사　　　　　　명사
僑資:7:수식:명사　　　　情治:3:수식:명사　　　全陪:3:수식:동사
橋協:3:수식:동사　　　　請調:5:동목:동사　　　全勤:6:수식:동사
俏貨:6:수식:명사　　　　窮辦法:3:수식:명사　　全天候:3:수식:명사
俏銷:5:수식:동사　　　　窮過渡:7:수식:명사　　全托:5:수식:동사
翹盼:3:수식:동사　　　　秋游:3:수식:동사/명사　全委會:3:수식:명사
撬竊:3:수식:동사　　　　求職:3:동목:동사　　　全優:5:수식:형용사
切匯:4:수식:명사　　　　球風:6:수식:명사　　　全員:6:수식:명사
竊密:3:동목:동사　　　　球感:3:수식:명사　　　全運會:5:수식:명사
親等:4:수식:명사　　　　球籍:6:수식:명사　　　全總:3:수식:명사
侵權:5:동목:동사　　　　球監:4:수식:명사　　　權倒:3:주술:동사
靑春片:4:수식:명사　　　球齡:5:수식:명사　　　權股:3:수식:명사
靑工:3:수식:명사　　　　球幕電影:5:수식:명사　權力股:4:수식:명사
靑聯:4:수식:명사　　　　球壇:3:수식:명사　　　權位:3:수식:명사
靑年赤字:3:수식:명사　　球星:4:수식:명사　　　拳頭産品:9:수식:명사
靑運:3:수식:명사　　　　球銀幕電影:3:수식:명사　拳頭項目:5:수식:명사
靑運會:3:수식:명사　　　球證:3:수식:명사　　　勸返:3:동목:동사
輕紡:5:수식:명사　　　　區間:3:수식:명사　　　勸退:5:동목:동사
輕歌舞:4:수식:명사　　　區間車:3:수식:명사　　缺編:6:동목:동사
輕工:3:수식:명사　　　　區塊:3:수식:명사　　　缺口:6:수식:명사
輕騎:3:수식:명사　　　　區委:3:수식:명사　　　缺損:4:병렬:동사
輕縱:3:동목:동사　　　　曲奇:5:단순어:명사　　裙褲:3:수식:명사
傾洒:3:수식:동사　　　　曲壇:4:수식:명사　　　裙樓:3:수식:명사
傾斜:8:병렬:동사/형용사　曲協:4:수식:명사　　　群雕:6:수식:명사
淸隊:5:동목:동사　　　　屈居:3:수식:동사　　　群防群治:3:병렬:동사
淸咖:4:수식:명사　　　　趨同:4:보충:동사　　　群工:3:수식:명사
淸欠:7:동목:동사　　　　取向:6:수식:명사　　　群架:4:수식:명사
淸疏:3:병렬:형용사　　　取證:3:동목:동사　　　群落:3:수식:명사
淸退:8:병렬:동사　　　　圈定:3:보충:동사　　　群體:8:수식:명사
淸運:3:병렬:동사　　　　全方位:7:수식:명사　　群衆專政:3:수식/주술:
淸障:3:동목:동사　　　　全國一盤棋:3:주술:동사　　동사/명사
淸整:3:병렬:동사　　　　全景電影:5:수식:명사　群專:3:주술:동사
情結:4:수식:명사　　　　全民文明禮貌月:4:수식:　燃爆:4:보충:동사

讓利:7:동목:동사　人情方:4:수식:명사　入園:3:동목:동사
熱處理:3:수식:동사　人蛇:6:수식:명사　入主:3:동목:동사
熱島效應:3:수식:명사　人梯:7:수식:명사　軟包裝:6:수식:명사
熱得快:7:보충:명사　人圍:4:수식:명사　軟罐頭:5:수식:명사
熱點:7:수식:명사　人武:4:수식:명사　軟廣告:5:수식:명사
熱狗:6:수식:명사　人行橫道:4:수식:명사　軟環境:8:수식:명사
熱貨:5:수식:명사　人妖:4:수식:명사　軟技術:8:수식:명사
熱臉:3:동목:명사　人治:6:수식:동사/명사　軟件:10:수식:명사
熱身:5:동목:동사　認儲:3:수식:동사　軟開業:3:수식:동사/명사
熱身賽:4:수식:명사　認捐:4:수식:동사　軟科學:10:수식:명사
熱水器:8:수식:명사　認同:5:보충:동사　軟式網球:3:수식:명사
熱土:4:수식:명사　任期制:4:수식:명사　軟投入:4:수식:동사/명사
熱汚染:5:수식:동사/명사　日化:3:수식:동사　軟臥:6:수식:명사
熱線:7:수식:명사　日均:3:수식:명사　軟武器:3:수식:명사
熱銷:7:수식:동사　日齡:3:수식:명사　軟性飲料:4:수식:명사
人保:3:수식:명사　日托:5:수식:동사　軟醫學:4:수식:명사
人才流動:3:수식:명사　日雜:6:수식:명사　軟飲料:4:수식:명사
人才市場:3:수식:명사　日値:3:수식:명사　軟指標:4:수식:명사
人才學:4:수식:명사　榮獲:3:수식:동사　軟專家:5:수식:명사
人才銀行:3:수식:명사　榮退:3:수식:동사　軟着陸:8:수식:동사/명사
人財物:3:병렬:동사　融通:5:병렬:동사　軟座:4:수식:명사
人潮:5:수식:명사　融資:8:동목:동사　弱化:4:수식:동사
人代會:5:수식:명사　肉鴿:5:수식:명사　弱視:5:수식:명사
人防:6:수식:명사　肉鷄:5:수식:명사　弱項:5:수식:명사
人工智能:8:수식:명사　肉牛:5:수식:명사　弱智:8:수식:명사
人海戰術:4:수식:명사　肉免:6:수식:명사　塞車:4:동목:동사
人際:8:수식:명사　肉鴨:4:수식:명사　賽場:5:수식:명사
人均:6:수식:명사　肉羊:3:수식:명사　賽程:7:수식:명사
人口經濟學:3:수식:명사　儒商:5:수식:명사　賽次:3:수식:양사
人口普査:3:수식:명사　入場券:3:수식:명사　賽風:3:수식:명사
人流:6:수식:명사　入關:4:동목:동사　賽季:3:수식:명사
人年:3:수식:명사　入世:3:동목:동사　賽區:4:수식:명사
人平:5:수식:명사　入圍:4:동목:동사　賽事:5:수식:명사

賽勢:4:수식:명사　　三駕馬車:3:수식:명사　　三脫離:4:수식:명사
賽制:5:수식:명사　　三兼顧:4:수식:명사　　三圍:4:수식:명사
三八式:3:수식:명사　　三講:4:수식:명사　　三文治:3:단순어:명사
三八式干部:3:수식:명사　　三角債:7:수식:명사　　三無:3:수식:명사
三八作風:3:수식:명사　　三結合:3:수식:명사　　三西:3:수식:명사
三包:8:수식:명사　　三就地:3:수식:명사　　三線:7:수식:명사
三胞:5:수식:명사　　三靠:3:수식:명사　　三要三不要:5:병렬:명사
三保:5:수식:명사　　三塊鐵:3:수식:명사　　三優:4:수식:명사
三保三壓:5:병렬:명사　　三寬:3:수식:명사　　三優一學:3:병렬:명사
三保一掛:4:병렬:명사　　三來一補:7:수식:명사　　三支兩軍:6:병렬:명사
三北:6:수식:명사　　三老四嚴:6:병렬:명사　　三忠于:3:수식:명사
三不:5:수식:명사　　三連冠:4:수식:명사　　三種人:8:수식:명사
三不政策:5:수식:명사　　三料:4:수식:명사　　三資企業:8:수식:명사
三不主義:6:수식:명사　　三亂:8:수식:명사　　三自:5:수식:명사
三材:3:수식:명사　　三論:4:수식:명사　　三自一包:4:병렬:명사
三彩:3:수식:명사　　三盲:4:수식:명사　　三總部:3:수식:명사
三查:3:수식:명사　　三門干部:4:수식:명사　　三總師:3:수식:명사
三産:5:수식:명사　　三名三高:4:병렬:명사　　散件:7:수식:명사
三場:3:수식:명사　　三明治:4:단순어:명사　　散養:4:수식:동사
三大差別:3:수식:명사　　三農:5:수식:명사　　桑拿浴:4:수식:명사
三大球:5:수식:명사　　三陪:4:수식:명사　　桑那浴:4:수식:명사
三點式:7:수식:명사　　三品:3:수식:명사　　掃毒:7:동목:동사
三定:6:수식:명사　　三七開:3:수식:동사　　掃黑:3:동목:동사
三防:4:수식:명사　　三僑:5:수식:명사　　掃黃:10:동목:동사
三廢:3:수식:명사　　三熱愛:6:수식:명사　　掃描:5:병렬:동사
三高:4:수식:명사　　三史:5:수식:명사　　色酒:4:수식:명사
三個面向:7:수식:명사　　三算:3:수식:명사　　色拉:4:단순어:명사
三館:4:수식:명사　　三鐵:7:수식:명사　　色狼:4:수식:명사
三好:4:수식:명사/형용사　　三通:10:수식:명사　　色迷迷:3:보충:형용사
三好學生:3:수식:명사　　三通一平:3:병렬:명사　　森警:3:수식:명사
三機:3:수식:명사　　三同:5:수식:명사　　沙化:5:수식:동사
三基:5:수식:명사　　三童:3:수식:명사　　沙拉:4:단순어:명사
三家村:3:수식:명사　　三突出:5:수식:명사　　沙療:3:수식:동사/명사

沙龍:3:단순어:명사　　商亭:5:수식:명사　　식:명사

刹車:5:동목:동사　　商厦:6:수식:명사　　社會主義敎育運動:3:수

傻瓜機:4:수식:명사　　商演:4:수식:동사/명사　　식:명사

傻瓜相機:5:수식:명사　　商饗:3:수식:명사　　社會主義精神文明:3:

傻瓜照相機:3:수식:명사　　商展:3:수식:동사/명사　　　수식:명사

傻冒:5:수식:명사　　商戰:4:수식:동사/명사　　社敎:4:수식:명사

傻帽:3:수식:명사　　賞析:3:병렬:동사　　社科:5:수식:명사

篩選:5:수식:동사　　上調:7:수식:동사　　社科院:3:수식:명사

山産:3:수식:동사/명사　　上浮:8:수식:동사　　社來社去:3:병렬:동사

山地車:3:수식:명사　　上崗:8:동목:동사　　社情:4:수식:명사

山姆大叔:3:수식:명사　　上管改:4:수식:동사/명사　　社區:7:수식:명사

煽情:4:동목:동사　　上環:3:수식:명사　　社群:4:수식:명사

閃讓:3:병렬:동사　　上鏡:3:동목:동사　　涉港:3:동목:동사

善款:3:수식:명사　　上坡:3:동목:동사　　涉外婚姻:5:수식:명사

傷殘:6:병렬:형용사　　上台階:3:동목:동사　　攝畫:3:병렬:동사

傷殘人:6:수식:명사　　上網:4:동목:동사　　攝錄:3:병렬:동사

傷痕文學:6:수식:명사　　上眼藥:4:동목:동사　　申奧:3:동목:동사

商潮:3:수식:명사　　上揚:5:수식:동사　　申辦:6:동목:동사

商城:3:수식:명사　　燒烤:4:병렬:동사　　申領:6:병렬:동사

商德:3:수식:명사　　少兒:4:병렬:명사　　身份證:4:수식:명사

商調:6:수식:명사　　少工委:3:수식:명사　　身個:3:병렬:명사

商風:3:수식:명사　　少管:4:수식:동사/명사　　身貌:3:병렬:명사

商海:4:수식:명사　　少管所:5:수식:명사　　身條:3:병렬:명사

商化:3:수식:동사　　少年班:3:수식:명사　　深加工:5:수식:동사

商機:4:수식:명사　　少體校:3:수식:명사　　深圳速度:4:수식:명사

商檢:6:수식:동사/명사　　奢辦:3:수식:동사　　神化:4:수식:동사

商借:3:수식:동사/명사　　蛇船:3:수식:명사　　神侃:4:수식:명사

商流:4:수식:명사　　蛇皮袋:3:수식:명사　　神聊:3:수식:동사

商貿:5:수식:명사　　蛇頭:8:수식:명사　　神仙會:4:수식:명사

商品房:7:수식:명사　　舍飼:3:수식:동사　　審改:5:병렬:동사

商嫂:3:수식:명사　　社隊:4:수식:명사　　審干:4:동목:동사

商社:4:수식:명사　　社隊企業:5:수식:명사　　審計:6:병렬:동사

商攤:4:수식:명사　　社會主義初級階段:3:수　　審結:5:병렬:동사

審看:5:병렬:동사　　省情:4:수식:명사　　世界衛生日:4:수식:명사

審評:4:병렬:동사　　省思:3:병렬:동사　　世乒賽:3:수식:명사

審驗:5:병렬:동사　　省優:5:수식:명사　　世行:3:수식:명사

升檔:3:동목:동사　　省直:5:수식:동사　　市標:5:수식:명사

升幅:5:동목:동사　　尸檢:4:수식:명사　　市長電話:3:수식:명사

升級換代:5:병렬:동사　　失標:5:동목:동사　　市場調節:3:주술:동사/
　　　　　　　　　　　　　　　　　　　　　　　　　명사

升溫:6:동목:동사　　失範:3:동목:동사

升値:3:동목:동사　　失衡:6:동목:동사　　市場經濟:4:수식:명사

生防:3:수식:명사　　失控:6:동목:동사　　市場預測:4:수식:동사/
　　　　　　　　　　　　　　　　　　　　　　　　　명사

生猛:5:병렬:형용사　　失落感:5:수식:명사

生命銀行:4:수식:명사　　師大:3:수식:명사　　市風:3:수식:명사

生態工程:4:수식:명사　　師德:5:수식:명사　　市府:5:수식:명사

生態難民:3:수식:명사　　師院:3:수식:명사　　市歌:3:수식:명사

生態農業:7:수식:명사　　師專:4:수식:명사　　市花:5:수식:명사

生態平衡:5:수식:명사　　十佳:6:수식:명사　　市話:6:수식:명사

生態效益:3:수식:명사　　石化:5:수식:명사　　市徽:3:수식:명사

生態學:3:수식:명사　　時裝表演:4:수식:명사　　市況:3:수식:명사

生物導彈:5:수식:명사　　實測:4:수식:동사　　市情:4:수식:명사

生物工程:6:수식:명사　　實干:3:수식:동사　　市售:3:수식:동사

生物技術:3:수식:명사　　實干家:4:수식:명사　　市樹:4:수식:명사

生物節律:3:수식:명사　　實績:4:수식:명사　　市優:6:수식:명사

生物圈:4:수식:명사　　實事:4:수식:명사　　示範戶:4:수식:명사

生物鐘:6:수식:명사　　實體:5:수식:명사　　視保屛:5:수식:명사

生源:8:수식:명사　　實轉:3:수식:동사　　視点:3:수식:명사

生資:4:수식:명사　　食雕:4:수식:명사　　視角:3:수식:명사

聲控:5:수식:동사/명사　　食街:3:수식:명사　　視盤:5:수식:명사

聲屛:4:수식:명사　　食療:7:수식:동사/명사　　視壇:4:수식:명사

聲像:5:병렬:명사　　食品街:3:수식:명사　　視聽:3:병렬:동사/명사

勝面:3:수식:명사　　食俗:3:수식:명사　　視聽生:4:수식:명사

省報:3:수식:명사　　食洋不化:4:주술:동사　　試播:4:수식:동사

省標:3:수식:명사　　士多:3:단순어:명사　　試産:5:수식:동사

省道:3:수식:명사　　士多店:3:수식:명사　　試讀:3:수식:동사

省際:5:수식:명사　　世界村:5:수식:명사　　試飛:3:수식:동사

試管動物:3:수식:명사
試管嬰兒:8:수식:명사
試婚:3:수식:동사
試脚:4:동목:동사
試刊:4:수식:동사
試銷:4:수식:동사
試業:4:수식:동사
試映:6:수식:동사
試種:3:수식:동사
飾演:3:병렬:동사
室內劇:4:수식:명사
適婚:3:동목:동사
適切:3:병렬:동사
適銷:6:동목:동사
適銷對路:6:병렬:형용사
收案:4:동목:동사
收兵:3:동목:동사
收訂:3:병렬:동사
收杆:4:동목:동사
收匯:4:병렬:동사
收寄:3:병렬:동사
收理:3:병렬:동사
收錄機:6:수식:명사
收錄兩用機:3:수식:명사
收拍:3:병렬:동사
收盤:6:동목:동사
收秤:3:동목:동사
收審:6:병렬:동사
收視:4:병렬:동사
收視率:6:수식:명사
收托:5:병렬:동사
收治:5:병렬:동사
手袋:3:수식:명사

手扶:3:수식:동사/명사
手機:7:수식:명사
手榴彈:4:수식:명사
手拖:3:수식:명사
守攝:3:동목:동사
首播:4:수식:동사/명사
首長工程:6:수식:명사
首長項目:3:수식:명사
首都意識:4:수식:명사
首發式:7:수식:명사
首飛:3:수식:동사
首航:4:수식:동사
首日封:7:수식:명사
首選:3:수식:동사
首演:4:수식:동사
首映:4:수식:동사
首映式:6:수식:명사
首展:3:수식:동사
受閱:5:동목:동사
受衆:4:동목:동사
售后服務:7:수식:명사
售前服務:3:수식:명사
售缺:3:수식:동사
售中服務:3:수식:명사
書吧:3:수식:명사
書荒:5:수식:명사
書市:4:수식:명사
書協:3:수식:명사
書信炸彈:3:수식:명사
書展:6:수식:명사
書證:3:수식:명사
殊榮:3:수식:명사/형용사
殊譽:3:수식:명사

疏港:6:동목:동사
疏解:5:보충:동사
疏離:3:보충:동사
疏運:4:병렬:동사
輸面:4:동목:동사
蔬果:4:병렬:명사
暑運:3:수식:명사
鼠標:4:수식:명사
數据庫:5:수식:명사
數控:5:수식:동사/명사
數字唱片:3:수식:명사
刷卡:3:동목:동사
甩手掌櫃:4:수식:명사
帥才:3:수식:명사
帥氣:5:수식:형용사
拴綁:3:병렬:동사
雙百方針:5:수식:명사
雙伴音電視:3:수식:명사
雙包:7:수식:명사
雙保:3:수식:명사
雙補:7:수식:명사
雙差:3:수식:명사
雙差生:3:수식:명사
雙打:4:수식:동사/명사
雙扶:6:수식:명사
雙軌制:7:수식:명사
雙畫面電視:3:수식:명사
雙基:6:수식:명사
雙肩挑:3:수식:동사
雙獎:3:수식:명사
雙緊:4:수식:명사/형용사
雙卡:3:수식:명사
雙突:4:수식:명사

雙文明:3:수식:명사
雙向:5:수식:명사
雙向選擇:6:수식:동사/
　명사
雙休日:6:수식:명사
雙學士:3:수식:명사
雙學位:7:수식:명사
雙擁:5:수식:명사
雙語:3:수식:명사
雙增雙節:5:병렬:동사
爽聲:3:수식:명사
水吧:3:수식:명사
水霸:4:수식:명사
水電:4:병렬:명사
水毁:4:수식:명사
水貨:8:수식:명사
水澆地:3:수식:명사
水景:4:수식:명사
水警:3:수식:명사
水客:6:수식:명사
水老虎:3:수식:명사
水上芭蕾:5:수식:명사
水體農業:3:수식:명사
水中芭蕾:3:수식:명사
稅法:3:수식:명사
稅負:6:병렬:명사
稅款:4:수식:명사
稅利:3:수식:명사
稅源:6:수식:명사
睡袋:4:수식:명사
順産:3:수식:동사
順訪:4:수식:동사
瞬刻:3:수식:명사

司乘人員:4:수식:명사
司售人員:6:수식:명사
私倒:5:수식:동사
私房:3:수식:명사
私婚:3:수식:명사
私活:3:수식:명사
私家車:5:수식:명사
私了:3:수식:동사
私企:5:수식:명사
私營企業:3:수식:명사
思維定勢:4:수식:명사
思想庫:5:수식:명사
撕票:3:동목:동사
死報:3:수식:명사
死緩:6:수식:명사
死面:5:수식:명사
四包:4:수식:명사
四大:6:수식:명사
四二一綜合症:7:수식:
　명사
四個窗口:3:수식:명사
四個偉大:3:수식:명사
四會:3:수식:명사
四技:3:수식:명사
四喇叭:3:수식:명사
四淸:6:수식:명사
四通一平:3:병렬:명사
四無限:4:수식:명사
四項基本原則:7:수식:
　명사
四項原則:3:수식:명사
四小虎:3:수식:명사
四小龍:8:수식:명사

四新:3:수식:명사
四有:7:수식:명사
四有三講兩不怕:3:병렬:
　명사
松緩:3:병렬:형용사
松垮:4:병렬:형용사
松泡泡:3:수식:명사
松松垮垮:5:중첩:형용사
松閑:3:병렬:형용사
送檢:3:병렬:동사
送審:6:병렬:동사
送展:4:병렬:동사
搜救:3:병렬:동사
肅毒:3:동목:동사
肅貪:5:동목:동사
素質敎育:3:수식:명사
速遞:5:수식:동사
速凍:7:수식:동사
速凍食品:3:수식:명사
速滑:3:수식:동사
速溶:5:수식:동사
速食店:3:수식:명사
速食面:3:수식:명사
塑膠:3:수식:명사
酸刻:3:수식:명사
酸雨:7:수식:명사
隨遷:3:수식:동사
隨身聽:7:수식:명사
縮微:5:보충:동사
索購:4:동목:동사
索賄:3:동목:동사
索扣:3:동목:동사
索賠:4:동목:동사

索要:3:병렬:동사　　攤群:5:수식:명사　　套路:3:수식:명사
榻榻米:3:단순어:명사　　攤商:4:수식:명사　　套拍:3:수식:동사/명사
踏查:3:수식:동사　　攤位:6:수식:명사　　套裙:4:수식:명사
踏訪:3:수식:동사　　攤主:4:수식:명사　　套式:3:수식:명사
踏脚褲:3:수식:명사　　癱坐:3:수식:동사　　套書:5:수식:명사
踏足:3:동목:동사　　談不攏:3:보충:동사　　套套:3:중첩:명사
胎娘:3:수식:명사　　談得攏:3:보충:동사　　套裝:7:수식:명사
臺獨:6:주술:동사　　談敘:3:병렬:동사　　特奧會:4:수식:명사
臺港:3:병렬:명사　　坦直:3:병렬:형용사　　特廠:3:수식:명사
臺聯:4:수식:명사　　探查:3:병렬:동사　　特工:3:수식:명사
臺盟:4:수식:명사　　探風:4:동목:동사　　特供:5:수식:동사
臺商:7:수식:명사　　探家:4:동목:동사　　特護:5:수식:동사/명사
臺緣:3:수식:명사　　探摸:3:병렬:동사　　特級敎師:3:수식:명사
臺屬:4:수식:명사　　探險旅游:3:수식:명사　　特价:3:수식:명사
臺資:7:수식:명사　　逃匯:7:동목:동사　　特敎:5:수식:명사
跆拳道:4:수식:명사　　逃票:5:동목:동사　　特警:5:수식:명사
太空筆:3:수식:명사　　逃生:5:병렬:동사　　特快:4:수식:명사/형용사
太空城:5:수식:명사　　逃夜:4:동목:동사　　特快專遞:5:수식:명사
太空垃圾:6:수식:명사　　陶吧:3:수식:명사　　特困:6:수식:명사/형용사
太空棉:3:수식:명사　　陶雕:3:수식:동사/명사　　特困戶:3:수식:명사
太空人:7:수식:명사　　套菜:3:수식:명사　　特困生:4:수식:명사
太空梭:3:수식:명사　　套餐:4:수식:명사　　特批:4:수식:동사
太空葬:3:수식:동사/명사　　套瓷:3:동목:동사　　特聘:3:수식:동사
太空站:5:수식:명사　　套磁:3:동목:동사　　特企:5:수식:명사
太平官:6:수식:명사　　套房:3:수식:명사　　特區:8:수식:명사
太陽鏡:3:수식:명사　　套服:5:수식:명사　　特事特辦:3:주술:동사
貪狼:3:병렬:형용사　　套改:6:수식:동사/명사　　特首:3:수식:명사
貪占:5:병렬:동사　　套購:3:수식:동사/명사　　特體:5:수식:명사
攤車:3:수식:명사　　套紅:4:수식:동사　　特嫌:4:수식:동사
攤床:5:수식:명사　　套話:6:수식:명사　　特行:4:수식:명사
攤檔:7:수식:명사　　套換:5:수식:동사　　特型演員:5:수식:명사
攤点:7:수식:명사　　套匯:7:수식:동사　　特需:5:수식:동사
攤棚:4:수식:명사　　套牢:5:보충:동사　　特異功能:7:수식:명사

特優:4:수식:명사/형용사　天天讀:6:수식:동사　停産:3:동목:동사
特優生:3:수식:명사　田聯:4:수식:명사　停機:5:동목:동사
特准:3:수식:동사　田壇:5:수식:명사　停建:5:동목:동사
騰退:5:병렬:동사　田協:3:수식:명사　停牌:3:동목:동사
梯次:3:수식:양사　甛活:3:수식:명사　停賽:3:동목:동사
梯隊:6:수식:명사　挑梁:3:동목:동사　挺升:3:수식:동사
提級:6:동목:동사　條塊:6:병렬:명사　通兌:3:수식:동사
提留:5:병렬:동사　條碼:7:수식:명사　通勤:3:수식:동사
提職:3:동목:동사　條條:6:중첩:명사　通勤車:4:수식:명사
題海:4:수식:명사　條形碼:8:수식:명사　通天:4:동목:동사
題海戰術:3:수식:명사　條子:3:접미:명사　通透:3:보충:동사
題庫:3:수식:명사　條子工程:4:수식:명사　通脹:7:수식:동사
題寫:3:병렬:동사　跳槽:9:동목:동사　同比:5:수식:명사
題型:3:수식:명사　跳樓貨:3:수식:명사　同步:6:수식:명사
體鍛:3:수식:동사　跳樓价:3:수식:명사　同齡:3:수식:명사
體改:6:수식:동사　跳水:3:동목:동사/명사　童販:3:수식:명사
體改委:3:수식:명사　跳跳糖:3:수식:명사　童農:5:수식:명사
體量:3:병렬:동사　跳蚤市場:9:수식:명사　童商:6:수식:명사
體療:4:수식:동사/명사　貼標簽:3:동목:동사　統編:4:수식:동사
體腦倒掛:6:주술:동사　貼面:3:동목:동사　統觀:3:수식:동사
體能:4:수식:명사　貼士:3:단순어:명사　統管:4:수식:동사
體壇:4:수식:명사　鐵:3:단순어:형용사　統建:4:수식:동사
體外循環:3:수식:명사　鐵板凳:3:수식:명사　統考:6:수식:동사
體委:4:수식:명사　鐵飯碗:7:수식:명사　統攬:5:수식:동사
體校:4:수식:명사　鐵哥兒們:3:수식:명사　統配:6:수식:동사
體協:3:수식:명사　鐵哥們:4:수식:명사　筒褲:6:수식:명사
體院:4:수식:명사　鐵工資:5:수식:명사　筒裙:4:수식:명사
體總:3:수식:명사　鐵交椅:7:수식:명사　筒子樓:5:수식:명사
剃光頭:5:보충:동사　鐵老大:3:수식:명사　偸摸:3:병렬:동사
替補:3:병렬:동사　鐵人三項賽:3:수식:명사　偸生:4:수식:동사
替補隊員:3:수식:명사　鐵椅子:3:수식:명사　偸逃:3:수식:동사
替考:3:동목:동사　聽喝:3:병렬:동사　頭腦企業:3:수식:명사
替身演員:3:수식:명사　庭院經濟:6:수식:명사　頭頭腦腦:4:중첩:명사

投保:5:동목:동사　　退耕:3:동목:동사　　蛙人:4:수식:명사
投檔:5:동목:동사　　退耕還林:3:병렬:동사　　襪褲:3:수식:명사
投工:4:동목:동사　　退居:7:병렬:동사　　歪嘴和尙:5:수식:명사
投勞:3:동목:동사　　退休:3:병렬:동사　　外辦:5:수식:명사
投拍:6:동목:동사　　退休綜合症:3:수식:명사　　外化:4:수식:동사
投售:5:병렬:동사　　退養:4:병렬:동사　　外匯兌換券:3:수식:명사
投訴:7:동목:동사　　托福:8:단순어:명사　　外匯券:7:수식:명사
投向:8:수식:명사　　托福考試:3:수식:명사　　外擠:4:수식:동사
投資:3:동목:동사　　托老:6:동목:동사　　外技:3:수식:명사
透過:4:보충:동사　　托老所:7:수식:명사　　外敎:3:수식:명사
透明:3:보충:동사　　托老院:3:수식:명사　　外借:3:수식:동사
透明度:8:수식:명사　　托賣:3:수식:동사　　外經:4:수식:명사
突出政治:3:동목:동사　　托門子:3:동목:동사　　外軍:3:수식:명사
突發:4:수식:동사　　托派:5:병렬:동사　　外空:5:수식:명사
圖文電視:3:수식:명사　　托收:3:수식:동사　　外來妹:3:수식:명사
土地批租:3:수식:동사　　托幼:6:동목:동사　　外輪:4:수식:명사
土建:4:수식:명사　　拖堂:5:동목:동사　　外貿:6:수식:명사
土老帽:3:수식:명사　　脫風:3:동목:동사　　外腦:3:수식:명사
土洋結合:3:주술:동사　　脫崗:6:동목:동사　　外派:3:수식:동사
土政策:6:수식:명사　　脫鉤:9:동목:동사　　外片:3:수식:명사
吐訴:3:병렬:동사　　脫口秀:6:수식:명사　　外企:6:수식:명사
團場:3:수식:명사　　脫困:7:동목:동사　　外商:4:수식:명사
團伙:7:수식:명사　　脫盲:5:동목:동사　　外向:5:수식:명사
團紀:3:수식:명사　　脫帽:3:동목:동사　　外向型:5:수식:명사
團票:3:수식:명사　　脫貧:9:동목:동사　　外協:3:수식:명사
團日:3:수식:명사　　脫星:3:수식:명사　　外星人:6:수식:명사
推出:7:병렬:동사　　脫衣舞:3:수식:명사　　外烟:7:수식:명사
推介:3:병렬:동사　　拓寬:6:보충:동사　　外引:5:수식:동사
推枰:3:동목:동사　　拓銷:4:동목:동사　　外語角:4:수식:명사
推普:5:병렬:동사　　拓展:8:병렬:동사　　外院:3:수식:명사
推展:5:병렬:동사　　挖革改:5:병렬:명사　　外運:4:수식:명사
退包:3:동목:동사　　挖角:3:동목:동사　　外戰:3:수식:동사/명사
退崗:3:동목:동사　　挖潛:7:동목:동사　　外轉內:5:주술:동사

外資:4:수식:명사
彎彎繞:3:수식:동사
玩不轉:3:보충:동사
玩得轉:3:보충:동사
晩点:3:동목:동사
晩匯報:3:수식:명사
晩戀:5:수식:동사/명사
晩育:6:수식:동사
萬維網:3:수식:동사
萬元戶:9:수식:명사
腕兒:3:접미:명사
網吧:5:수식:명사
網蟲:4:수식:명사
網點:6:수식:명사
網絡:9:병렬:명사
網民:3:수식:명사
網壇:5:수식:명사
網頁:3:수식:명사
網友:5:수식:명사
網站:3:수식:명사
網址:5:수식:명사
旺銷:6:수식:동사
危房:7:수식:명사
危情:3:수식:명사
危屋:3:수식:명사
微波爐:9:수식:명사
微電腦:7:수식:명사
微電子技術:4:수식:명사
微雕:4:수식:동사/명사
微調:7:수식:동사/명사
微機:8:수식:명사
微笑服務:5:수식:명사
微型小說:5:수식:명사

圍觀:6:병렬:동사
圍哄:3:병렬:동사
圍裙丈夫:4:수식:명사
違規:3:동목:동사
違紀:7:동목:동사
違价:4:동목:동사
違控:4:동목:동사
違例:3:동목:동사
違憲:5:동목:동사
違章:5:동목:동사
唯上:4:동목:동사
唯實:4:동목:동사
唯書:4:동목:동사
唯武器論:3:수식:명사
維和:3:동목:동사
偉哥:4:단순어/수식:명사
僞劣:6:병렬:형용사
僞劣商品:3:수식:명사
僞冒:3:병렬:동사
尾巴:6:접미:명사
尾巴工程:3:수식:명사
尾牌:3:수식:명사
委培:4:수식:동사/명사
衛冕:7:동목:명사
衛生杯:3:수식:명사
衛生筷:3:수식:명사
衛視:5:수식:명사
衛校:4:수식:명사
衛星城:3:수식:명사
衛星田:3:수식:명사
未來學:4:수식:명사
溫飽工程:6:수식:명사
溫室效應:7:수식:명사

文保:3:수식:동사/명사
文代會:4:수식:명사
文德:4:수식:명사
文電:4:수식:명사
文改會:3:수식:명사
文化戶:3:수식:명사
文化快餐:4:수식:명사
文化垃圾:5:수식:명사
文化衫:7:수식:명사
文化消費:3:수식:동사/
　　명사
文化夜市:4:수식:명사
文聯:4:수식:명사
文秘:5:수식:명사
文明生産:3:수식:동사/
　　명사
文山:4:수식:명사
文史:3:병렬:명사
文胸:4:동목:동사/명사
紊亂學:3:수식:명사
穩准狠:3:병렬:형용사
問鼎:3:동목:동사
問卷:5:수식:명사
窩點:3:수식:명사
窩里斗:6:수식:동사
烏蘭牧騎:6:수식:명사
汚染:4:수식:동사
汚言穢語:4:병렬:명사
無塵粉筆:3:수식:명사
無公害蔬菜:4:수식:명사
無核:3:동목:동사
無繩電話:4:수식:명사
無形鏡:3:수식:명사

無形眼鏡:4:수식:명사　　舞壇:4:수식:명사　　席夢思:3:단순어:명사
無形資産:3:수식:명사　　舞協:3:수식:명사　　洗腦筋:3:동목:동사
無烟工業:6:수식:명사　　舞星:5:수식:명사　　洗錢:7:동목:동사
無烟火災:3:수식:명사　　務工:3:수식:동사/명사　　洗碗機:3:수식:명사
五愛:5:수식:명사　　物耗:6:수식:동사/명사　　洗衣機:6:수식:명사
五保:6:수식:명사　　物流:5:수식:동사/명사　　戱改:3:수식:동사/명사
五保戶:6:수식:명사　　物業管理:3:수식:명사　　系列電視劇:3:수식:명사
五大:6:수식:명사　　物質文明:4:수식:명사　　系列化:4:수식:명사
五毒:5:수식:명사　　誤班:3:동목:동사　　系列劇:3:수식:명사
五反:3:수식:명사　　誤餐:4:동목:동사　　系列片:4:수식:명사
五費:3:수식:명사　　誤導:5:수식:동사　　系統工程:6:수식:명사
五風:3:수식:명사　　誤機:3:동목:동사　　細胞工程:3:수식:명사
五好家庭:3:수식:명사　　誤判:4:수식:동사　　細柔:5:수식:명사
五好戰士:3:수식:명사　　誤區:8:수식:명사　　瞎掰:3:수식:동사
五湖四海:3:병렬:명사　　誤診:3:수식:동사　　瞎信:4:수식:동사
五講四美:5:병렬:명사　　夕陽産業:4:수식:명사　　下挫:3:수식:동사
五講四美三熱愛:6:병렬:　　夕陽工程:3:수식:명사　　下調:3:수식:동사
　명사　　夕陽工業:3:수식:명사　　下訪:3:수식:동사
五年計劃:3:수식:명사　　西部片:3:수식:명사　　下浮:6:수식:동사
五四三:6:병렬:명사　　西單墻:3:수식:명사　　下崗:8:동목:동사
五通一平:4:병렬:명사　　西化:4:수식:동사　　下海:8:동목:동사
五小:4:수식:명사　　西片:3:수식:명사　　下課:4:동목:동사
五小工業:5:수식:명사　　吸儲:4:동목:동사　　下毛毛雨:4:동목:동사
五育:3:수식:명사　　吸頂燈:3:수식:명사　　下三爛:3:수식:명사
五種人:3:수식:명사　　吸毒:3:동목:동사　　下瀉:3:수식:동사
午休:3:수식:동사　　吸納:4:병렬:동사　　下只角:3:수식:명사
武打片:4:수식:명사　　希望工程:7:수식:명사　　夏時制:8:수식:명사
武警:8:수식:명사　　希望小學:3:수식:명사　　纖瘦:3:병렬:형용사
武壇:4:수식:명사　　息影:4:동목:동사　　賢內助:3:수식:명사
武衛:3:수식:동사/명사　　惜購:4:수식:동사　　顯效:4:동목:동사
武星:3:수식:명사　　稀缺:3:수식:형용사　　險勝:4:수식:동사
捂蓋子:5:동목:동사　　稀世:3:수식:형용사　　險兆:3:수식:명사
舞美:4:수식:명사　　嬉皮士:6:단순어:명사　　險種:6:수식:명사

現案:5:수식:명사
現場辦公:4:수식:동사
現反:4:수식:동사
現房:4:수식:명사
現匯:5:수식:명사
現職:4:수식:명사
線報:3:수식:동사
限産:3:동목:동사
限電:4:동목:동사
限价:3:동목:동사
羨嘆:3:병렬:동사
獻血:4:동목:동사
獻演:4:동목:동사
獻映:3:동목:동사
鄕企:5:수식:명사
鄕鎭企業:8:수식:명사
香波:7:수식:명사
香風:3:수식:명사
香港小姐:3:수식:명사
香化:3:수식:동사
香蕉球:3:수식:명사
香蕉座:3:수식:명사
享譽:4:동목:동사
響排:3:수식:동사
向錢看:7:수식:동사
像帶:4:수식:명사
橡皮圖章:5:수식:명사
消費結構:3:수식:명사
消納:7:병렬:동사
消委會:3:수식:명사
消協:4:수식:명사
消腫:8:동목:동사
逍遙派:6:수식:명사

銷价:5:수식:명사
銷量:5:수식:명사
銷區:3:수식:명사
銷勢:4:수식:명사
小巴:7:수식:명사
小報:3:수식:명사
小倉庫:3:수식:명사
小打小鬧:6:병렬:동사
小道消息:4:수식:명사
小兒科:9:수식:명사
小而全:5:병렬:형용사
小公共汽車:3:수식:명사
小鍋菜:4:수식:명사
小鍋飯:3:수식:명사
小紅書:5:수식:명사
小皇帝:8:수식:명사
小匯報:3:수식:명사
小家庭:3:수식:명사
小件:3:수식:명사
小將:3:수식:명사
小交會:6:수식:명사
小脚女人:4:수식:명사
小敎:3:수식:명사
小姐:5:수식:명사
小金庫:6:수식:명사
小康水平:4:수식:명사
小料:3:수식:명사
小齡:5:수식:명사
小蜜:4:수식:명사
小爬蟲:4:수식:명사
小紕漏:3:수식:명사
小氣候:10:수식:명사
小錢櫃:6:수식:명사

小球:4:수식:명사
小區:6:수식:명사
小三門:3:수식:명사
小三線:4:수식:명사
小商品:4:수식:명사
小水電:3:수식:명사
小四輪:5:수식:명사
小太陽:4:수식:명사
小頭:4:수식:명사
小文化:3:수식:명사
小小說:6:수식:명사
小型張:4:수식:명사
小灶:4:수식:명사
小字報:5:수식:명사
小字輩:5:수식:명사
肖像權:3:수식:명사
效益工資:4:수식:명사
效應:3:병렬:명사
校辦廠:3:수식:명사
校訪:5:수식:동사
校紀:3:수식:명사
校園文化:3:수식:명사
笑星:8:수식:명사
協査:4:수식:동사
協議離婚:3:수식:동사
諧星:4:수식:명사
寫家:3:수식:명사
寫眞:5:동목:명사
寫字樓:6:수식:명사
心理免疫:3:수식:명사
心靈美:4:수식:명사/
　형용사
心衰:3:주술:동사

心態:7:수식:명사
辛苦費:6:수식:명사
辛勞費:3:수식:명사
新岸:3:수식:명사
新長征:9:수식:명사
新長征突擊手:5:수식:
　　명사
新潮:9:수식:명사
新風:3:수식:명사
新婚學校:3:수식:명사
新款:3:수식:명사
新領工人:3:수식:명사
新苗:3:수식:명사
新品:3:수식:명사
新三大件:3:수식:명사
新三件:3:수식:명사
新三論:3:수식:명사
新時期:4:수식:명사
新西蘭:6:병렬:명사
新鮮血液:5:수식:명사
新新人類:5:수식:명사
新星:6:수식:명사
新秀:6:수식:명사
信訪:7:수식:명사
信息爆炸:3:수식/주술:
　　동사/명사
信息産業:5:수식:명사
信息處理:3:수식:동사/
　　명사
信息高速公路:6:수식:
　　명사
信息革命:3:수식:동사/
　　명사

信息社會:4:수식:명사
信用卡:9:수식:명사
興奮劑:3:수식:명사
星點:3:수식:명사
星火計劃:10:수식:명사
星級:7:수식:명사
星期六工程師:4:수식:
　　명사
星期日工程師:6:수식:
　　명사
星球大戰:7:수식:명사
星球大戰計劃:3:수식:
　　명사
星探:4:수식:동사/명사
星戰:7:수식:동사/명사
刑警:4:수식:명사
刑偵:3:수식:명사
行風:5:수식:명사
行管:4:수식:명사
行俏:6:보충:동사
行爲美:4:수식:명사/
　　형용사
行業病:3:수식:명사
幸福院:3:수식:명사
性感:5:수식:명사
性解放:6:수식:동사/명사
性騷擾:8:수식:동사/명사
性自由:5:수식:명사
胸花:3:수식:명사
胸卡:5:수식:명사
雄起:3:수식:동사
熊市:6:수식:명사
休班:3:동목:동사

休夫:4:동목:동사
休閑:5:병렬:형용사
休閑服:4:수식:명사
修地球:3:동목:동사
修理地球:5:동목:동사
修憲:5:동목:동사
羞怩:3:병렬:동사
秀:5:단순어:명사
鏽蝕:4:병렬:동사
虛功:3:수식:명사
虛擬現實:3:수식:명사
恤衫:5:수식:명사
續建:3:수식:동사
續聘:5:수식:동사
懸疑:3:병렬:명사
旋轉餐廳:4:수식:명사
選編:3:병렬/수식:동사
選購:5:병렬/수식:동사
選刊:4:동목/병렬/수식:
　　동사
選留:3:병렬/수식:동사
選美:4:동목:동사
選配:3:병렬/수식:동사
選聘:7:병렬/수식:동사
選題:5:동목:동사/명사
選址:3:동목:동사
穴隊:4:수식:명사
穴頭:9:수식:명사
學費:4:수식:명사
學工:4:동목:동사
學軍:4:동목:동사
學聯:4:수식:명사
學路:4:수식:명사

學農:4:동목:동사
學前班:3:수식:명사
學運:3:수식:명사
雪櫃:4:수식:명사
雪條:3:수식:명사
血統論:6:수식:명사
尋根:5:동목:동사
尋呼:4:병렬:동사
尋呼機:5:수식:명사
巡航導彈:5:수식:명사
巡演:6:병렬:동사
巡展:7:병렬:동사
巡診:3:병렬:동사
馴從:3:보충:동사
詢查:4:병렬:동사
詢訪:3:병렬:동사
壓逼:3:병렬:동사
壓産:4:동목:동사
壓車:5:동목:동사
壓船:5:동목:동사
壓港:5:동목:동사
壓貨:5:동목:동사
壓級:4:동목:동사
壓客:3:동목:동사
壓庫:5:동목:동사
壓力鍋:5:수식:명사
壓馬路:3:동목:동사
壓縮空氣:6:수식:명사
雅飛士:3:단순어:명사
雅虎:3:단순어:명사
雅皮士:6:단순어:명사
亞姐:3:수식:명사
亞太:4:수식:명사

亞太地區:3:수식:명사
亞行:4:수식:명사
亞運會:4:수식:명사
亞洲四小:4:수식:명사
烟標:5:수식:명사
烟客:3:수식:명사
烟齡:4:수식:명사
烟民:8:수식:명사
嚴處:3:수식:동사
嚴打:9:수식:동사
嚴控:4:수식:동사
嚴肅音樂:3:수식:명사
嚴細:3:병렬:형용사
岩畫:4:수식:명사
沿海開放城市:3:수식:
　　명사
研讀:4:병렬:동사
研評:3:병렬:동사
研商:3:병렬:동사
研討會:3:수식:명사
研修:5:병렬:동사
研議:3:병렬:동사
演播:6:병렬:동사
演練:3:병렬:동사
厭敎:4:동목:동사
厭學:5:동목:동사
驗鈔機:3:수식:명사
驗照:3:동목:동사
雁過拔毛:3:병렬:동사
央行:4:수식:명사
洋倒:5:수식:명사
洋水:3:수식:명사
養成敎育:3:수식:동사/명

사
養老金:3:수식:명사
氧吧:4:수식:명사
樣機:3:수식:명사
樣片:6:수식:명사
腰包:3:수식:명사
腰袋:3:수식:명사
腰牌:3:수식:명사
搖擺樂:4:수식:명사
搖滾:3:병렬:명사
搖滾樂:5:수식:명사
遙控:5:수식:동사
藥茶:3:수식:명사
藥点:3:수식:명사
藥檢:5:수식:동사/명사
藥具:4:수식:명사
藥膳:5:수식:명사
藥枕:4:수식:명사
要案:5:수식:명사
野路子:4:수식:명사
野人:3:수식:명사
業大:7:수식:명사
業校:3:수식:명사
業余華僑:4:수식:명사
夜大:6:수식:명사
液化氣:5:수식:명사
一班人:4:수식:명사
一邊倒:3:수식:동사
一步到位:3:수식:동사
一步裙:3:수식:명사
一錘子買賣:3:수식:명사
一次能源:4:수식:명사
一次性:7:수식:명사

一分鐘小說:4:수식:명사　移動電話:5:수식:명사　音像:5:병렬:명사
一竿子揷到底:5:수식:동사　移植:4:병렬:동사　音像制品:4:수식:명사
一貫制:5:수식:명사　遺案:3:수식:명사　音協:4:수식:명사
一鍋端:5:수식:동사　疑凶:3:수식:명사　音專:3:수식:명사
一鍋燴:4:수식:동사　乙肝:3:수식:명사　銀發市場:5:수식:명사
一鍋煮:5:수식:동사　以偏槪全:4:수식:동사　銀屛:6:수식:명사
一國兩制:10:병렬:명사　以權謀私:7:수식:동사　銀色浪潮:4:수식:명사
一哄而起:4:수식:동사　以稅代利:5:수식:동사　銀色市場:3:수식:명사
一哄而上:4:수식:동사　義捐:5:수식:동사　銀壇:3:수식:명사
一家兩制:4:병렬:명사　義賽:5:수식:명사　銀團:3:수식:명사
一拉平:3:수식:명사　義診:3:수식:동사　銀針:3:수식:명사
一盤棋:5:수식:명사　藝德:4:수식:명사　銀紙:3:수식:명사
一平二調:6:병렬:동사　藝壇:3:수식:명사　引發:3:병렬:동사
一勺燴:4:수식:동사　藝校:5:수식:명사　引供:3:병렬:동사
一胎化:3:수식:동사　議購:6:수식:동사　引智:4:동목:동사
一胎率:4:수식:명사　議价:5:동목:동사　引資:3:동목:동사
一體化:4:수식:동사　議价生:5:수식:명사　飮品:4:수식:명사
一條鞭:3:수식:명사　議銷:6:수식:동사　飮譽:5:동목:동사
一頭沉:3:주술:형용사　議政:4:동목:동사　隱虧:3:수식:동사
一頭霧水:4:수식:명사　議轉平:5:동목:동사　隱形眼鏡:7:수식:명사
一線:6:수식:명사　亦工亦農:3:병렬:동사　隱性失業:6:수식:동사
一小撮:5:수식:명사　譯介:3:수식:명사　印售:3:병렬:동사
一站式:3:수식:명사　易拉罐:8:수식:명사　應標:3:동목:동사
一陣風:6:수식:명사　因特網:4:수식:명사　應聘:3:동목:동사
一只鼎:3:수식:명사　陰暗面:4:수식:명사　應市:6:동목:동사
一專多能:4:병렬:동사　陰陽頭:3:수식:명사　應試敎育:3:수식:명사
醫大:3:수식:명사　音帶:8:수식:명사　應招:3:동목:동사
醫德:6:수식:명사　音畫:3:병렬:명사　英模:6:병렬:명사
醫風:4:수식:명사　音樂茶座:5:수식:명사　嬰幼兒:4:수식:명사
醫護:5:수식:명사　音樂門鈴:3:수식:명사　熒幕:4:수식:명사
醫齡:3:수식:명사　音盲:3:수식:명사　熒屛:8:수식:명사
醫盲:3:수식:명사　音箱:5:수식:명사　營收:3:수식:명사
　　　　　音響:3:수식:명사　營銷:6:병렬:동사

營員:4:수식:명사　泳手:4:수식:명사　油耗:5:수식:동사/명사

營運:4:병렬:동사　泳壇:4:수식:명사　油耗子:3:수식:명사

贏面:5:수식:명사　泳星:3:수식:명사　油老虎:5:수식:명사

影帶:5:수식:명사　泳裝:3:수식:명사　油品:4:수식:명사

影帝:5:수식:명사　用材林:4:수식:명사　游程:4:수식:명사

影碟:4:수식:명사　用匯:4:동목:동사　游戲機:3:수식:명사

影碟機:3:수식:명사　優撫:3:병렬:동사　游醫:3:수식:명사

影后:5:수식:명사　優化:6:수식:동사　友情出演:3:수식:동사

影界:4:수식:명사　優化組合:4:병렬:동사　友協:4:수식:명사

影劇:3:수식:명사　優价:5:수식:명사　有償新聞:4:수식:명사

影樓:3:수식:명사　優教:3:동목:동사　有獎銷售:5:수식:동사/
　명사

影圈:3:수식:명사　優生:6:수식:동사

影賽:3:수식:명사　優死:6:수식:동사　有聲讀物:4:수식:명사

影視:8:병렬:명사　優選:4:수식:동사　有線電視:5:수식:명사

影壇:3:수식:명사　優育:6:수식:동사　有序:3:동목:동사

影協:3:수식:명사　優質優价:4:병렬:명사　有氧運動:3:수식:동사/
　명사

影星:5:수식:명사　尤里卡:6:단순어:명사

影展:6:수식:명사　尤里卡計劃:3:수식:명사　幼教:6:수식:명사

硬筆:5:수식:명사　郵發:5:수식:명사　幼師:5:수식:명사

硬環境:6:수식:명사　郵寄炸彈:3:수식:명사　幼托:5:수식:명사

硬件:10:수식:명사　郵件炸彈:4:수식:명사　余熱:8:수식:명사

硬科學:6:수식:명사　郵路:4:수식:명사　魚品:3:수식:명사

硬盤:3:수식:명사　郵碼:4:수식:명사　娛樂片:4:수식:명사

硬任務:3:수식:명사　郵迷:3:수식:명사　宇宙服:3:수식:명사

硬設備:3:수식:명사　郵品:8:수식:명사　宇宙人:3:수식:명사

硬通貨:3:수식:동사/명사　郵商:4:수식:명사　宇宙色:3:수식:명사

硬投入:3:수식:동사/명사　郵市:7:수식:명사　宇宙站:4:수식:명사

硬臥:4:수식:명사　郵售:5:수식:동사　羽聯:3:수식:명사

硬指標:4:수식:명사　郵壇:4:수식:명사　羽球:5:수식:명사

硬着陸:3:수식:동사　郵友:3:수식:명사　羽絨:5:수식:명사

硬座:3:수식:명사　郵運:3:수식:명사　羽絨服:4:수식:명사

擁吻:3:병렬:동사　郵展:7:수식:명사　羽壇:5:수식:명사

泳客:4:수식:명사　郵政儲蓄:5:수식:명사　羽協:3:수식:명사

雨披:4:수식:명사　　閱辦:4:병렬:동사　　臟亂差:6:병렬:형용사
語感:4:수식:명사　　閱處:3:병렬:동사　　早戀:5:수식:동사/명사
語境:5:수식:명사　　閱卷:3:동목:동사　　造愛:3:동목:동사
語料:4:수식:명사　　閱批:4:병렬:동사　　造假:4:동목:동사
語委:3:수식:명사　　躍居:6:보충:동사　　造血:6:동목:동사
語言美:3:수식:명사/　　躍升:3:수식:동사　　噪光:3:수식:명사
　형용사　　運距:3:수식:명사　　擇偶:4:동목:동사
語音信箱:3:수식:명사　　運力:5:수식:명사　　擇業:3:동목:동사
浴罩:3:수식:명사　　運量:6:수식:명사　　擇優:6:동목:동사
預檢:3:수식:동사　　運能:7:수식:명사　　責編:4:수식:명사
預警:3:수식:동사　　運營:3:병렬:동사　　責詰:3:병렬:동사
預考:4:수식:동사　　運作:7:병렬:동사　　責權利:8:수식:명사
預售:4:수식:동사　　暈機:3:동목:동사　　責任山:4:수식:명사
預選:5:수식:동사　　暈台:3:동목:동사　　責任田:6:수식:명사
預制:3:수식:동사　　韻律操:3:수식:명사　　責任狀:3:수식:명사
域名:4:수식:명사　　雜壇:3:수식:명사　　增幅:6:수식:명사
鴛鴦房:4:수식:명사　　砸爛:3:보충:동사　　增虧:5:병렬:명사
鴛鴦樓:9:수식:명사　　砸牌子:3:수식:명사　　增容:3:동목:동사
鴛鴦座:3:수식:명사　　災難片:3:수식:명사　　增容費:3:수식:명사
園丁:3:수식:명사　　宰:7:단순어:동사　　增收:6:동목:동사
原聲帶:5:수식:명사　　宰客:3:동목:동사　　增銷:3:동목:동사
原音帶:4:수식:명사　　宰人:4:동목:동사　　增盈:4:동목:동사
原則干部:3:수식:명사　　載機:3:수식:명사　　增支:3:동목:동사
原裝:6:수식:동사　　載體:4:수식:명사　　增值:4:동목:동사
援藏:4:동목:동사　　載譽:4:동목:동사　　增資:3:동목:동사
援建:6:수식:동사　　再教育:4:수식:명사　　扎堆:4:보충:동사
遠導:3:수식:동사　　再就業工程:4:수식:명사　　扎啤:5:수식:명사
怨怪:3:병렬:동사　　再障:3:수식:명사　　炸鍋:3:동목:동사
院校:3:병렬:명사　　在編:3:동목:동사　　摘報:3:동목:동사
約見:3:동목:동사　　在崗:6:동목:동사　　摘播:3:수식:동사
約談:4:동목:동사　　在建:8:동목:동사　　摘除:4:병렬:동사
月均:3:수식:명사　　贊助:4:병렬:동사　　摘發:3:병렬:동사
月齡:4:수식:명사　　臟話:4:수식:명사　　摘帽:5:동목:동사

摘帽子:3:동목:동사　　招飛:3:동목:동사　　證監會:3:수식:명사

債務鏈:4:수식:명사　　招干:5:동목:동사　　證交所:4:수식:명사

債信:3:수식:명사　　招工:5:동목:동사　　政風:5:수식:명사

斬:4:단순어:동사　　招商:3:동목:동사　　政改:3:수식:동사/명사

展播:6:병렬:동사　　招手停:3:수식:동사　　政工:5:수식:명사

展館:3:수식:명사　　招賢榜:3:수식:명사　　政企:3:수식:명사

展櫃:3:수식:명사　　招選:3:병렬:동사　　政壇:3:수식:명사

展會:3:수식:명사　　照排:3:수식:동사　　政宣:3:수식:명사

展交會:4:수식:명사　　照主:4:수식:명사　　政制:3:수식:명사

展賣:5:병렬:동사　　折疊床:3:수식:명사　　支工:5:수식:명사

展評:7:수식:명사　　折疊傘:4:수식:명사　　支委:4:수식:명사

展評會:3:수식:명사　　折桂:3:수식:명사　　支柱産業:3:수식:명사

展區:4:수식:명사　　針麻:3:수식:동사/명사　　支左:6:동목:동사

展示會:3:수식:명사　　偵辦:4:병렬:동사　　知産階級:3:수식:명사

展事:3:수식:명사　　偵聽:3:병렬:동사　　知名度:6:수식:명사

展台:4:수식:명사　　珍稀:6:병렬:형용사　　知情權:3:수식:명사

展廳:3:수식:명사　　珍郵:6:수식:명사　　知識爆炸:4:수식/주술:
　　　　　　　　　　　　　　　　　　　　　　동사/명사

展團:6:수식:명사　　陣痛:5:수식:동사　　知識産權:8:수식:명사

展銷:6:병렬:동사　　爭購:4:수식:동사　　知識産業:5:수식:명사

展銷會:3:수식:명사　　爭冠:3:동목:동사　　知識工程:4:수식:명사

展演:6:병렬:동사　　爭搶:3:병렬:동사　　知識經濟:5:수식:명사

展樣:3:수식:명사　　爭譽:3:동목:동사　　知識密集型:3:수식:명사

展映:4:병렬:동사　　征訂:3:동목:동사　　執棒:5:동목:동사

占線:3:동목:동사　　征管:5:동목:동사　　執鞭:3:동목:동사

站隊:3:보충:동사　　征婚:5:동목:동사　　執籌:3:동목:동사

站牌:3:수식:명사　　征遷:3:동목:동사　　執導:8:수식:명사

站亭:3:수식:명사　　整復:3:병렬:동사　　執罰:4:동목:동사

張:3:단순어:양사　　整改:6:병렬:동사　　執紀:5:수식:명사

漲幅:7:수식:명사　　整合:5:병렬:동사　　執委:3:수식:명사

漲庫:3:수식:명사　　整紀:3:동목:동사　　執委會:4:수식:명사

脹庫:6:수식:명사　　正餐:3:수식:명사　　直播:3:수식:동사

招辦:4:수식:명사　　正聘:4:수식:동사　　直供:5:수식:동사

招標:3:동목:동사　　正選:3:수식:동사

直掛:3:수식:동사　　治保:4:병렬:동사　　中辦:5:수식:명사
直航:5:수식:동사　　治假:3:동목:동사　　中賓:3:수식:명사
直銷:5:수식:동사　　治亂:4:동목:동사　　中檔:3:수식:명사
直選:3:수식:동사　　治貧:5:동목:동사　　中導:5:수식:명사
值乘:3:수식:동사/명사　　治窮:8:동목:동사　　中低檔:3:수식:명사
職大:6:수식:명사　　治汚:3:동목:동사　　中方雇員:3:수식:명사
職等:3:수식:명사　　治愚:7:동목:동사　　中福會:3:수식:명사
職改:5:수식:명사　　質管:3:수식:동사　　中高檔:3:수식:명사
職高:5:수식:명사　　質監:4:수식:동사　　中梗塞:4:수식:동사
職后:3:수식:명사　　質檢:6:수식:동사　　中梗阻:8:수식:동사
職級:6:수식:명사　　致殘:3:보충:동사　　中顧委:4:수식:명사
職教:6:수식:명사　　致富:5:보충:동사　　中觀:4:수식:명사
職介:3:수식:명사　　致畸:3:보충:동사　　中紀委:4:수식:명사
職評:4:수식:명사　　致傷:3:보충:동사　　中技:4:수식:명사
職務工資:3:수식:명사　　窘悶:3:병렬:형용사　　中間梗塞:3:수식:동사
職校:6:수식:명사　　智殘:4:주술:동사　　中間梗阻:3:수식:동사
職業道德:4:수식:명사　　智殘人:4:수식:명사　　中教:3:수식:명사
職業高中:3:수식:명사　　智力工程:3:수식:명사　　中考:5:수식:명사
職中:4:수식:명사　　智力開發:6:수식:동사　　中科院:4:수식:명사
植保:6:동목:동사　　智力投資:6:수식:동사　　中褲:3:수식:명사
植根:3:동목:동사　　智力支邊:5:주술:동사　　中聯部:4:수식:명사
植檢:3:수식:명사　　智齡:4:수식:명사　　中旅社:3:수식:명사
植物人:7:수식:명사　　智密區:6:수식:명사　　中師:6:수식:명사
紙飯碗:3:수식:명사　　智囊團:8:수식:명사　　中試:6:수식:명사
紙巾:4:병렬:명사　　智能:4:수식:명사　　中頭:3:수식:명사
指導性計劃:6:수식:명사　　智能卡:4:수식:명사　　中委:3:수식:명사
指揮棒:4:수식:명사　　智商:7:수식:명사　　中心:3:수식:명사
指令性計劃:6:수식:명사　　智障:3:수식:명사　　中行:3:수식:명사
制衡:3:동목:동사　　滯背:4:병렬:동사　　中宣部:4:수식:명사
制黃:6:동목:동사　　滯后:9:보충:동사　　中直:4:수식:동사
制假:4:동목:동사　　滯緩:3:보충:동사　　中指委:4:수식:명사
制式:6:병렬:명사　　滯脹:8:보충:동사　　中專:6:수식:명사
制售:6:수식:동사　　中巴:8:수식:명사　　中資:5:수식:명사

中子彈:3:동목:동사
中字輩:3:수식:명사
中組部:4:수식:명사
終端:3:병렬:명사
終身教育:6:수식:명사
終身制:6:수식:명사
鐘点工:7:수식:명사
種蛋:3:수식:명사
種苗:3:수식:명사
種禽:3:수식:명사
種養加:3:병렬:동사
重處:3:수식:동사
重点戶:4:수식:명사
重獎:3:수식:동사/명사
重頭:3:수식:명사
重災區:3:수식:명사
重組:3:수식:동사
周邊:3:병렬:명사
周末工程師:4:수식:명사
珠峰:4:수식:명사
諸侯經濟:3:수식:명사
竹雕:3:수식:명사
主刀:5:동목:동사
主干家庭:5:수식:명사
主叫:3:수식:동사/명사
主訴:3:수식:명사
主委:3:수식:명사
主旋律:3:수식:명사
屬地化:3:수식:동사
住房公積金:3:수식:명사
住宅商品化:5:수식:명사
助編:3:수식:동사/명사
助殘:3:동목:동사

助導:3:병렬:동사
助動車:6:수식:명사
助工:6:수식:명사
助考:3:동목:동사
助選:3:동목:동사
助學:6:동목:동사
助研:3:동목:동사
助演:3:동목:동사
助益:3:동목:동사
貯運:4:병렬:동사
著作權:4:수식:명사
抓拍:6:수식:동사
抓總:3:동목:동사
專才:3:수식:명사
專訪:3:수식:동사
專櫃:4:수식:명사
專家門診:3:수식:명사
專控:6:수식:동사
專控商品:5:수식:명사
專列:6:수식:명사
專業村:6:수식:명사
專業戶:9:수식:명사
專營:4:수식:동사
轉包:7:수식:동사
轉産:5:동목:동사
轉發:4:수식:동사
轉干:5:동목:동사
轉崗:7:동목:동사
轉軌:9:동목:동사
轉軌變型:3:병렬:동사
轉機:3:수식:명사
轉基因:3:수식:명사
轉口貿易:4:수식:명사

轉錄:5:수식:동사
轉親:3:동목:동사
轉銷:4:수식:동사
轉型:8:동목:동사
追補:3:수식:동사
追償:3:수식:동사
追訪:3:수식:동사
追光:3:동목:동사
追授:3:수식:동사
追思會:3:수식:명사
追星:5:동목:동사
追星族:8:수식:명사
着裝:3:동목:동사
資産重組:3:주술:동사
資費:5:수식:명사
資深:6:주술:형용사
資信:5:병렬:명사
資訊:7:병렬:명사
滋擾:3:병렬:동사
子彈列車:3:수식:명사
子公司:3:수식:명사
自報公議:3:병렬:동사
自測:5:주술:동사/명사
自查:3:주술:동사
自籌:4:주술:동사
自費生:5:수식:명사
自負盈虧:6:주술:동사
自考:5:수식:명사
自控:5:주술:동사
自來紅:4:수식:동사:?
自留山:3:수식:명사
自律:4:주술:동사
自銷:6:주술:동사

自選商場:6:수식:명사

自選市場:5:수식:명사

自學成才:4:수식:동사

自學考試:8:수식:명사

自營:5:주술:동사

自由市場:3:수식:명사

自娛:3:주술:동사

自助餐:8:수식:명사

自助銀行:4:수식:명사

綜合治理:4:수식:동사

總參:4:수식:명사

總工:3:수식:명사

總后:4:수식:명사

總政:4:수식:명사

總裝:3:수식:명사

縱比:4:수식:동사/명사

縱向:4:수식:명사

走鋼絲:4:동목:동사

走過場:4:동목:동사

走紅:3:보충:형용사

走會:3:동목:동사

走俏:9:보충:동사

走勢:6:수식:명사

走形式:4:동목:동사

走穴:9:동목:동사

足聯:3:수식:명사

足壇:4:수식:명사

足協:4:수식:명사

組辦:3:병렬:동사

組編:5:병렬:동사

組雕:3:수식:명사

組閣:5:동목:동사

組合服裝:3:수식:명사

組合家具:7:수식:명사

組合音響:3:수식:명사

組建:5:병렬:동사

組台:3:동목:동사

組團:5:동목:동사

組委會:3:수식:명사

組裝:7:병렬:동사

罪錯:3:병렬:명사

左鄰右舍:3:병렬:명사

左視眼:5:수식:명사

作愛:3:동목:동사

作協:4:수식:명사

作秀:4:수식:동사

坐班:5:동목:동사

做愛:5:동목:동사

做秀:6:수식:동사

저자약력 **최윤경**

중국 산동(山東)대학 중국언어문자학전공 중어학 박사
중국 산동(山東)대학 외국어대학 초빙교수
일본 토쿄(東京)대학대학원 언어정보과학연구과 연구원
일본 코베가쿠인(神戶學院)대학 아시아태평양연구센터 연구원
현재 시립인천전문대학 중국어과 교수

수상경력
한국문학번역원 주최 제6회 한국문학번역상 수상,
『巫女圖』(김동리단편소설전집 중국어역)

논문
이문화접촉과 언어변화, 비교문학44, 2008
한자 이해와 중국어 학습의 인지적 관계, 중국어문학논집36, 2006 등 다수

중국 개혁개방과 신조어

1판 1쇄 2009년 8월 21일
1판 2쇄 2010년 6월 24일

저　　자 최윤경
발 행 처 제이앤씨
등록번호 제7-220

주　　소 (132-702) 서울시 도봉구 창동 624-1 현대홈시티 102-1206
전　　화 (02) 992 / 3253
전　　송 (02) 991 / 1285
홈페이지 http://www.jncbms.co.kr / 제이앤씨북
전자우편 jncbook@hanmail.net
책임편집 조성희

ⓒ 최윤경 2010 All rights reserved. Printed in KOREA

ISBN 978-89-5668-735-3 93820　　　　　정가 17,000원